AF398015

Christina Forss

Rebellen

Illustration: Nalle Gull

Förlag: BoD – Books on Demand, Stockholm, Sverige
Tryck: BoD – Books on Demand, Norderstedt, Tyskland

ISBN: 978-91-8007-931-0

1.

Det är en rolig dag, för min syster Britta och jag ska få åka spårvagn med
mamma till ett par stora affärer långt bort i stan.

"Mamma," säger Britta, "kan vi inte få betala själva med 10-öringar?"

"Jovisst," svarar mamma, "här får ni 20 öre var, som ni ska ge till
konduktören, stoppa dem i fickan och var rädda om dem."

Det är roligt, tycker jag, för jag har aldrig haft några pengar förut. Det
har Britta, för hon är sju år och har redan börjat skolan. Jag är bara fem
år, fast jag kan skriva lite och räkna med. Innan vi går, ska Ulla kamma
oss, och när vi är klara ska mamma kamma sig och då sitter vi och väntar
och har ingenting att göra.

Sådana stunder är rätt vanliga, när man får vänta, menar jag, och
mamma har sagt att det är nyttigt för barn att vänta på vuxna, sina
föräldrar, menar hon.

Jag tycker att det är tråkigt att sitta stilla och inte göra någonting, det
tror jag att alla barn gör, bebisar också som min lillebror; när han ledsnar,
skriker han, men det får ju inte jag göra.

"Det är väldigt mycket man inte får göra," sa jag en gång till mamma
och då sa hon att jag skulle lära mig att sitta och tänka på allt roligt jag
kunde göra en annan gång.

Det har jag försökt, men det gick inte så bra, jag tycker att det är bättre
att göra saker än att tänka på sådant som jag inte gör.

Vi går ganska långt på en gata och mamma håller mig i handen, Britta
får gå själv, och när vi kommer fram till den gata där spårvagnen brukar
komma, får vi stå och vänta en liten stund, men det är inte tråkigt, för det
finns mycket att titta på. Tanter och farbröder, bilar och lastbilar och en
stor hund, som går med en farbror. Jag önskar mig också en hund och
jag ska i alla fall ha hund, när jag blir stor.

"Nu kommer 2-an," säger mamma, "kom Christina och kliv upp på
spårvagnen och Britta också, såja här sätter vi oss, Christina och jag och
Britta sitter mittemot, utmärkt."

Konduktören kommer fram till oss och Britta har redan sträckt fram
sin hand med 10-öringarna, som han tar emot.

"Här vare jämna pengar," säger han vänligt till Britta.

"Christina, nu ska du också betala, ta fram dina slantar, var har du dem?"

"En har jag ätit upp...

"Ätit upp," ryter mamma, "vad är det du säger, hur har du kunnat göra någonting så vansinnigt? Var är den andra tioöringen?"

"Den andra har jag stoppat in i näsan och den har försvunnit."

Konduktören brister ut i gapskratt:

"Där har du hittat en helt ny sparbössa, flicka lilla!"

"Vi måste gå av vid nästa hållplats, det blir väl Norrmalmstorg," kviver mamma behärskat.

"Ja, vi är där nu, tack för föreställningen, den var dagens roligaste."

Mamma ser inte ut som om det var en rolig föreställning och Britta klagar över att hennes pengar är borta, trots att hon knappt fått åka spårvagn. Själv är jag inte helt ovan vid mammas irritation, och det där med 10-öringarna kanske var dumt. Jag säger ingenting, medan mamma ordnar med en taxi och så åker vi hem och mamma säger att vi måste vidare till Dr Ygberg, som vet hur man tar bort 10-öringar ur barns näsor.

Vi sitter kvar i taxin, medan mamma åker upp i hissen för att ringa till Öron-Näs och Halsläkaren och sedan åker vi ända till Norr Mälarstrand och doktorn skrattar lite och säger att jag ska sitta i mammas knä och blunda medan han trollar fram allt jag sparat. Han är snäll och det gör inte ont mer än lite kanske, men i taxin hem är mamma arg och grälar på mig nästan hela vägen och säger att jag antagligen inte är riktigt klok som stoppar in pengar i näsan så att de försvinner. Jag säger ingenting, men när vi kommer fram till Styrmansgatan säger chauffören att det är mycket ovanligt att en så liten flicka blir så utskälld, och det är tur det, säger han och då blir mamma ännu argare.

2.

Tyresö är vårt sommarställe, fast vi är där många gånger under resten av året också. Det har oljeeldning och pappa säger att det ska jag komma ihåg, för det är det allra billigaste sättet att värma upp ett hus. Vi har ofta gäster, mest på sommaren förstås och då åker vi båt och de vuxna fiskar ibland, det verkar inte särskilt kul tycker jag, men jag gillar när pappas motorbåt går riktigt fort så håret blåser som en kvast bakom ryggen, och mamma är ofta jättenervös när pappa tänder en cigarrett, för då tror hon att det är stor risk att bensintanken ska ta eld och hela båten explodera. Det kunde den förstås göra, men nu är det så att den inte gör det.

De gäster som jag tycker bäst om är mina gudföräldrar, tant Elsa och farbror Kjell, de är ofta hos oss och vi är lika ofta hos dem på deras gård, där det finns några kor och när vi åker hem brukar vi få med oss en stor kanna grädde, som hembiträdet vispar till vispgrädde, alltså. Det finns absolut ingenting godare än sådan grädde på äppelkaka, tycker jag och på andra efterrätter också.

En annan av pappas och mammas bästa vänner är farbror Jocke och han har ingen fru. Han är både snäll mot oss barn och rolig och kan leka med kort och många andra saker. Han tillhör dem som gillar att fiska. Farbror Jocke och gudföräldrarna är också mycket goda vänner, och dessutom är de mycket barnvänliga, så när de tre är hos oss, får vi barn alltid vara med och körs inte i säng extra tidigt, vilket händer när gästerna är mindre barnvänliga.

Till middag brukar de alltid äta sill till förrätt eller ansjovis som var och en rensar på sin egen tallrik och då får vi barn en smörgås i stället. Jag är nyfiken på de där ansjovisarna, som mamma köper hem i stora runda och nästan helt röda burkar, och jag har frågat flera gånger, om de också simmar i de vatten, där pappa och de andra vuxna fiskar. Jag vet inte, om jag egentligen fått något riktigt svar, så jag struntar så småningom i det. Men jag är intresserad av ansjovisarna och jag har lovat mig att smaka på dem när jag blir stor.

En kväll efter middagen har de pratat fiske hela tiden, jag tycker att det är tråkigt så när det äntligen blir tyst en liten stund säger jag:

"Det ligger en fisk i halltoaletten."

"Va!" skriker mamma och hoppar nästan upp ur fåtöljen, där hon sitter. "Vad menar du med det, vad då för fisk?"

"Ja, inte vet jag, men jag tror att det är en gädda," svarar jag.

"En gädda!" skriker mamma ännu högre och viftar med armarna, "är du inte klok, flicka!"

"Det vet jag inte, men den simmar där."

Nu blir det fart på alla tre farbröderna och damerna är inte långt efter. Själv stannar jag i vardagsrummet och inväntar deras reaktion. Höga gapskratt, pappa kommer ut baklänges från toaletten och står i hallen och slår sig på knäna, farbror Jocke skrattar så tårarna rinner, farbror Kjell är inte mycket sämre. Damerna är inte lika roade, särskilt inte mamma, tant Elsa ler vänligt och kallar mig busfrö.

Vad jag gjort?

Jag har gett en ansjovis tillfälle till en egen simtur, det tror jag att den gillar. Pappa och farbror Jocke skrattar i flera år åt vad de kallar ”ASB”, Ansjovisens Sista Bad, men mamma ber mig att aldrig göra om det.

Det har jag inte lovat.

3.

Det är så fint att sitta längst ut på bryggan och plaska med fötterna i vattnet. Skorna har jag sparkat av mig och strumporna har jag stoppat i fickan. Jag får inte vara där, det är farligt vid vattnet, det hjälper inte att jag säger att jag lärt mig simma för länge, länge sedan. Barn ska inte vara ensamma på bryggan, så är det bara.

Eftersom jag olovandes har smitit till bryggan blir straffet att bli instängd i en garderob, ibland är det pappas garderob

Mamma vrider om nyckeln till garderobsdörren, jag sitter på skohyllan, det är mörkt men lite ljus syns runt dörren. Det luktar pappa därinne, jag är inte rädd men jag vill inte vara där, sitta alldeles stilla och inte kunna göra någonting. Jag tänker på allt som kan hända, om de andra far tillbaka till stan och glömmer bort att jag sitter härinne. Jag tänker att jag kan dra ner pappas kläder, byxor och kavajer och bädda med dem på skohyllan. Jag kan göra en kudde av den vita stickade jackan, som han brukar ha i motorbåten. Då blir mamma stenarg!

Mina ögon har vant sig vid det svaga ljuset och nu ser jag bättre. Jag känner på låset, det är som en stor tändsticksask fast plattare och av metall och när jag tar på ena sidan där det är en hård liten kant känner jag att kanten rör sig. Jag drar ner kanten och låset öppnas.

En liten stund sitter jag stilla och lyssnar, ingenting hörs, de kanske redan har åkt till stan, eller också sitter de i vardagsrummet och dricker kaffe, det gör de jämt på eftermiddagarna och då brukar de få bullar och kakor med.

Jag reser mig och går ut ur garderoben, dörren ut till övre hallen står vidöppen och jag hör lite spridda ljud och röster. Jag kan smita nu genom hallen till jungfrukammaren och nerför lilla kökstrappan och sen tyst öppna dörren och smyga nerför källartrappan och slutligen förbi matkällaren och tvättstugan, ner i garaget och springa rakt ut i trädgården.

Jag suckar och sätter mig på en stol bredvid pappas säng. Där sitter jag och väntar. Vad väntar jag på, tänker jag att mamma ska komma hit och bli arg igen. Ja, det kommer hon att bli. Egentligen är jag rädd för de blir väldigt ofta arga på mig, fast mamma brukar säga att hon blir ledsen. Det är ingen som frågar vad jag blir.

"Vad gör du där?"

"Jag sitter här."

"Hur har du kommit ut ur garderoben?"

"Det var lätt."

"Du skulle sitta kvar där."

"Jag tycker inte att barn ska sitta i garderober.

"Du tycker, du tycker, du ska inte tycka någonting!"

"Jag tycker inte att nån ska sitta i garderober."

"Jag är så trött på dig, du bryr dig inte om vad man säger åt dig och du lyder inte."

"bz bz bz bz."

"Vad sa du?"

"Jag sa inget, jag bara lät."

"Lät vad då? Vad ska det betyda?"

"Det betyder bara bz."

"Lyssnar du överhuvudtaget på vad jag säger åt dig, förstår du att du ska lyda mig?"

"bz."

Mamma börjar gråta och jag sitter alldeles stilla på stolen och försöker tänka på nåt annat. Det är kanske onödigt det där med bz. Jag vet inte hur man ska göra, jag vet bara att det jämt blir fel.

"Gå ut nu och kom inte in förrän till middagen," säger hon och går sin väg.

4.

När min syster Britta börjar skolan 1941, tittar jag nyfiket i hennes böcker och lyssnar på hur hon stavar sig fram och skriver bokstäver i en särskild bok. Det är inte svårt att läsa, tycker jag, att skriva är värre men mamma har gett mig en egen bok att skriva i. Där skriver jag låtsasbrev till mig själv, som ingen annan får läsa.

Britta är duktig på att läsa och hon skriver vackert. Jag är nästan lika duktig på att läsa, men bokstäverna jag klottrar är sneda, fula och ibland oläsliga.

Med samma metod – nämligen att härma allt Britta gör – lär jag mig även att räkna. Det är kul och det är lätt, men sedan finns det ingenting mer att göra och då blir allting tråkigt igen.

"Mamma, jag har ingenting att göra, om vi åtminstone hade en hund, så kunde jag gå ut med den. Varför har vi ingen hund, mamma, varför svarar inte mamma, tycker mamma inte om hundar, kan mamma höra vad jag säger?"

"Christina får gå en promenad med Ulla och lillebror, ni kan gå till Diplomatstaden och där kan Christina mata änderna. Be fröken Pålsson om en påse torra brödbitar."

"Varför får jag inte börja skolan nu?"

*

Mamma och jag går för första gången till skolan på Kommendörsgatan en dag i april 1942 för att träffa rektor Ingegerd Granlund. Mamma och rektorn pratar, jag ser att rektorn har snälla ögon.

"Kan du skriva ditt namn?" frågar rektorn.

"Ja, och Brittas med och så kan jag räkna till trettio," svarar jag.

Rektorn ler. "Här kan du skriva," säger hon och lägger fram ett papper.

Jag skriver mitt namn.

"Hon kan skriva bättre," säger mamma.

"Det tror jag visst det," svarar rektorn, "men det här duger utmärkt. Du är välkommen till första förberedande, Christina. Då ses vi i höst."

Jag fyller sex år den 23 juli 1942 och den 2 september börjar jag i första förberedande i Nya Elementarskolan för flickor på Kommendörsgatan i Stockholm. Jag är ganska liten för min ålder och yngst i klassen.

Fröken Margit André är min första lärare, hon är ganska sträng men precis som rektorn har hon snälla ögon, vilket gör att jag litar på henne. Hon uppmuntrar mig att hålla pennan på ett annat sätt och att skriva alla bokstäver om och om igen, sida upp och sida ner, men ingenting hjälper, bokstäverna fortsätter att bli sneda, vinda och fula. Fröken André är ganska irriterad över resultatet och jag som gör mitt allra bästa, tycker att uppgiften är omöjlig.

Jag vänjer mig vid att de andra flickorna är duktigare än jag i allt utom läsning, där är jag bäst. Det är roligt! I räkning är jag också duktig, men eftersom jag skriver så fula siffror, får jag sällan beröm för resultatet. I skolan tiger jag och lyder men lyssnar gör jag inte, jag tänker på annat, hur roligt det är att simma till exempel eller att åka skidor eller hur onödigt det är att vuxna människor pratar så mycket.

Min tomma blick, halvöppna mun och ovilja att besvara frökens frågor om varför jag inte anstränger mig mer, ger mig ryktet att vara lite dum eller i varje fall inte speciellt intelligent och så behandlas jag också.

5.

Klockan ringer, dörren till korridoren öppnas, och snabbt tar jag på mig jackan och skyndar ut på skolgården. Klockan är kvart i elva och jag springer två hela kvarter på Kommendörsgatan fram till Styrmansgatan. Jag fortsätter småspringa hela det stora kvarteret från nr 57 ända till hörnet av Linnégatan. Där måste jag stanna och titta in i Augusta Janssons Karamellfabrik för innanför de stora fönstren finns allt det godaste i hela världen samlat i skålar, burkar, askar och stora pyramider av choklad, ljus, mörk och till och med vit och som kakor med röda rosor på. Jag suckar högt och går sedan försiktigt över gatan.

Jag har bråttom och springer jättefort ända fram till Styrmansgatan nr 39, där jag öppnar ytterporten med en knapptryckning och innerporten med nyckeln, som hänger om min hals och sedan får jag i flygande fläng upp både dörren och grinden till hissen och när jag tryckt på våning 5, gäller det att stå still och trampa, trampa, trampa hela vägen upp, men jag lyckas nästan aldrig. Jag är så väldigt kissnödig och jag kan helt enkelt inte hålla mig längre, det får rinna genom byxorna bäst det vill och det är både skönt och skrämmande. Nu kommer de att bli arga på mig igen, gräla och kanske dra i håret och det kan jag inte göra någonting åt, bara tiga mig igenom.

Barnsköterskan Ulla brukar komma med hink och skurtrasa, skaka på huvudet, gräla, skratta lite, kalla mig Kissetina och låtsas lugga mig. Jag står kvar och hoppas att mamma inte är hemma, för då blir det bara värre.

"Har det hänt igen, men kära barn, varför kan Christina inte gå på toaletten i skolan?"
Mammas röst är gäll, det brukar den bli när hon är irriterad.
"Svara mig, varför går Christina inte på toaletten i skolan?"
"Därför att där är jämt så fullt med stora flickor som speglar sig."
"Har någon av dem gjort Christina någonting?"
"Nej."
"Nå då så, då går Christina dit i fortsättningen, så slipper Ulla det här slabbandet. Kom ihåg vad jag säger, en fin flicka gör inte på sig. Christina måste uppföra sig som en fin flicka, annars blir pappa och mamma mycket besvikna."

6.

Kriget har varit över i nästan ett år och jag tycker att det är på tiden att jag börjar rida. Mamma följer med mig till A1 på Valhallavägen, där alla de stora hästarna bor i sitt eget stall innanför manegen, där ridlektionerna äger rum. Stallmästare Lindeblad får i mig sin mest hängivna elev, vilket han naturligtvis inte har en aning om eftersom jag inte visar minsta tecken på den salighet jag känner i sadeln på den ovanligt stora mörkbruna hästen Arab, som Stallmästaren tilldelar mig, eftersom Arab är lugnast och snällast i stallet.

Jag lyder Stallmästaren till punkt och pricka och jag memorerar allt han säger under varje lektion, och när jag lägger mig på kvällen tänker jag igenom vad jag upplevt under dagen och jag känner mig lyckligare än någonsin i mitt liv.

Men inget gott som inte för något ont med sig, som de vuxna säger, tror jag. I vilket fall har jag ett problem. En ridlektion kostar 4 kronor och jag får bara rida en gång i veckan. Mamma förstår inte, lyssnar inte ens när jag förklarar att jag behöver lära mig mer och träna mer och därför behöver rida minst två gånger i veckan. Två gånger försöker jag. Det slutar på samma sätt båda gångerna: "Christina, diskussionen är avslutad."

Så jag väljer en annan väg.

Jag passar på när pappa sitter ensam och läser tidningen. Jag berättar för honom att allting har blivit så väldigt dyrt, godis till exempel, numera kostar en chokladkaka 40 öre, vilket är lögn, kakan kostar fortfarande 35 öre.

"Jag behöver påökt i dessa dyrtider," avslutar jag.

"Påökt? Pappa lägger undan tidningen och skrattar hjärtligt. "Hur mycket har du tänkt dig, du har ju redan 4 kronor i veckopeng?"

"4 kronor till," mumlar jag.

"En fördubbling av inkomsten alltså, det är inga dåliga krav."

Jag har inte mer att säga, jag skäms redan för mina lögner och väljer att titta ner i mattan i stället för i pappas roade ansikte.

"Ok, på lördag blir det åtta kronor i stället för fyra."

"Tack snälla pappa!"

Jag längtar redan till nästa, hemliga, ridlektion.

7.

Den stora eken växer i sluttningen utanför altanen, vilken sträcker sig utmed hela stora husets sydvästsida, som vetter mot fjärden. Eken är den viktigaste och allra ståtligaste växande gestalten i det urgamla Tyresölandskapet. En farbror säger att vår ek måste vara minst tvåhundra år, och jag kan inte sluta att tänka på att han var ett litet ekollon år 1730 eller kanske ännu tidigare, 1718, då den riktige kungen Karl Xll dog.

Jag hälsar alltid på eken när jag kommer till Tyresö, glad att se att han finns där. Inte bara jag älskar honom, ekorrarna kilar upp och ner för hans omfångsrika stam om hösten och samlar famnen full av vinterns föda. Om vi hade haft gris skulle den också ha fått äta ekollon.

Det finns gott om ekar på vårt område men ingen är så mäktig och kungligt ståtlig som den stora eken. Jag älskar honom och drömmer om att få klättra i hans krona, det är emellertid omöjligt för inte ens de lägsta grenarna går att nå. På sluttningen nedanför eken växer just ingenting, glesa tuvor av torrt gräs, enstaka prästkragar och käringtand som hamnat fel och ingenting annat värt att nämna. Eken dominerar totalt och hans vida runda krona stoppar hårda vindar från fjärden; det är behagligt att skuggas av honom.

Det är ingen idé att tala med någon om eken, han kanske är viktig för de andra i familjen, men ingen behöver veta hur betydelsefull han är för mig. På historielektionerna i skolan, föreställer jag mig alltid hur liten eken har varit vid den tid vi studerar och hur han har vuxit när vi har hunnit ett halvsekel till. Det går inte att tala med folk om sådana funderingar.

I stan är murarna höga, på Tyresö behöver jag inte fråga någon om vart jag får gå, jag springer åt alla håll och gör nästan allt jag vill och hem springer jag inte förrän vällingklockan ringer till lunch eller middag.

På Tyresö badar vi varje dag antingen solen skiner eller om det regnar, min bästa vän Barbro och jag är precis lika roade av att simma och dyka och leka i vattnet. Vi har alltid roligt, jag är också glad åt att Wictor tycker att det är kul att bada.

Min simkunnighet som motvilligt godkändes den sommar jag fyllde fyra år är sedan länge accepterad och därför får vi bada utan vuxna människor närvarande. Vi badar nästan jämt vid vår badplats inne i Maren, vattnet är mycket varmare där än utanför sundet där Barbros familj har sin brygga. Men jag medger gärna att vattnet i fjärden utanför är bättre på flera sätt, klart och vackert och man ser botten, även där det är ganska djupt.

Hos oss ser man inte botten någonstans, och en gång kände jag en orm runt mitt ben när jag simmade under vattnet. Jag blev så rädd att jag inte ens kunde skrika. Så snabbt har jag nog aldrig förr tagit mig upp på bryggan. Det var säkert en snok, säger jag till mig själv, för annars skulle den väl ha bitit mig. Jag berättar aldrig om ormen för någon, för jag vet att de inte skulle tro mig.

*

Barbro ska gå hem lite tidigare än vanligt, men Wictor och jag fortsätter att bada och ha kul och ingen av oss har en tanke på vad klockan är, förrän vi plötsligt hör vällingklockan ljuda. Nu är det bråttom och vi skyndar oss upp, klär på oss och springer upp till stora huset.

Pappa har redan kommit hem, då förstår vi att klockan är rätt mycket och vi går raka vägen in och anmäler oss färdiga för middag.

"Men hur ser du ut?" säger mamma och slår ut med båda händerna.

"Vem, jag?" frågar jag.

"Ja, du, dina kläder är skrynkliga och fuktiga, och ditt hår är dyblött och rinner på kragen."

"Vi har badat."

"Det undgår ingen, förskräckligt, gå ut i Lilla Stugan och torka håret och klä dig i torra kläder. Om det finns mat kvar när du kommer tillbaka får du äta i köket."

Wictors kläder är inte heller helt torra, och hans hår är kortare och blött, men mamma säger inte ett ord om hur han ser ut. Han tiger och jag går ut till Lilla Stugan och tar av mig mina fuktiga kläder och tar på mig ett par torra byxor och en blus. Mitt hår, som når ungefär ner till skulderbladen, är dyngsurt. Jag brukar ofta ha det i två tofsar eller om jag måste vara fin, i två flätor, men hängande rakt ner på ryggen är det inte så bra.

Wictors hår klagar mamma inte på. Då ska hon inte behöva göra det på mitt heller, tänker jag och börjar leta i lådor och skåp och hittar så småningom en liten nagelsax, och med den klipper jag av allt mitt långa blöta hår, som är en sådan nagel i ögat på mamma. Jag tycker om att klippa av håret, jag ser i spegeln att jag blir en annan människa när håret är borta och jag klipper och klipper ända tills jag är snaggad. Jag tycker om vad jag ser i spegeln.

Jag är en pojke, jag är inte längre Christina, nej jag är Christian, Christinas tvillingbror, så ska det vara, det ska de få finna sig i. Jag är inte en flicka, jag är en pojke, jag!

Jag springer upp till stora huset, de sitter fortfarande i matsalen och äter och jag går tyst in och ska just sätta mig på min plats när mamma hojtar:

"Vad är det här, vad har du gjort, är du skvatt galen, unge?"

”Kan jag äta lite nu?” undrar jag.

"Vad har du gjort, tokiga flicka?" fortsätter hon att gasta.

Pappa sitter tyst och tittar intresserat på vad som pågår.

"Låt mig få presentera min tvillingbror Christian," säger jag och sätter mig ner på min vanliga plats. "Jag tror att han är rätt hungrig."

Nu börjar pappa skratta, han lägger ifrån sig kniv och gaffel och laddar för en riktigt stormande skrattsalva. Han slänger ifrån sig servetten, skjuter ut stolen en bit från bordet och vrålar ut sin glädje över denna oväntade lustighet, bättre än han någonsin vågat hoppas på i sin egen familj.

Jag sitter orörlig och betraktar pappas skrattanfall och konstaterar att varken Britta eller mamma skrattar, Wictor däremot ler glatt åt att helt oväntat ha fått en storebror.

"Bravo, Christina, det är verkligen roligt gjort, trots allt har du nog både humor och en hel del annat i bagaget, det gläder mig verkligen. Bravo!"

”Men Eric ser du inte hur hon ser ut, hon har ju knappt något hår kvar på huvudet, hon har ju förstört sig fullständigt, vad ska vi göra?”

"Håret växer ut, något annat behöver du inte fundera på."

Jag tittar på dem, mamma och pappa, mammas förskräckta ansikte, pappas glada överraskade uttryck och jag förstår att det jag gjort egentligen är en rätt bra grej. Jag vet inte hur jag förstår det, men jag tror att detta skiljer mamma och pappa. För mamma är det sociala oerhört viktig – då kan man inte ha en dotter som har snaggat sig, oavsett varför. För pappa är humorn avgörande, kan man skratta åt något är det roligt och det som är roligt, det är bra.

8.

Barbro och jag har klättrat i flera timmar och är rätt trötta när vi kommer tillbaka till Lilla Stugan. Vi slänger oss ner i gräset och börjar undersöka såren på ben och armar. Barbro har ett rätt djupt jack på ena knät och hennes händer har tagit rejält med stryk när hon ramlade ur den högsta tallen.

Min blus är trasig och smutsig och jag är sönderskrapad överallt men inte så djupt och vi enas om att Barbro bör gå hem och bli tvättad och omplåstrad. Själv är jag kissnödig och springer fort allén upp till stora huset, jag ser att mamma och farbror Sven sitter på altanen och dricker kaffe, det gör de jämt på eftermiddagarna – vad trist de har det som alltid sitter stilla – de ser mig inte när jag via trappan till altanen slinker in i vardagsrummet och vidare till hallen där gästtoaletten är.

Ur skuggorna bakom det röda sammetsdraperiet, som avgränsar hallen från tamburen flyger tant Tyra och pappa isär, men jag har hunnit se att de stod och pussade varandra och jag hör mig själv ropa ´jävlar, va äckligt! och jag vänder kvickt som bara den och springer tillbaka samma väg som jag kommit ända till Lilla Stugan, där klättrar jag över staketet och fortsätter stigen ner till vägen.

´Jävlar vad jag är kissnödig, jävlar vad det känns bra att svära, jävlar vad det är förbjudet! Jag springer jättefort fram till Fasters tomt och försvinner bakom den tjocka syrénhäcken och in på utedasset ”Schadis”. Det är i sista minuten, puh!

Fy fan för pappa och tant Tyra! Tant Tyra, det är äckliga tutt-Tyra med sina guppande bröst. Snuskiga vuxna, det de gör borde vara förbjudet, förresten är det förbjudet men de gör det ändå och jag tänker svära ännu mer för jag är förbannad, jävligt förbannad.

Mamma då, tänk om jag ska berätta för mamma och farbror Sven vad pappa och Tuttis har gjort – Tuttis är ett jävligt bra namn och att svära är jävligt bra för det är riktigt jävla förbjudet.

Eftermiddagens sol lyser in genom de vita gardinerna framför Schadis kvadratiska små fönster, jag lutar mig mot väggen bakom mitt sitthål och tittar mig omkring på detta rofyllda gamla rum. Här har jag inte varit mer än ett par gånger eftersom vi har tre WC i stora huset och ett utedass bakom Lilla Stugan, men jag tycker att det är lugnt och trivsamt här. Bredvid mig ligger en telefonkatalog, där många sidor har rivits ur men ännu kan man läsa ganska många namn, Beckman, Engdahl, Frunck, Hansson, Landtman, Sjögren, Tigerskiöld, Boström...

Att bläddra i katalogen är bra, jag glömmer de vuxnas äckel för en liten stund och jag hittar många namn som jag känner igen, Uggla, Oscarsson, Gyllenstierna, Lindegård och då öppnas dörren och där står Faster.

”Oj, då, sitter du här?”

”Ja, det gör jag.”

Faster slår sig ner på andra sidan om telefonkatalogen.

"Har det hänt något?"
"Jag vet inte."
"Har ni gäster?"
"Ja, Farbror Sven och tant Tyra."
"Jaså, jaha, jag förstår, är du ledsen eller arg på nånting? "
"Jag är arg."
"Ja, jag kan förstå det."
Då fattar jag att pappa har pussat Tuttis tidigare och att Faster vet det, det kanske är många andra som vet det och kanske mamma också. Nu känner jag att jag håller på att bli riktigt förbannad och det vill jag visa Faster.
"Jag håller på att bli riktigt jävla förbannad."
"Oj, du svär ju, då är du nog riktigt arg."
"Ja, jag är jävligt arg."
"Nu skrattar Faster riktigt hjärtligt och sträcker sig efter telefonkatalogen.
"Vill du berätta för mig, så lovar jag att ingenting säga."
"Nej, jag vet inte, jag måste tänka, hur jag ska göra."
"Är du ledsen, Christina?"
"Ja, fast mer förbannad."
"Du kan komma in till oss, det vet du och Gunnar och jag kan hjälpa dig."
"Ja, det är bra, tack."
Faster är klar, slänger ifrån sig katalogen, reser sig och öppnar dörren.
"Du är en duktig flicka, Christina, hej så länge."
Jag går hem till Lilla Stugan, tvättar mig och byter kläder och sen ligger jag på sängen och läser Fantomen tills syrran kommer flängande och säger att det är middag. Mamma sitter i vardagsrummet med brorsan och väntar på oss, hon ler vänligt och säger att vi kan sätta oss till bords direkt för pappa har åkt till stan.
"Varför det, det är ju söndag?"
"Ja, han blev tvungen att uträtta en sak, ett ärende, det var viktigt."
"Och Westerbergs fick tydligen också bråttom att uträtta ärenden."
Mamma svarar inte. Ingen frågar mer, själv tänker jag att den här ronden inte verkar ha gått till pappa, men det är bra att han inte är här, det ger

mig mer tid att tänka. Det enda jag ännu kan tänka, är att jag är jävligt ledsen.

9.

Det är då det börjar, det är då jag anar att de vuxnas liv inte alltid är så oförvitligt och aktningsvärt, som de ägnar så orimligt mycket tid åt att försöka övertyga oss om. De lär oss att det bästa vi kan göra är att använda all energi åt att efterlikna våra föräldrar för bättre förebilder kan vi aldrig få. Jo, jävlar.

Jag är tolv år och har ännu inte haft skäl att ägna en enda tanke åt vuxna människors kärleksliv, men nu måste jag uppenbarligen det också. Fråga mig om det är nåt jag vill? Svaret är nej. Vad pappa och Tuttis håller på med bakom röda draperiet är inget jag förstår eller vill förstå. Vidrigt är det!

Allt jag förstår är att mamma är offer för deras äckliga hantering och därför tänker jag försvara henne. Hur vet jag inte, men förr eller senare brukar jag komma på sätt att lösa knepiga situationer.

Ganska snart kommer jag på svaret.

Så jag börjar bevaka pappa och Tuttis, mest för irritera dem men även för att de inte ska pussas. Familjen Westerberg är ofta gäster på Tyresö så det saknas inte tillfällen. En kväll sitter äcklen bredvid varandra i hammocken på altanen och pappas arm ligger bakom Tuttis rygg.

Jag sätter mig mitt emot dem och stirrar på dem.

Det tar inte lång stund, förrän pappa säger åt mig att gå därifrån och jag svarar så dumt jag kan att jag har väl rätt att sitta där. Ingen skrattar, ingen talar med mig men jag stannar och ganska snart kommer mamma och farbror Sven också ut på altanen och slår sig ner i varsin fåtölj.

"Då går jag väl då," säger jag till pappa och flinar elakt.

Sedan jag börjat mina observationer, lägger jag märke till sådant som jag aldrig gett akt på tidigare; Tuttis kläder är inte – som mamma skulle uttrycka saken – särskilt fräscha. Mammas kläder däremot är alltid nytvättade och strukna, och hon ser till att våra persedlar håller hennes höga standard.

Det är som jag drabbas av en insikt om detta för mig – som helst vill klä mig som en pojke – så förhatliga ämne. Att det skulle krävas äckel Tuttis för det!

*

Familjens umgänge med familjen Westerberg tar ny fart efter vinterns avbrott, det görs många och långa utflykter med pappas motorbåt i Stockholms skärgård och till en ö i ytterskärgården, där man fiskar, badar och där hundarna får springa fritt hur mycket de vill.

Baden är det allra bästa, vattnet är så klart att man ser botten även vid sex meters djup. Tuttis har ny baddräkt och hon stilar med att försöka crawla så som hon tror att det ska gå till.

Pojkarna brukar simma i kapp och jag som ägnat två terminer åt simklubben Kappis i Sportpalatset kan till slut inte låta bli att utmana Tuttis på den sträcka där pojkarna brukar tävla. Naturligtvis vinner jag, hon har bara lekt Esther Williams och hoppats på beundran och applåder.

Farbror Sven och pappa har tittat på och när Tuttis nederlag är konstaterat, kommer farbror Sven ner till badklippan och säger med ett mycket roat leende:

"Där gick du allt på pumpen, Tyra, du får träna bättre till nästa sommar."

"Det förstår du väl att jag måste låta barnet vinna," hör jag tantkäringen viska till sin man.

"Det barnet behöver ingen hjälp för att vinna, hon *kan* ju crawla i motsats till dig."

Farbror Sven är som sagt mycket road och ger mig en klapp på ryggen, innan han går tillbaka till pappa, som observerat alltsammans halvvägs upp i backen och själv är jag nöjd, inte för att jag simmar fortare än Tuttis, det är en självklarhet, utan därför att jag framtvingat ännu ett bevis på hennes enfald.

Under sommaren fortsätter jag att samla och lagra information om Tuttis för att använda vid lämpligt tillfälle, ett märkligt tidsfördriv kanske; jag har emellertid fått korn på att ett relativt stort antal vuxna människor kan ha intresse av de resultat jag hoppas kunna presentera.

Faster och Gunnar har helt upphört att delta i middagar och andra
aktiviteter, när Westerbergs gästar vårt hus. Fram till denna sommar har
de alltid varit med, oavsett vilka de övriga gästerna var. Faster är inte den
som tiger om hon har någonting att säga, och hon låter vid tillfälle
undslippa sig att hennes och Gunnars uppfattning om Tyra Westerbergs
olämpliga uppträdande och klandervärda vandel sannolikt delas av
pappas och mammas samtliga vänner och bekanta. Detsamma gäller
deras åsikt om pappas otyglade beteende.

Jag erkänner att jag inte riktigt hänger med på allt som sägs och även
viskas, särskilt när mammas systrar är på besök, men jag vill väldigt gärna
ställa upp till mammas försvar och hjälp och framför allt få henne att
förstå att hon står mig mycket närmare än pappa gör.

Britta är helt utanför mitt krig mot Tuttis, jag tror inte att hon ens är
medveten om att det pågår, dessutom är hon ju pappas egen favorit, som
vet att allt pappa gör är rätt och riktigt. Jag tycker att det är mycket tråkigt
att Faster och Gunnar har dragit ner på sina besök hos oss, eftersom vi
ofta har roligt tillsammans. De delar min elaka uppfattning om Tuttis
som en inkräktare i vår familj och som jag måste ta till alla medel för att
kasta ut. Jag är tretton år, jag saknar rättigheter och makt, jag har heller
inte rätt till egna åsikter, inte ens sådana som delas av vuxna personer.

Risken att pappa skulle klå mig, om jag talar olämpligt om Tuttis-skiten
är uppenbar, alltså måste jag skaffa mig ett par livvakter och några
lämpligare till den uppgiften än Faster och Gunnar är svårt att tänka sig.
Bäst vore också om Britta inte är med, hon kan genom olämpligt
uppförande förstöra hela den scen, som jag försöker se framför mig och
som jag vill ska bli så helgjutet perfekt att den inte kan missförstås av
någon närvarande.

10.

Sensommarkväll på Tyresö, Faster och Gunnar sitter kvar i
vardagsrummet med mamma och pappa och dricker kaffe. Vi pratar om
ingenting och då passar jag på:

”Jag skulle gärna vilja veta hur det egentligen ligger till med färgen på
människors hår och ögon. Jag har hört att de färgerna vanligen hänger

ihop. Det kanske inte är en absolut regel, det vet ju inte jag, brunt hår, bruna ögon, men blåögda brukar ju inte ha blått hår."

Roade leenden på alla närvarande utom mamma. Jag fortsätter:

"Men om man har bruna ögon och hår som är ljust på hela huvudet utom i hårbotten och i benan, där det är mörkt, hur hänger det ihop? Det kan jag själv svara på, då är man mörkhårig och så har man blekt eller färgat sitt hår. Visst är det så, Faster? Så ser tant Tyra ut på huvudet och hon har dessutom bruna ögon, som sagt var, och det brukar inte ljushåriga ha. Faster vet väl en del om vad man gör med hår, jag menar inte att Faster färgar sitt hår, absolut inte. Jag menar att Faster har mer erfarenhet, alltså. Tant Tyras syster har riktigt mörkt hår, det såg jag när vi träffade henne hemma hos farbror Sven och tant Tyra."

Pappa rycker till som om han har tänkt rusa upp, men han sjunker tillbaka i fåtöljen igen, hans ögon glor ilsket och de lämnar inte mig. Mamma sitter tyst, jag har bestämt mig så jag fortsätter. Faster skrattar tyst över hela ansiktet och Gunnar håller samma glada ansiktsuttryck som sin maka

"Förresten, jag måste fråga om tant Tyra spillde på sig under lunchen, jag såg att hennes klänning hade flera röda fläckar, vad kan det ha varit, vi åt ju inte tomatsoppa utan korv och ägg, kom hon hit i en klänning som redan var fläckig, det brukar man väl inte göra, eller hur?"

"Nu räcker det, Christina," säger mamma lågt.

"Jag håller med Christina," säger Faster, "hon är inte särskilt fräsch.

"Jag tycker inte att det räcker," säger jag, "och det tycker tydligen inte Faster heller, får man inte prata om hur saker och ting är? Jag kan tala om att tant Tyra hade en säkerhetsnål i behån också. Den tittade fram då och då i urringningen och mamma har lärt oss att man ska vara hel och ren och aldrig ha säkerhetsnålar i kläderna, mamma har aldrig det, men det kanske inte gäller alla vuxna?"

Faster och Gunnar skrattar diskret.

"Du har rätt, Christina, samma regler gäller dessvärre inte alla människor, tyvärr skulle man ha lust att säga." Fasters röst blir ilsknare på slutet

Pappa sitter helt stilla, låtsas tömma sin kaffekopp, reser sig utan ett ord, lämnar rummet och fortsätter ut genom ytterdörren. Hans halvfulla kaffekopp står kvar.

Mamma suckar och ser mycket ledsen ut.

”Christina, det går inte att du fortsätter på det här viset, du måste sluta att kritisera tant Tyra, det är inte snällt det du säger.”

”Snällt! Snäll är det sista jag vill vara mot henne, kritisera, nej det tycker jag inte, jag säger bara som det är, hon är *en blonderad brunett i skitiga kläder* och korkad är hon också. Jag har mycket mer att säga nästa gång jag får tillfälle.”

”Maggie, lyssna på Christina, hon har helt rätt, Tyra är förskräcklig och hon ska inte få chansen att förstöra er familj. Eftersom du själv tydligen inte tänker ställa Eric till svars så låt Christina ge Eric en rejäl smäll, det har hon visat att hon kan.”

”Gud bevare oss,” stönar mamma, samlar ihop kaffekopparna och ställer dem på brickan. ”Snälla Christina gör inte saken värre än den är.”

”Tvärtom, jag ska göra slut på hela den här saken, jag har mer att säga och det vet jag att mamma också har. Jag tycker att det är synd att mamma inte säger till pappa att vi inte vill ha tant Tyra här. Vi avskyr henne.”

”Så får du inte säga, så får man aldrig säga om vuxna människor.”

”Det är dags att säga så nu, för det är sant.”

Faster och Gunnar som både är ilskna och fulla i skratt bereder sig att gå hem, helst skulle jag velat gå med dem, för jag förstår ju att det inte finns så mycket mer för mig att glädjas åt här hemma. Det enda som kan stoppa mig, är att mamma blir ännu mer ledsen, jag tröstar mig med att det inte är mig hon är ledsen på, det är aset Tuttis.

Jag samlar på fula ord, sådana som man under inga omständigheter får uttala. Jag graderar dem och får fram en favorit: *luder*. Det är ett nytt ord för mig, jag vet inte precis vad det står för men jag gissar att det är lika fult som hora. Prostitution är ingenting jag riktigt känner till heller, men jag tror att dessa ord hör ihop med den verksamheten, och den är säkert äcklig.

Jag tycker att Tuttis är ett luder och det har jag för avsikt att meddela pappa. Det vore bra om andra människor får veta vad som pågår. Pappa ska inte få försvara varken sig själv eller äckeltuttis, han ska få skämmas – om han vet vad det är.

11.

Britta vill inte, mamma är högdraget ointresserad, Wictor är för liten. Alltså blir jag tillfrågad och jag vill mer än gärna. Vad då? Åka till pappas släktgård i Skärblacka i Östergötland. Släktens äldste, farbror Gabriel fyller 80 år och det ska firas. Jag har varit där en gång tidigare och minns att alla som bodde där var mycket gamla och att släktgården heter Mariehult. Våra släktingar har bott på släktgården i evigheter och pappa har också bott där när han var barn.

"Vilken väg ska vi åka?" frågar jag som alltid vill ha så mycket information som möjligt, annars är jag rädd att missa något som alla andra känner till.

"Södertäljevägen ut på Riksettan mot Norrköping. Därifrån är det inte långt till Skärblacka."

Pappa är på gott humör och jag med, och jag tänker inte förstöra det med ett enda ord om äckeltuttis, som för min del gärna får ruttna bort i glömska. Så fort vi sätter oss i bilen, pappas grågröna Opel Kapitän, ber jag honom att berätta om släkten.

"Vad vill du veta?" säger pappa leende. Egentligen gillar vi varandra. Det är bara att vi bråkar ibland. När jag inte lyder. Men så här, när det är bara jag och pappa är han oftast snäll som en stor nallebjörn.

"Berätta om Christina. Allt jag vet är att hon är din farmor och att jag är döpt efter henne."

"Så det vet du. Men vet du varför du är döpt efter henne?"

Jag skakar på huvudet.

"För att hon tog hand om mig när jag var ett litet barn. Hon var gift med Axel Leo Forss och de fick fyra barn. Leander, Wictor, Hildemar och Maria. Dottern, faster Maja, har du träffat. I familjen finns även Axel Leos yngre bror, Gabriel och hans hustru Clara. De bor alla på gården Mariehult i Skärblacka."

"Allt det där vet jag redan. Berätta hur det var, vad du gjorde."

"Ingen är så nyfiken som du," säger Pappa och skrattar, och jag fruktar att det är allt jag kommer att få veta.

Nyfiken används mest som tillrättavisning i vår familj. Men när Pappa är på gott humör kan alla ord betyda motsatsen till vad de brukar betyda. Det vet jag sedan länge. Det bara är så.

"Jaa du... Familjen har i alla tider varit bönder, liksom de flesta människor förr i världen, alla arbetade och hjälptes åt med det mesta, faster Maja körde omkring med häst och vagn till granngårdarna och hämtade mjölk när man startat mejeri på Mariehult. Hildemar blev ansvarig för gårdens mjölkaffärer. Min farfar, Axel Leo, var en särdeles driftig man och när hans tre söner vuxit till sig fick de utbilda sig i hans yrke och lära sig byggnation. Dessa fyra karlar har byggt mer än du kan ana, från Gistad till Finspång, bostäder, badhus, skolor och ekonomibyggnader av alla slag. 1903 ansåg farfar att det var dags att bygga ett stort och pampigt hus i Skärblacka, med bostäder och affärslokaler. Förutom Hildemars mjölkbutik och två andra butikslokaler rymmer huset sju lägenheter avsedda för familj och släkt. Du får själv se Mariehults huvudbyggnad idag. Det är ett pampigt hus."

Pappa gör en paus för ett ögonblick och ser på mig med den där lite skeva blicken som han får när han suger på underläppen. Det brukar betyda att jag ska få höra nåt eller inte få höra nåt. När pappa börjar prata igen jublar jag inombords, detta är en sån dag när pappa verkligen berättar saker.

"Som du säkert förstår var min farfar Axel Leo en man som hade många järn i elden, han var uppfinningsrik och händig, men han gjorde tyvärr också affärer som han inte borde ha gjort och vid något tillfälle var han faktiskt *bortrest* en tid." Pappa ler nöjt, som han gör ibland när han använt ett ord han vet att jag eller något av de andra barnen inte förstår.

"Vad betyder bortrest?"

"Hur kunde jag veta att du skulle fråga det... Bortrest betyder att han satt i fängelse."

"I fängelse... Varför satt han i fängelse?" frågar jag andlöst. Detta är helt nya uppgifter för mig.

"Om jag det visste. Den historien har man tigit ihjäl och det kan du fortsätta med."

"Snälla pappa, berätta! Jag är väldigt nyfiken."

"Om det ändå var så enkelt att det räckte med att man var nyfiken för att få svar. Somligt talar man helt enkelt inte om. Så är det i alla familjer och det borde du vid det här laget ha lärt dig." Pappa suckar och jag undrar om det ändå vänder nu och pappa kommer med förmaningar istället för historier.

"Snälla, snälla pappa, berätta. Vad hade han gjort."

"Jag vet faktiskt inte. Ingen har berättat för mig heller."

"Inte ens när du blev vuxen?"

"Inte ens då men vad som kanske kan intressera dig är att när farfar inte var där tog farmor Christina över ruljansen på gården och hon skötte alltsammans minst lika bra som farfar, ingen vågade säga emot henne och när farfar kom tillbaka fick även han finna sig i att göra som hon bestämde."

Pappa sitter tyst en stund och det gör jag med.

"Tror pappa att han hade stulit någonting?"

"Nej, det tror jag inte, jag tror att han lät sig dras med i affärer han inte begrep sig på, allt han tidigare hade gjort hade ju gett så god avkastning att han blev övermodig och ett offer för smartare så kallade *affärsmän*. Jag vet att det misstaget kom att kosta honom en hel del och att det grämde honom länge och att somliga människor förlorade respekten för honom."

"När dog han?"

"Jag minns inte så noga, kanske tjugofem-trettio år sedan. Han och många andra ur familjen är begravda på Kullerstads kyrkogård. Den ligger strax intill Skärblacka."

"Tyckte pappa om honom?"

"Jag kände honom knappt, jag träffade mest farmor och faster Maja. Farfar arbetade jämt. Men för all del, han var snäll mot mig när jag var liten."

Jag hör på pappa att ämnet är känsligt, precis som jag vet att man inte ska fråga pappa om hans mamma, så jag frågar om hans farmor istället.

"Fortsatte Christina att sköta gården?"

"Farmor behöll greppet så länge hon levde. Det var ett rackarns fruntimmer och man talade om henne i bygden under långa tider. Hon var absolut ensam om att slå ut samtliga män inklusive make och tre söner ur beslutsprocessen. Under hennes ledning gav gården och verksamheterna bättre avkastning än någonsin."

"Var hon kanske en häxa?"

Jag säger det för att pappa ska skratta men frågan får precis motsatt effekt. Pappa sitter tyst och allvarlig.

"Alla vet att kvinnor saknar förutsättningar att driva företag och att ha
män som underlydande. Men farmor var ingen vanlig kvinna, hon
uppträdde som en man. Hon var hård och bestämd, inte särskilt snäll,
får jag säga."

"Men pappa säger att hon inte uppträdde som en vanlig kvinna, visst
gjorde hon väl det? Hon hade gift sig och fött fyra barn, hon skötte
hushåll och sånt som män inte har en aning om hur man gör. Det var ju
först när gammelfarfar Axel Leo *reste bort* som hon tog hand om hans
jobb."

"Det var ju en fråga om överlevnad för familjen. Alla kvinnor har gjort
som Farmor när männen tvingats ut i krig. Men nu tror jag att det är dags
för en paus," säger pappa. "Vad sägs om en glass?"

"Hemskt gärna, var är vi förresten?"

"Södertälje station, här finns en kiosk."

Nu ser jag stationen och kiosken med, jag ser tåg och människor som
ser ut ungefär som folk gör i Stockholm men det känns ändå lite
spännande att plötsligt vara i en annan stad. Husen är lägre, det är inte så
många bilar. Pappa parkerar bilen utanför stationen och vi kliver ur.

"Kom nu, Christina, jag ska fråga om jag kan få kaffe här."

"Det behöver pappa inte, det ligger ett kondis till höger över gatan."

På *DAGNYS CAFÉ och KONDITORI* beställer pappa kaffe, saft och
kanelbullar, glass struntar jag i.

Dagnys café är prydligt men ganska gammaldags. Stolarna har tjocka
tygsitsar och borden är av tungt, mörkt trä liksom alla andra möbler. Vi
är de enda gästerna och Dagny själv serverar utan att säga ett ord. Jag får
lust att skratta men pappa gör en gest att jag ska behärska mig.
Kanelbullarna är goda, saften med.

Helst av allt vill jag få veta mer om gammelfarmor Christina. Hon
verkar ha varit ett intressant och ovanligt fruntimmer både för sin och vår
tid, men pappa nobbar alla mina försök och säger att nästa person blir
hans far, Viktor. Förutsättningen för att han överhuvudtaget ska berätta
är att vi sitter i bilen. Så jag, som alltid äter och dricker långsamt, är klar
långt före pappa. Pappa ser hur otålig jag är och så fort vi styr ut på
Riksettan börjar han berätta.

"Min far Viktor var bara 20 år när han underrättade familjen att han
hade för avsikt att flytta till Stockholm. Axel Leo blev inte glad åt att en

av hans söner försvann men insåg att Viktor hade rätt att fatta sina egna beslut. Året var 1902 och Viktor fick jobb på byggen och lärde sig hur livet i storstaden gick till och han skaffade sig flera användbara kontakter.”

Jag lyssnar och betraktar naturen som ilar förbi utanför bilfönstret. Pappa har berättat historien om sin far flera gånger men jag lyssnar för säkerhets skull med ett halvt öra, ifall det skulle dyka upp någonting nytt. Förra gången jag åkte den här vägen var jag inte mer än 5 år och från den resan minns jag ingenting. Nu tycker jag att det är fascinerande att se de stora fälten med växande gröda, tunga granskogar och blänkande sjöar. Vägen till Tyresö ser inte ut så här och det är den enda natur jag hittills sett.

”Det går bra för Viktor i stan, han beslutar sig för att starta en egen byggnadsfirma, och tillsammans med en vän och likasinnad gör de slag i saken och Byggnadsfirman Kindblom och Forss ser dagens ljus. På hösten 1903 gör Viktor ett besök hos föräldrarna i Skärblacka, han träffar då en flicka från Finspång och det gick som det ofta gjorde på den tiden, flickan som hette Anna blev med barn.”

”Hur då gick som det gick?”

”På det vanliga sättet antar jag – och som du säkert hört talas om.”

Nu har jag ingenting mer att säga, sådana här saker kan jag absolut inte prata med pappa om. Men plötsligt går det upp för mig att barnet som Anna väntar måste vara pappa. Detta är den största sensation som jag hört talas om men kommentera den kan jag inte. Jag måste nog sitta tyst ända tills vi kommer fram.

”Ska jag fortsätta historien?” undrar pappa och jag nickar till svar.

”Viktor återvände till Stockholm, Anna stannade i Finspång, byggnadsrörelsen växte, Viktor och Kindblom hade mycket att göra men sommaren 1904 reste Viktor tillbaka till Östergötland, då han fick veta att Anna hade fött en pojke. Anna ville inte stanna hemma och ta hand om barnet, hon ville som Viktor ut och lära känna den stora världen. Resultatet blev att farmor Christina tog hand om det lilla barnet, skötte om honom och uppfostrade honom på det gammaldags sätt som var det enda hon kände till. Barnets faster, Maja, som var 17 år, hjälpte till och sannolikt var det hon som hade det huvudsakliga ansvaret för honom.”

Ännu har inte pappa sagt att det var han, men det är uppenbart för mig i alla fall. Jag undrar varför han inte säger det. Är det för att Anna inte vill ta hand om honom och lämnar bort honom?

"Byggnadsrörelsen fortsätter att växa, men i sanningens namn ska sägas att bolaget gick i konkurs minst en gång, kanske rentav två gånger, jag känner inte till detaljerna men uppenbarligen lyckades kompanjonerna få skutan på rätt köl igen och framstegen fortsatte. Så snart Viktor hade tid och möjlighet reste han till Skärblacka för att hälsa på sin son. Han fick då veta att Anna inte var särskilt frekvent i sina besök."

Jag ser på pappa att han försöker säga mig något med detta. Jag vet inte riktigt vad, kanske är det något som ord inte kan säga. För han ser så allvarligt och ledsen ut på samma gång. Ibland kan pappa vara fundersam men då är han inte så här. Kanske vill han bara ha en kram?

"I vilket fall... Viktor och Kindblom var två mycket olika personer och Viktor ledsnade så småningom på Kindblom. Hur det gick till har jag heller aldrig fått veta, men det blev som Viktor ville, han blev ensam ägare till bolaget. Åren gick, bolaget bytte namn till Byggnadsfirman Forss & Son AB – vid tillfälle fick Viktor frågan hur gammal sonen var. 4 år, sa Viktor. Byggnadsfirman byggde många och stora hus i Stockholm, flera hus på Birger Jarlsgatan och andra gator i innerstaden, och så klart Fasters hus på Karlavägen. Åren gick, affärerna gick strålande, Viktor hälsade på sin son i Östergötland och han träffade även Anna där och tydligen höll den gamla förälskelsen i sig, för 1910 anmälde Anna att hon väntade barn vid jultid."

Det är alltså detta som är Faster, tänker jag.

Nu var situationen sådan att Viktor och Anna insåg att de var tvungna att gifta sig och tillsammans ta hand om båda sina barn och så gick det till, när jag som aldrig varit utanför Skärblacka vid 6 års ålder fick flytta till Stockholm, där familjen bosatte sig på Valhallavägen 14 invid Roslagstull. Jag anar att du redan har förstått att det var jag som var Annas barn."

Jag nickar. Jag vill inte avbryta honom. Det här är en historia han aldrig har berättat tidigare. Om sin barndom har han berättat och jag har fått känslan att den inte varit så rolig, att han tyckt väldigt mycket om sin pappa, men inte tyckt mycket om sin mamma.

"Nu passerar vi Norrköping," säger pappa.

Själva staden ser jag inte men jag ser skylten där det står Skärblacka och vi svänger in på en mindre väg. Efter pappas berättelse känns trakten annorlunda; här bodde pappa som liten pojke utan föräldrar och med bara faster Maja. Farmor Christina och farfar Axel Leo verkar heller inte ha brytt sig särskilt mycket om honom.

Pappa kör in på en stor grusplan och parkerar vid sidan. Vi går ur bilen och betraktar ett stort hus i tre våningar.

"Det är alltså detta som är Mariehult," säger pappa. Huset är både vackert och pampigt och har jättestora ovala fönster. Pappa ser åter glad ut och då blir jag det också.

Medan vi står där börjar släkten komma ut på trappan. Jag känner igen dem utan att veta riktigt vem som är vem, men pappa presenterar och pekar ut den ene efter den andre. En av dem behöver ingen presentation, för han skiljer sig inte minst genom sin längd från alla de övriga och jag kan inte låta bli att säga:

"God dag farbror Gabriel," och sträcka fram handen mot honom, när han närmar sig.

Pappa skrattar, skakar Gabriels hand och klappar honom på ryggen och de ser båda två mycket nöjda ut. Det gör resten av släkten också.

"Min dotter Christina kände igen dig direkt, fast det är många år sedan hon var här senast."

"Eric, du ska veta att jag kände igen henne, hon är så lik dig i unga år. Så roligt att få se dig igen, flicka lilla."

Där står pappas farbröder Leander och Hildemar och deras fruar, där kommer faster Maja och hennes man som heter Persson och deras son Lennart med fru och dotter, som är yngre än jag. Men Gabriels fru Clara, som jag minns var så vacker, är inte här. Jag tror att hon är död men törs inte fråga. Så kommer pappas kusiner Åke och Sune, söner till Leander och Hildemar och kusinernas fruar. Både Åke och Sune arbetar i pappas byggnadsfirma och jag har träffat dem ganska många gånger. Plötsligt står alla som i en tät ring runt Gabriel, pappa och mig.

Det är skönt att komma loss ur trängseln när alla börjar gå in mot huset. Pappa har förklarat för mig att det kommer att serveras mycket mat men att jag inte behöver äta mer än jag vill. Han har sagt att det hör till på denna plats i världen att maten aldrig ska ta slut.

Vi går in i huset och kommer nästan direkt in i en stor sal, där ett långbord är dukat och pappas farbröder vill att vi ska sätta oss, men pappa ser på mig och säger:

"Christina och jag ska tvätta händerna först" Jag följer med honom till en korridor, där han pekar och säger: "Där är damernas, här är herrarnas." Jag vet inte varför men jag känner mig lite viktig när jag går in på damernas.

När vi kommer tillbaka in i matsalen har alla ställt sig vid sina platser runt bordet, mitt på ena långsidan står Farbror Gabriel och han vinkar till mig att komma och sätta mig på hans högra sida. Pappa har fått plats mitt emot mig och han har Leanders fru och faster Maja på varsin sida. Jag förstår, fast ingen sagt något, pappa och jag är särskilda gäster. Eric är son till Viktor, som var den i släkten som gjorde sig en framtid i huvudstaden. Det är lite konstigt att tänka på pappa som framgångsrik. Pappa är pappa. Men när jag ser dessa släktingar förstår jag hur de tänker om min pappa.

Leander, pappas äldste farbror, reser sig, hälsar alla välkomna och gratulerar Farbror Gabriel på 80-årsdagen. Det är visst mycket jag inte vet om, tänker jag när jag hör att han säger: "Så gammal har ingen i släkten blivit före Gabriel." Sedan säger han att det är trevligt att släktingar från Stockholm kommit och att man tycker att Christina, som är yngst, ska sitta bredvid den äldste.

Alla tittar på mig och för ett ögonblick blir jag lite generad men det går över snabbt, egentligen tycker jag ju om att få uppmärksamhet.

Så säger han skål och alla skålar. Jag får Pommac, de vuxna dricker pilsner. Samtidigt tänker jag att jag inte alls är yngst, det är faster Majas barnbarn, flickan som är min syssling, som jag inte vet vad hon heter.

Det händer saker hela tiden. Några damer, som inte hör till släkten, serverar och bär in mat, stora fat och karotter. Jag har ingen aning om vad som serveras och tar bara lite och tittar på pappa ibland, som signalerar ja eller nej. Det är tur det. Det mesta är gott och de vuxna skålar i små snapsglas. Pappa har vänt sitt snapsglas upp och ner, han kan inte dricka brännvin när han ska köra bil.

Farbror Gabriel talar med mig:

"Du får väl lära dig historia i skolan, då kan du berätta på nästa lektion att din farbror Gabriel föddes under Carl den XVs regeringstid. Han fick inte vara kung så länge och då han inte hade en son blev hans bror Oscar kung efter honom. Oscar den andre. Det var andra tider då, nu bryr man sig inte så mycket om överheten, men det kan du tro att man gjorde då. Den som inte bockade tillräckligt djupt för prästen, fick stå i skamvrån när man gick och läste. Det var inte kul, kan jag tala om..." säger han och låter plötsligt inte alls som åttio år, mer som åtta och att det hände igår.

Jag tycker väldigt mycket om farbror Gabriel. Men Farbror Gabriel verkar inte säker på om han ska fortsätta eller vad han ska berätta härnäst så jag ler så mycket jag kan för att han ska fortsätta. Jag älskar historia.

"Min far var soldat, han var en bra karl, han hette Magnus och han exerserade på flera stora fält, och när krig bröt ut mellan Tyskland och Danmark kallades svenska soldater in och min far fick åka till Danmark med armén, men kriget tog visst slut när svenskarna kom dit, så det var ju tur.

Min farfar hette Jonas och på den tiden fick man sitt efternamn efter faderns förnamn, Jonasson alltså, men far som var soldat måste liksom alla andra soldater ha ett soldatnamn och han valde namnet Forss. Jag tycker att det är ett mycket bra namn, soldatnamn ska vara korta, ifall det blev brådskande ska det gå fort och lätt att ropa. Min far fick heta Magnus Forss och han fick ett eget så kallat soldattorp i Gistad, där mina äldre bröder Carl Fredrik, Johan August, Axel Leo och jag växte upp. Så nu vet du det... säger farbror Gabriel och tystnar på samma sätt igen. Så jag skiner som en sol mot honom så att han ska fortsätta. Han verkar förstå vad jag vill för han ler lite svagt på sitt karaktäristiska vis. Det konstiga är att han inte ser det minsta ut som pappa eller nån annan.

"Jag minns när du var här första gången, då var din äldre syster Britta med och ni två bodde hemma hos Clara och mig. Minns du tant Clara? Hon dog förra året, så nu är jag ensam, vi har inga barn, det vet du kanske. Du var en ganska livlig liten flicka, du sprang och hoppade så Clara och jag blev rent förskräckta men din syster var stillsam, det minns jag."

"Jag minns tant Clara mycket väl, jag tyckte att hon var så vacker och väldigt snäll."

"Det har du helt rätt i, i ungdomen var hon en strålande skönhet, min kära Clara."

”Tycker farbror Gabriel att det är skönt att bli gammal, slippa arbeta och slita och få vila sig i stället?”

”Nej, det tycker jag är tråkigt, jag tycker om att snickra och det gör jag också, jag tycker om att gå till stall och lagård och klappa djuren. Lyckligtvis så finns det ännu djur på flera gårdar i närheten och att gå är inte så tröttsamt, somliga säger att det är nyttigt.” Farbror Gabriel brister ut i skratt: ”Snart säger de väl att det är nyttigt att arbeta också!”

Pappa avbryter oss med att ställa några frågor till farbror Gabriel, som mest rör gamla tider. Jag ägnar mig åt att äta och prata med faster Maja. Jag passar också på att studera farbror Gabriel när han lutar sig framåt över bordet mot pappa och jag ser vad jag såg redan när vi kom. Alla släktingarna liknar varandra, alla utom Gabriel. Jag har sett min farfar Viktor på gamla fotografier, även han var en typisk Forss. Men farbror Gabriel har inte ett enda drag som kan härledas till familjen Forss.

Kaffet bärs in till bordet och några spritflaskor som jag inte känner igen. Jag får en Pommac till och pappa vänder upp och ner på sitt spritglas igen. Nu är det pappas tur att klinga med skeden mot kaffekoppen och resa sig upp för att tacka för maten och hålla tal. Det har jag hört pappa göra många gånger förut och det brukar han göra bra så att folk skrattar. Jag kan inte riktigt återge vad han säger, för jag sitter helt fascinerad av att han så snart han börjar tala, låter helt annorlunda. Han återvänder till sitt östgötska modersmål och det låter så vansinnigt kul att jag knappt kan hålla mig för skratt. Så där brukar han verkligen inte låta utom när Faster och han ryker ihop och grälar. Ingen annan ser ut att vilja skratta så jag behärskar mig.

Pappa säger åt mig att hämta ett paket som han har lagt på en stol i hallen och då kan jag inte låta bli att säga högt så alla hör på det östgötamål som jag härmat förr:

”Hörrdudu, de ske ja visst göre.”

Pappa får ett av sina välbekanta skrattanfall och det lockar resten av gästerna med sig, så plötsligt är salen full av sprudlande glada människor, och jag smiter ut i hallen och hämtar paketet.

”Hörrdudu, härr ere, ja ha hämte pakete ditt.*”*

Pappa kan inte stoppa sitt skrattanfall nu heller och reaktionen runt bordet är densamma. Farbror Gabriel skrattar han också, men jag tror inte att han riktigt vet vad han och de övriga skrattar åt. Jag skrattar också, är glad att jag kom på den här lilla lustigheten som vi ibland säger hemma.

Pappa överlämnar paketet till farbror Gabriel och önskar honom god fortsättning på sina 80 år och med sina snickerier. Farbror Gabriel reser sig, tar emot presenten, tackar allra ödmjukast och tar pappa i hand.

Farbror Gabriel packar upp paketet och blir överväldigad av innehållet som visar sig vara en borrmaskin, och plötsligt är både farbröder och kusiner där och vill läsa beskrivning, väga den moderna maskinen i handen och gratulera farbror Gabriel till en sådan finess i verktygslådan. Jag ser att farbror Gabriel är rörd och då blir jag det med.

Efter att pappa uppmanar mig att tacka Leanders fru och faster Maja för maten, smiter jag ut och springer runt det stora huset. Det är lika vackert på den andra sidan, fönstren är så ovanliga, runda upptill och väldigt stora. Där grusplanen tar slut, följer gräsmattor och buskage och ett skogbevuxet område. Jag ser även vatten utan att veta om det är sjö eller flod. Det är nästan obegripligt att detta är pappas barndomshem och att nästan alla människorna som är här idag, var här när han föddes. Det är som en tidsresa till en annan värld. Nej, det är en tidsresa, Mariehult tillhör en annan tid. Jag menar Karl XV, som var kung när farbror Gabriel föddes, han var barnbarn till Napoleons general, Jean Baptiste Bernadotte, som de sedan bytte namn på så att han blev Karl XlV Johan. Så onödigt, han som hade ett så vackert namn. Vad jag menar, är att farbror Gabriel, han är gammal han, och Mariehult också.
Förresten så var Karl XV-s bror Oscar II kung när pappa föddes!

Det är så konstigt att dagens 80-åring vill prata med mig som är så liten. För det har jag märkt, att förutom farbror Gabriel är det just ingen som vill prata med mig, inte ens min syssling, faster Majas barnbarn. Här är jag, trots att jag bara är ett barn, en utböling.

Jag springer tillbaka till pappa och ser att han tar farväl av människor. Vi ska alltså åka redan. Det känns konstigt, vi som just kommit hit. Jag skulle vilja stanna över natten. Farbror Gabriel kommer mot mig, han vill krama mig innan vi åker.

”Du är en duktig flicka, Christina, lite lik Viktors mor är du, ser ut som Eric som barn, visst är du en Forss, det kan vem som helst se och jag är glad att du kom hit idag, för vi ses nog inte mer. Lycka till, lilla Christina!”

Farbror Gabriel ler mot oss med hela ansiktet när vi vinkar från bilfönstren och pappa tutar två korta när vi lämnar Mariehult. Jag är både ledsen och lycklig på samma gång. Jag vet inte riktigt varför. Det är tydligt att alla de här människorna är mina släktingar och samtidigt är de som främlingar. Faster och mammas släktingar i Stockholm är alla mycket mer som jag. Ändå känns det som jag innerst inne är mer som människorna på Mariehult.

Klockan är knappt fem, solen står ännu högt, jag vill prata men vet inte var jag ska börja. Även pappa är påverkad av timmarna på Mariehult. Stackars pappa, egentligen skulle du nog ha velat stanna kvar här. Egentligen skulle du nog ha velat bo här nu.

"Pappa, hur kommer det sig att alla i släkten är rätt lika varandra utom farbror Gabriel. Inte nog med att han är rätt mycket längre än alla, han är ju smal som en flaggstång också. Karlarna är ju nästan löjligt lika varandra, Majas son, Lennart kunde vara bror till Åke och Sune och Leander och Hildemar kunde vara din pappa. Men farbror Gabriel ser ju faktiskt helt annorlunda ut. Jag har också sett att somliga av er har likadana händer. Och alla påstår att Axel Leos fyra söner var avbilder av honom. Då frågar jag, hur såg soldaten Magnus ut, jag vet att det fanns bilder av honom, det sa Maja, har du sett dem, pappa?"

"Ja jag har sett bilder på Magnus men utan att kunna avgöra om han liknar oss övriga."

"Pappa, är farbror Gabriel släkt med er?"

"Visst är han det, Christina, han är ju Axel Leos bror."

"Han är ingen Forss, så mycket begriper jag, han ser helt annorlunda ut. Tunnhårig är han också, medan varenda karl i familjen Forss har tjockt hår."

Nu börjar pappa skratta.

"Jädra jänta! Du är fan inte mer än tolv år, men ändå tycker du att det är dags för mig att avslöja släktens hemligheter för dig. Jag kan inte säga att jag är helt road av detta, även om jag skrattar, men jag kan heller inte förneka det vi anat i tre generationer. Finns det någon som du tycker att Gabriel liknar?"

"Låt mig tänka, jag har redan sagt det till mig själv, men det har flugit bort under dessa annorlunda timmar, kan jag få ett par timmar på mig, pappa?"

"Du kommer igen till mig, när du tror att du har ett svar."

"Ok."

"Pappa, jag skulle vilja veta mer om din farmor Christina. Skulle du vilja beskriva henne för mig."

"Farmor var en mycket rakryggad kvinna, det fick henne att se längre ut än hon var. Äktenskapet med Axel Leo var bra i början, men när Axel Leo började med sin byggnation ändrades mycket. Axel Leo nappade på affärer som han absolut inte borde ha gjort. Christina var en intelligent kvinna som såg allt detta, men hon var tvungen att vänta tills olyckan var där. Axel Leo fick bara 1 år och 4 månader, kumpanerna fick över tre år, men farfar förlorade mycket pengar och hemma satt Christina och räknade ut hur hon skulle klara familj och släkt ur detta drama och hon gjorde rätt. För jordbruket anställde hon unga pojkar som inte kostade så mycket. Hon utvidgade mejeriverksamheten, hon lät Leander och Hildemar bygga i mindre skala än tidigare, men ganska snart förstod hon att även byggverksamheten borde utvidgas. Hon anställde unga pojkar som under Leanders ledning fick lära sig byggnation, och jordbruket arrenderade hon ut så småningom. Christina genomförde stora förändringar på gården som bidrog till de anställdas förmån. Hon anställde två personer som var helt ansvariga för får och höns, hon minskade gårdens antal kor, hon slaktade den urgamle tjuren, köpte en ny, ung och pigg och hon ökade antalet kvigor.

När Axel Leo kom tillbaka hade Christina sin man, tre söner, sina svågrar och makens syskonbarn emot sig, men hon gav sig aldrig, gården hade aldrig gett bättre avkastning än nu. Man talade om henne i bygden, detta hade aldrig hänt förut, men ingen utanför familjen vågade säga ett ont ord om hur Christina Forss skötte den egendom som hamnat i hennes händer.

Hon var en respekterad kvinna, men hon var inte en sådan kvinna som man var van vid. Hon struntade blankt i vad män sa, och när man skickade dit kyrkoherden för att tala allvar med henne och låta maken återta skötseln av gården, skrattade hon honom rakt upp i ansiktet och sa: 'Om du sköter din himmel så sköter jag jorden där säden gror.'"

"Pappa, jag har faktiskt någonting att säga."

"Låt höra."

"Han är lik kungen."

”Säger du det?”

”Ja, det säger jag, Gustav V eller någon av hans bröder Oscar eller Carl.”

”Jaha, du kanske är på rätt väg.”

”Pappa, berätta nu, jag kan inte vänta längre.”

Pappa skrattar.

”Karl XV och hans bror Oscar II var svåra på fruntimmer, de for genom Sveriges sydliga landskap som hungriga vargar och de efterlämnade många små babypojkar och flickor i böndernas gårdar. Detta har vi vetat länge, men vi har inte vetat tillräckligt om soldaten Magnus maka för att våga oss på en gissning. Vi vet dock, att soldaten Magnus var hemifrån långa tider på övningar med armén och då dansktyska kriget pågick. Det är allt vi vet. Gabriel är min farfar Axel Leos yngre bror, mer finns inte att säga.”

Jag tänker: Går det verkligen till på det sättet? Gabriel vet alltså inte vem han är, han skulle kunna vara till hälften fransman utan att veta det. Jag begriper att hur det än ligger till, har vi andra i släkten inte blivit kungliga på köpet, tvärtom, vi är inte ens släkt med vår egen farbror.

”Får jag prata med mamma om det här?” frågar jag slutligen.

”Det kan du göra, om du vill, men hon är helt ointresserad av Skärblacka. Hon följer aldrig med dit.”

”Pappa, jag tänkte på en sak till, att farbror Gabriel blivit så gammal, det brukar de inte bli i den Forsska släkten, men i den kungliga familjen lär det ha funnits en del rätt uråldriga.”

”Pappa, det måste ha varit Oscar II, det är därför han är så lik Gustav V.

Pappa småskrattar lite grand.

”Christina, det är bäst att du glömmer den här historien nu, den kommer aldrig att bli uppklarad och det är lika bra det. Inte ens faster Maja som är bra på att hålla reda på folk och som är två generationer före dig kan berätta någonting mer än vad du redan gissat.”

Jag är mycket upprörd över vad jag fått veta – eller inte veta – ingen vet ju någonting och det är tydligen så man vill ha det. De som vet är döda: Magnus och hans maka – men kanske förstod inte ens Magnus varför hans andre son blev så lång och fick ett så utpräglat majestätiskt utseende.

Själv vet jag förstås. I mitt hjärta har jag alltid vetat att jag är släkt med
en kung, och därmed alla kungar. Ändå lämnar mig besöket i Skärblacka
med en sorts sorg och det är insikten att jag inte är släkt med min egen
släkt.

12.

Som byggmästare lämnar pappa med jämna mellanrum anbud på stora
entreprenader. Dagen han får besked om att hans företag fått jobbet –
eller inte fått det – kommer han alltid hem bekymrad.

"När man inte får jobbet måste man sätta igång och räkna på ett nytt –
om det finns något att räkna på. När man får jobbet kan det betyda att
man räknat fel och då är det illa. Men ingenjör Järrsten brukar förstås
inte räkna fel – den mannen är skapt som en räknesticka, det enda han
kan är att räkna – han räknade ta mig fan varenda spik på kvarteret
Svärdlången, och det var ett stort bygge och det stämde ju också. Det får
vara hur det vill, nu ställer vi till med fest, Maggie, det kanske blir den
allra sista. Papper och penna, stor fest."

Nu börjar planeringen, gästlistan först, hur många och vilka!

Vid vårt matsalsbord, där vi normalt sitter fem personer, kan man med
alla skivor ilagda sitta 24 personer, det betyder näst största festen; största
festen är 40 personer vid 5 runda bord för 8 personer. Fest för 20 – 24
gäster är det vanligaste.

När gästlistan är klar, skriver mamma ut bjudningskorten:

> *Byggmästare och Fru Eric Forss*
> *har äran inbjuda*
> *Direktör och Fru Kjell Fredén*
> *till middag*
> *lördagen den 19 mars 1949 kl 19.00*
> *klädsel: smoking*
>
> *osa senast den 1 mars*
> *Styrmansgatan 39, Stockholm Ö*

Därefter fortsätter mammas och pappas diskussion om kvällens meny och en sak är absolut säker: huvudrätten ska bestå av kött för finns det någonting som pappa inte betraktar som människoföda, är det fisk, såvida det inte är en abborre som han själv fångat med sitt spinnspö.

Kött alltså, inte för mycket grönsaker, det är det ändå bara damerna som äter.

Förrätt?

"Kan vi inte ha sill?" undrar pappa.

"Eric, ska det inte vara en elegant måltid," undrar mamma lite otåligt.

Man diskuterar sandwich, rökt lax, rökt ål, sparris, nej det är för tidigt på året, aladåb av något slag, men det tycker inte pappa låter gott, räkcocktail, ja kanske.

"Ja, vad väljer du Eric, nu har du chansen att få vad du vill?"

"Rökt lax låter godast, verkar bäst – det tar vi!

Dessert: Lämpligast och lättast brukar vara att beställa desserten från tillgängligt kronobageri. Mamma får fria händer.

Drycker:

"Till förrätten går det väl bra med öl och Skåne."

"Nej Eric, det här är ingen herrmiddag, ett torrt vitt vin, du får tala med Lasse Backlund, han har ju agenturen på ett antal fina viner, och till köttet har du väl ändå tänkt att det ska serveras Geisweiler.

"Självklart, " betonar pappa, som en gång för alla utnämnt det årgångsfria röda vinet Geisweiler till århundradets enda drickbara röda vin.

Desserten:

"Vitt portvin," deklarerar pappa, "så bra, då är vi färdiga med hela middagen."

"Inte riktigt,", säger mamma, "det ska bli dans också, vi behöver musik och det duger inte med radiogrammofonen, du får lov att åta dig att hyra en pianist, den som vi hade senast var ju så bra, det tyckte du själv."

"Det ska jag ordna Maggie, bäst jag skriver upp det."

Så går det till när pappa anser sig ha delat hela bördan med att planera en stor middag för gäster. I själva verket medverkar han vid upprättande av gästlistan, godkänner rökt lax till förrätt och kött till huvudrätt samt åtar sig att ringa pianisten.

Nu startar mammas del i organisationen, städsla kokerska och serveringspersonal, bestämma vilken del av oxen som ska hamna på tallrikarna och beställa densamma i Östermalms Saluhall samt vad som ska hålla oxen sällskap i form av rotfrukter, gelé eller annat gott och tjusigt; ringa bryggeriet och beställa hem vatten, öl, läsk, soda; ringa iskarlen och beställa hem stora block och små bitar att levereras på lördagen; ringa leverantören av festliga efterrätter och lägga en order lagom för ca 26 personer.

Diskutera vickning med kokerskan och acceptera hennes förslag – det brukar göra henne på gott humör och beställa enligt hennes order.

Kontrollera lagret av dukar och servetter med samma mönster, där brukar det kunna bli problem.

Därefter återstår resten: blommor till middagsbordet och till öppna spisen och andra ställen, frukt, choklad och annat godis, nya tvålar och vackraste linnehanddukarna till badrum och toaletter.

Ringa pappas skräddare som skickar en man att hämta pappas smoking för eventuell tvätt och uppsnyggning.

Vad ska mamma ha på sig? Kunde behöva något nytt, ljusblått kanske, det var länge sedan, får lov att titta in på Holmbloms i veckan.

Vad ska Britta och Christina ha på sig? Kontrollera deras garderob. Vad ska Wictor ha på sig? Badbyxor, säger han.

Den 1 mars har alla gäster svarat på inbjudan och då börjar mamma och pappa att göra middagens placering. Vem ska ha värdinnan till bordet och därför tvingas hålla tacktal?

Den roligaste, tycker jag, den äldste tycker mamma, den trevligaste tycker pappa, den snyggaste tycker Britta, den tjockaste tycker Wictor.

"Tänk om det ändå kunde vara en och samma person," suckar mamma och väljer den äldste.

På torsdagen i festveckan ska två damer ur serveringspersonalen komma och diska alla glas och kontrollera allt porslin, matsilver och annat silver – vaser, små askkoppar till middagsbordet osv.

Städerskan kommer på fredagen, gör en sista putsning av alla ytor och hon tar med sin man för att de tillsammans ska rulla ihop mattan i matsalen.

Lördag morgon: Kokerskan kommer, vårt hembiträde Laura assisterar henne, plockar fram skärbrädor, fat, knivar, och andra utensilier, samt rotfrukter, grönsaker och annat som ska skäras och hackas.

Lördag förmiddag: Serveringspersonal anländer, skivorna läggs i matsalsbordet, dukningen inleds och avslutas, servetterna bryts, blommorna ställs på middagsbordet.

Mamma går till frissan.

Pianisten kommer och konstaterar att pianot är ostämt, pappa säger att det kommer inte en enda människa att märka, ´jo jag´, säger pianisten och det tycker pappa är dagens roligaste replik hittills.

Mamma och pappa är *moderna* i ett avseende och där skiljer de sig från flertalet av sina vänner; de vill att deras barn från tidiga tonår ska delta i deras fester. Det vill vi också, somliga av de vuxna gillar det, andra inte. Båda föräldrarna uttrycker det så att vi därmed får lära oss att uppträda på lämpligt sätt i sociala sammanhang. Det ligger säkert somligt i det, men för mig handlar det mest om att lyssna på vad folk säger och diskuterar och tycker om saker och ting. Själv säger jag nästan ingenting, och då märker de knappt att jag sitter där, men det gör jag och jag får alltid åtskilligt att lägga på minnet.

Dagen efter en fest är alltid rolig för då delar alla i familjen sina minnen med varandra. Jag brukar kunna bidra med några gästers politiska åsikter, som får pappa att explodera av skratt eller ilska. Några av de värsta *kvinnotjusarna* ger nästan alltid ifrån sig något rätt förbjudet omdöme om någon välkänd kvinna och det gör mamma vansinnigt förbannad men pappa skrattar naturligtvis åt det också.

Han skrattar däremot inte, när han får veta att en advokat bland gästerna gärna vill ge Britta och mig tryckare på dansgolvet.

Pappa är mycket svartsjuk.

13.

Till mammas födelsedag har mamma och pappa bjudit in till en middag med ett tjugotal gäster, Britta och jag ska delta, Wictor får sova hos kusinerna Nordström.

Förberedelserna är alltid intressanta, själv är jag mest förtjust i iskarlen, som kommer gående uppför trapporna på lördagseftermiddagen med ett jättestort isblock, som han bär med en kraftig tång, han får gå två gånger för han får inte åka hiss, det kan bli blöta fläckar på hissgolvet. Vad vi ska använda två isblock till får jag aldrig veta.

Här är tanter som springer omkring och putsar och torkar och bär på glas och porslin och vi får inte gå ut i köket, men det gör vi ändå och hänger i dörren till korridoren utanför jungfrukamrarna, och alla som är i närheten av spisen är röda i ansiktet och det ångar och ryker.

"Ut," skriker någon och då flyr vi.

Brittas och mina klänningar hänger nystrukna i garderoben, vi är rena och snygga och vi har använt några papiljotter för att bli ännu snyggare, vilket väl är omöjligt i Brittas fall – hon är ju redan *vacker som Nefertite*! I mitt fall gör det naturligtvis obeskrivlig skillnad.

Jag tycker om dessa tillställningar, att få lyssna till så många och olika vuxna människor under en enda kväll, det är fest för mig. De kan säga de mest befängda saker, eller kloka och roliga eller helt obegripliga. De kan också säga rätt fula saker, det är det allra bästa. En sak till som jag lärt mig, när de dricker sprit blir somliga av dem – särskilt farbröderna - extra pratsamma. Då gäller det att lyssna uppmärksamt.

Jag känner alla gästerna, men sist av alla kommer till min vrede och sorg farbror Sven och tant Tyra. Under inga omständigheter kan jag förstå, hur mamma har kunnat gå med på att bjuda dem, hon vet ju vilken skit Tuttis är och hon vet att jag avskyr henne. Vilken skit pappa är som har föreslagit att de ska få vara med! Min kväll är förstörd. Ändå vill jag vara med – jag bara älskar när det är fest.

En pianist är inhyrd och när dansen börjar gäller det att ha ögonen på skaft, somliga vuxna människor uppträder då som om de är högst tjugo år, och det kan vara både kul och äckligt att titta på. Jag bevakar pappa och när han bjuder upp Tuttis står jag bredvid pianot och kollar grundligt hur de bär sig åt. Det enda jag ser är att hennes hår är nyfärgat. Jag förstår att det knappast ska bli något pusskalas, så jag bestämmer mig för att lyssna på de mest pratglada gubbarna i stället. Det brukar kunna ge tillfälle till många skratt i morgon, om de håller sin vanliga klass.

Tant Tyra pratar nästan aldrig med andra damer, hon sätter sig alltid mitt i en soffa och hoppas på en gubbe på varje sida. Oftast får hon det också. Ofta är pappa en av dem. Andra gubbar sitter där denna kväll och plötsligt ser jag hur en av dem lägger armen om hennes axlar och tar henne på ena bröstet och kramar till. Hon varken säger eller gör någonting för att försvara sig, jag tycker nästan synd om henne, men båda gubbarna skrattar och då gör hon det också.

Detta är oerhört, om någon gör så med mamma lovar jag att gå till anfall. Men nu är det inte mamma, utan Tuttis och hon har antagligen förtjänat behandlingen. De båda gubbarna fortsätter att skratta och vara glada, Tuttis blir uppbjuden och försvinner ut på dansgolvet och jag glider en lång omväg runt soffan och ställer mig innanför de tunna gardinerna och ser ut genom fönstret, Oscarskyrkans klocka tittar tillbaka och till och med Breda Blick på Skansen är nyfiken på fortsättningen.

"Vad säger du?" undrar svågern.

"Lättköpt, svarar advokaten.

"Är det verkligen så illa, jag menar, tänk på Eric?"

"Ett luder är ett luder," advokaten verkar säker på sin sak, "Eric får vad han bett om."

"Maggie bör vara mycket ledsen och arg vid det här laget, jag hoppas verkligen att hon ger honom vad han förtjänar. Hon är värd mycket bättre, jag tar gärna hand om henne," säger svågern.

"Det är du inte ensam om..." konversationen dör ut för nu kommer andra gäster till soffan.

Jag behöver inte se mer, jag behöver heller inte höra mer. Allt är värre än jag trott. Alla vuxna är svin – inte bara Tuttis. Jag går och sätter mig hos min gudmor Elsa och en annan dam som jag tycker om.

"Hur är det, Christina, du ser nästan lite ledsen ut, har det hänt något?"

"Det finns vuxna människor som inte är trevliga. Och flera av dem är på den här festen."

"Har någon varit dum mot dig?"

"Nej, någon är dum mot hela min familj, mest mot mamma och det vill jag göra något åt."

Tant Elsa och tant Karin stirrar kort på varandra, och jag förstår att de vet. Jag förstår att alla närvarande utom möjligen pianisten vet, och just då bestämmer jag mig för att jag imorgon ska ställa pappa inför faktum.

Gud, vad jag avskyr pappa, som är i full färd med att förstöra livet för mamma, Britta, Wictor och mig bara för att få äckla sig med Tuttsvinet.

Jag måste använda mig av allt jag vet och sett och hört och jag förstår att jag måste säga det högt med precis de ord som använts. Jävlar i mig, jag ska skapa den största skandal vår familj har upplevt. God natt!

Morgon. Pappa är bakfull, det förstår jag eftersom mamma ger honom en albyl. Det lär knappast hjälpa mot den sjukdomen, tänker jag, och värre ska det bli för jag har vaknat flera gånger och funderat på hur jag bäst ska angripa problemet.

Vi måste få bort dem, vi måste få honom att begripa: Idéerna bort eller fru och barn bort.

Jag vet inte mycket om sånt här för jag är ett barn. Men så mycket vet jag att dessa idéer, att pappa kan hålla på som han gör, kommer från 1800-talet. Det värsta är att ingen annan gör något, och därför måste jag som är yngst ta hand om familjens elände. Det kommer att gå alldeles åt helskotta. Och antagligen kommer jag att få stryk också.

Visserligen fyller jag snart tretton år, har haft mens i ett år, blivit pussad av två killar, men att på liv och död strida mot pappa därför att han fått för sig att han absolut måste ha en extra kvinna förutom den han är gift med – det kan inte gå bra.

Ändå måste jag – för ingen annan gör det.

Varför gör ingen vuxen något? Obegripligt är det.

Förmiddag, ingen talar om gårdagen, efter lunch försvinner alla åt olika håll, middag, nej jag har bestämt mig för att det kan vara lämpligt att få svälja middagen, innan kräkmedlet sätts in. Kaffebrickan på bordet i vardagsrummet, pappa hämtar flaskan med Remy Martin och två kupiga glas, Wictor går in i sitt rum antagligen för att gräva ännu ett hål i sitt skrivbord och tända en liten eld där. Det är ett av hans stående nöjen till mammas fasa.

Pappa, mamma, Britta och jag.

"Hur hade ni det igår," frågar mamma.

"Det var jättebra," säger Britta, "maten var jättegod och pianisten var jättebra."

"Det var lyckat," säger pappa.

"Christina då, "frågar mamma, "hur hade du det?"

"Jag har ett par frågor, som jag gärna vill ha svar på, och jag skulle vara tacksam om ingen brusar upp och skriker, för jag tänker berätta vad jag var med om igår.

”Vad har du varit med om, Christina?” mammas röst är svag och låter orolig, pappa ser konstig ut och stirrar stint på mig.

”Först av allt vill jag veta vad ordet luder betyder.”

Så tyst har det aldrig varit hemma hos oss.

”Varför frågar du det,” undrar mamma med ännu mattare röst, ”det är ett väldigt fult ord som man inte säger högt.”

”Jag tror att både mamma och pappa vet varför, själv har jag bara anat, inte vetat, men i går kväll fick jag lyssna till hur två farbröder beskrev tant Tyra som ett lättköpt luder och att Eric har fått det han vill och som avslutning, stackars Maggie, båda herrarna är beredda att ta hand om mamma.”

”Jävlar i min...” ryter pappa, men jag avbryter honom

”Det var just det jag bad om, inte brusa upp och skrika, men det är tydligen för svårt för pappa.”

”Eric, lugna dig,” ber mamma och då börjar Britta grina och mamma tar henne i armen och säger åt henne att gå in i vårt sovrum, vilket hon egendomligt nog gör.

”Vad skriker pappa för, är det att båda herrarna gärna vill ta hand om mamma, något annat har väl pappa knappast att skrika för.”

”Du är väl också ett satans otyg...”

”Nej Eric, det är hon inte, hon har bara berättat vad hon hörde igår, det får du tåla och acceptera.”

”Jag har mer att berätta, alla som var här igår känner till hur pappa bär sig åt med tant Tyra, alla tycker illa om henne och tycker att pappa även bär sig illa åt mot oss och det tycker vi med, mamma och vi. Vi vill inte se tant Tuttis, som vi har döpt henne till, här igen, aldrig.”

”Tant Tuttis? Jävla jänta!”

”Nej pappa, det finns bara jävla, jävla tant Tuttis.”

Jag är svettig nu och jag fryser också, rädd är jag, det har jag å andra sidan varit länge och jag har bestämt mig för att inte vara det längre men det går inte att bara koppla bort. Än så länge litar jag på mamma, hon ska nog inte låta honom slå mig.

”Vad är det för vansinne som pågår?” pappa frustar ur sig orden.

”Det har vi undrat länge,” säger jag.

”Men nu får det vara nog,” ryter pappa, ”ska jag behöva bli uppläxad av min trettonåriga dotter, som är alldeles för ung för att begripa någonting av vuxna människors liv...”

Mamma bryter in:

”Så fel du har Eric, hon har ju förstått precis hur det ligger till och hon har dessutom förklarat att alla våra vänner numera vet exakt vad du och *tant Tuttis* har för er. Skäms på dig, du tror att du enkelt ska komma ur det här, men det är för sent. Skäms, säger jag igen, vår vänkrets torde ha blivit väsentligt mindre sedan igår. – Nu ska Christina få gå härifrån utan att vara orolig, god natt på dig, lilla gumman. Vi ses i morgon.”

Jag smiter kvickt därifrån, jag förstår att pappa och jag inte har någon som helst relation längre – förresten är det länge sedan vi har haft det – och hur ska en sådan egentligen kunna se ut.

Britta och jag pratar inte den kvällen, hon har tagit vår lilla radio och stoppat in under sitt täcke, och där ligger hon och lyssnar på betydligt ljuvare tongångar än dem mamma, pappa och jag åstadkommer.

Själv ligger jag och tänker. Jag är tacksam och förvånad över mammas stöd – hon har ju aldrig sagt något tidigare – utan det hade allt varit förskräckligt. Jag funderar också över Britta, märker hon inte vad som händer runt omkring henne, hör hon inte vad vi säger, hör hon inte vad de andra säger? Är det så illa att hon en gång för alla bestämt sig för att pappa är Kungen? Och kungen gör aldrig fel? Förstår hon ingenting? Har hon fel i hjärnan? Eller är hon bara lite halvblind? Nej, hon är både hel- och halvblind och skelögd och knäppgök!

Himmel så trött jag är på att försvara henne när allt hon gör är fel. Hon är ju halvt vuxen i motsats till mig som är barn och som bör hålla käften. Men det gör jag inte. Aldrig! Och jag är säker på att jag kommer att få betala ett högt pris för att jag avslöjat skitaset Tuttis.

Jag längtar efter att bli äldre, jag har vuxit en del, är nu nästan 160 cm lång, förstår att jag aldrig kommer att bli lika lång som Britta, hon är redan 170 cm, men vad ska det vara bra för? Låt henne nå himlen, jag har ändå ingen större längtan dit.

14

Sent på natten vaknar jag av mammas upprörda röst, som tränger ut genom den stängda sängkammardörren på övervåningen. Försiktigt kryper jag uppför trappan och sätter mig och lyssnar:

"Jag vet allt om ditt förhållande med Tyra Westerberg, det lönar sig inte att du ljuger och hittar på. Jag har länge vetat att ni har rest bort tillsammans flera gånger, och några av våra vänner har sett er, och – värst av allt – Tyra har för en tid sedan haft den dåliga smaken att skriva ett brev till mig och förklarat att ert förhållande är en nödvändighet för henne.

Nu ska jag förklara vad som är en nödvändighet för *dig*: Varje kontakt med Tyra Westerberg upphör omedelbart. Jag har uthärdat ert avskyvärda förhållande under lång tid, men nu är mitt tålamod slut. Om du understår dig att fortsätta, så blir resultatet följande:

Ditt och mitt äktenskap resulterar i omedelbar skilsmässa och ekonomiskt ska det stå dig mycket dyrt; jag vet vad jag talar om, jag har konsulterat advokat. Barnen kommer inte att förlåta dig i brådrasket, när de förstår vad du har gjort – *och med vem!*

Alltså, nu har du fått konsekvenserna klara för dig, du kommer inte att ha kvar din familj; din heder har du redan förlorat och min respekt vet jag inte om du någonsin kan få tillbaka.

Du har ett dygn på dig, beslutet bör inte vara så svårt. Sängen i lilla sovrummet här uppe är bäddad, från och med nu är detta mitt sovrum och det delar jag inte mer med dig, så var vänlig att gå ut härifrån nu."

När jag förstår att pappa ska gå in i lilla rummet springer jag nerför trappan, mamma hör mig och kommer ner efter en stund och ler lite ansträngt, klappar mig på axeln och säger att nu är allt bra, så nu kan vi glömma allt som sagts, god natt, god natt.

Ren slump att jag inte kissar på mig, jag har vetat det hela tiden, den där jävla Tuttis, den satans snuskråttan har skrivit brev till mamma om att hon har någon slags rätt till pappa!

Jag vill gråta men kan inte, jag är alltför trött, men hur ska jag kunna sova nu, jag måste dricka nånting. Jag går ut i köket och dricker saft och tar en bulle och pappas jävla småkakor, som han ska ha till frukostkaffet, kan jag lika gärna äta upp nu. Han ska inte ha några småkakor, som

mamma bär hem i kartong, för att han ska bli glad, de tänker jag äta upp
nu, jävla goda drömmar och såna som är hälften choklad, de vill jag ha,
jag ska äta upp allihopa även om jag får ont i magen, men det har jag ju
redan.

Fy fan, jag skulle ha dränkt det jävla ludret när vi badade, luder är bra,
det ska jag komma ihåg, det är vad hon är, nu vet alla det, och ful är hon
med sina löjliga lösbröst, jag måste sova ... Äntligen mamma, äntligen gav
du honom, vad han förtjänar, jävla sjuka karlar som trampar ner sina
kvinnor, nu kan han sova i det där lilla rummet mot gården, där han
tycker att pigor ska bo, jag avskyr den jäveln.

15.

Hur mycket jag än stödjer mamma nu när pappa varit ett sånt as, har jag
inte tillräckligt många färgrika ord på lager för att ge en bild av hur
påfrestande promenaderna ner i stan och inte minst timmarna innan i
mammas och Brittas sällskap är, i synnerhet om vi ska prova klänningar
på Holmbloms på Norrmalmstorg.

Både mamma och Britta är alltid upphetsade inför dessa evenemang,
springer runt och krånglar innan de kan besluta sig vilka skor som är bäst
just idag och vilken handväska som blir snyggast till skorna. För egen del
tycker jag att de tar tid från viktigare saker, allt är viktigare än att prova
kläder, men särskilt simning och ridning. Genom stan går mamma och
Britta, som är fint klädda, bredvid varandra medan jag går bakom. Folk
vi möter kan inte se att vi är i sällskap och det är vi ju inte heller. Innan
vi går frågar mamma om jag har rena underkläder på mig och jag svarar
att jag har alltid rena underkläder, eftersom mamma har sagt att man ska
ha det.

"Du ska inte mopsa dig," säger mamma, "gå och kamma dig i stället."

"Det gjorde jag i morse."

"Gör som jag säger, du ser förskräcklig ut."

"Det var ju kul att höra."

Britta ler förtjust när mamma kritiserar mitt utseende. Jag drar
kammen som ligger på hallbordet två gånger genom håret utan att se mig
i spegeln, ställer mig vid ytterdörren och säger 'klar'. Mamma suckar, går

ut och trycker upp hissen, därefter åker hon och hennes äldsta väluppfostrade dotter hiss från den femte våningen ända till bottenvåningen och båda damerna kontrollerar sitt utseende i spegeln hela vägen ner. Själv springer jag nerför trapporna, det är rätt kul och jag slipper att trängas med tanter i hissen.

På väg genom stan via Storgatan, Humlegårdsgatan och Grev Turegatan vänder mamma sig om ett par gånger för att förvissa sig om att jag är kvar i kölvattnet. Britta vänder sig aldrig om, hon har nog med att kontrollera att alla vi möter upptäcker att hon är vackrast i stan. Erkänner att jag mer än en gång frestats att smita men min kunskap om vilka konsekvenser som drabbar den som avviker från underdånighet mot etablissemanget får mig att motvilligt traska vidare. Vad skulle hända om jag stack? Ja, fan vet, ännu en timslång utskällning och utläggning om mina klandervärda och undermåliga egenskaper och Britta skulle säkert gråta och säga till pappa att jag inte vill att hon ska få en ny klänning, vilket eventuellt skulle rendera mig en smäll. – Så kan det gå om man inte håller takten med dem som är mycket bättre än man själv och därför går framför en.

Damklänningsaffären Holmbloms med bästa läge på Norrmalmstorg är paradiset för tanter som fyllt 40 år eller mer och för Britta och hennes gelikar som älskar att spela precis 37 år mogna. Eftersom jag om några månader ska fylla 14 år och nästan aldrig tänker på kläder, om det inte är tuffa brallor – ”det heter snygga långbyxor!” säger mamma... – saknar jag allt intresse för Holmbloms utbud.

När mamma inträder i templet blir det fart på tjänstefolket. Fru Holms leende är efter många år i branschen inte längre bara påklistrat utan har etsats fast bland åldersrynkorna runt den hårdmålade munnen. ”Fru Holm är så intresserad och förtjusande,” brukar mamma säga när vi kommer hem och varje gång blir jag lika förvånad över att hon inte ser människan bakom smajlet.

Mamma och Britta provar klänningar i ett stort provrum med fina karmstolar som leker 1700-tal och ett runt litet bord med askfat. Mamma röker oavbrutet. Hon säger att det inte gör någonting för hon drar inte halsbloss. Det kan hända, men jag har sett att det fortsätter att komma ut rök genom hennes näsborrar sedan hon blåst ut röken genom munnen.

"Christina behöver också en fin klänning till sommarens fester," säger mamma mellan blossen. Hon låter högfärdig när hon pratar så där. Hemma låter hon på ett annat sätt. Fru Holm hämtar några exemplar ur 1950 års fasansfulla garderober.

Ingen kan förstå hur jävligt det känns att kliva i dessa stormönstrade gräsligheter med rynkade eller plisserade kjolar och små rosetter på obegripliga ställen och storlekar, som är anpassade för gigantiska kärringar och inte för mig. Jag är en liten storlek 34 och sådana barnungar bör gå till 'Småttingarnas Ateljé' på Humlegårdsgatan. Där finns det ofattbart barnsliga barnkläder med broderade björnar och bananer på bröstet. Inte ens Fru Holm lyckas helt hålla masken när jag iklädd en svart klänning mönstrad med överväldigande gula (mask?) rosor ställer mig framför mamma, nyper i kjolen, niger och säger "titta mamma, va fin jag är".

Mamma blir skitförbannad och säger åt Fru Holm att hämta en sömmerska, och sedan står jag stilla när sömmerskan sätter nålar både på längden och bredden. Jag tänker att jag ska i alla fall aldrig använda den eller också ska jag spilla ut något outplånligt på den, tjära kanske, det finns i en hink i snickarboden på Tyresö. Britta flinar försmädligt åt mig medan hon lyckligt snurrar framför spegeln i en ljusblå uniform med långa ärmar med vita manschetter och långa vita kragsnibbar. Hon ser ut som en sjuksköterska. En av Holmbloms värsta kreationer enligt min uppfattning, helt i klass med min svart- och gulblommiga tvångströja. Fy fan!

Ute kan man äntligen andas för där pågår som väl är ett helt annat liv med vanliga människor i mer normala kläder och där står ett korvstånd på andra sidan gatan och mitt på torget har de börjat sälja glass; solen lyser ännu lite halvhjärtat på Kungsträdgårdens ljusgröna trädkronor och österut glittrar det i Nybroviken, vad bryr jag mig om en vederstygglig klänning, som mina föräldrars vänner kommer att tycka att jag ser *så fin och kvinnlig* ut i. Det är bara i deras sällskap jag tänker ha den på mig, jag har både långa och korta brallor och en och annan acceptabel bomullsklänning. Snart är jag 14 år, sen blir jag 15 och ganska snart är jag vuxen och då jävlar är det ingen som bestämmer över mig och mina kläder!

Mina vänner i skolan talar ibland om kläder men inte alls lika mycket eller på samma sätt som Britta. Med skolkamraterna talar man om vad som kan passa på de kalas som vi med jämna mellanrum blir inbjudna till. Då brukar man ha en klänning med vid kjol i lite tunnare tyg än vanligt och med korta ärmar. Alla ser rätt likadana ut och det tycker jag är bra.

*

När jag har läst klart mina läxor sent på eftermiddagen brukar jag titta in i vardagsrummet för att se om någon är hemma. Mycket ofta sitter mamma och Britta där och pratar och nästan jämt pratar de om kläder.

”Vad vill du, då?” frågar mamma och det hörs lång väg, hur hon har saknat mig.

”Höra vad ni pratar om, om det möjligen kan vara något intressant.”

”Det är åtskilligt som du borde lära dig,” klämmer Britta i med.

Jag ångrar redan att jag har satt mig ner i deras sällskap, de vill inte ha mig där, de vill vara ifred. De kan sitta hur länge som helst och diskutera kläder; färger, längder, urringningar, ärmar, tyger, kvaliteter som jag inte vet vad det är och när man ska använda det ena och det andra. Uppriktigt sagt tycker jag att det verkar sinnessjukt. Det värsta är att jag även har antytt det och efter den gången tror jag att speciellt mamma ser som sin uppgift att övertyga mig om att det sannolikt är jag som är sinnessjuk, inte deras intresse för kläder.

”Kläder är helt avgörande för hur man blir behandlad ute i sällskapslivet, du måste lära dig det annars blir det aldrig någonting av dig,” mässar mamma halvilsket.

”Jag tror inte att det är så, jag har sett att många damer inte alls klär sig så fint som mamma, men de ser ut att fungera ändå.”

”Du träffar väl aldrig några damer,” säger Britta spydigt, ”eller menar du tanterna i färghandeln och sybehörsaffären, kanske?”

”Även de tanterna är damer och de klär sig så som är lämpligt i deras arbete, precis som våra lärare gör och de är alla damer och de flesta klär sig snyggt och prydligt.”

Mamma rynkar ögonbrynen.

”Snälla Christina, vi pratar om helt andra saker, du ska utvecklas till en ung dam från vår miljö, och då är det viktigt att du är rätt klädd, så att det syns varifrån du kommer.” Mamma suckar. ”Kan du inte försöka förstå?”

Jag suckar tillbaka.

”Det enklaste vore väl om jag hade en etikett på bröstet, där det står *Östermalm*, så blev vi av med det problemet.”

”Skäms Christina!”

”Jag försöker förstå, men mamma har redan sagt att jag ska ha en svart klänning med maskrosor på och i övrigt helst likadana kläder som Britta. Jag vill inte ha snäva kjolar och söta blusar, halvhöga klackar, handväskor och tunna handskar. Det passar inte mig och mitt liv.”

”Men så är du ful också,” fräser Britta, ”det tycker hela klassen, det har alla sagt.”

”Ja, och du ljuger lika bra som du är dum i huvudet, det vet alla utan att behöva säga det.”

Britta skriker. Jag lämnar vardagsrummet. Allt är precis som vanligt.

Britta kan vara ett jävla as när hon sätter den sidan till, och det gör hon så snart hon upptäcker en svaghet hos mig. I skolan skrattar hon, visserligen rätt tyst men fullt synligt bakom en hand över munnen, när jag inte kan svara på en fråga eller när jag får en tillsägelse av fröken.

Hemma nappar hon på allt mamma säger om mina kläder och mitt utseende eller uppträdande; om mitt sätt att sitta i en fåtölj med brett mellan knäna eller höger fot placerad över vänster knä eller att jag går i strumplästen eller har tofflor i stället för inneskor, eller som idag, säger att jag är ful eftersom hon vet att jag hatar det.

Imorgon ska hon och mamma få smaka min hämnd. Jag är så jävla less på deras haranger om hur duktig jag är på att göra allt fel.

*

Jag sätter mig som en väluppfostrad flicka med båda knäna ihop i soffan och ler som en idiot. Det tar inte så lång tid så börjar mamma läxa upp mig för mitt beteende under gårdagen. Mitt i uppläxningen avbryter jag:

”Jag har just bestämt mig för att jag ska bli kriminell när jag blir stor.”

Vad vilsamt det blir, när båda två tiger. De vet inte hur man besvarar ett sådant påstående.

”Det tror jag inte du klarar av, det är säkert inte så lätt,” fnyser mamma lagom skär om kinderna.

”Mamma vet att jag skulle klara av det hur bra som helst, det kan väl knappast finnas någon, som är lika duktig som jag på att göra allt oacceptabelt och felaktigt enligt mammas uppfattning om god uppfostran.”

”Ska du bli inbrottstjuv, kanske?” säger Britta ironiskt.

”Varför inte,” säger jag, ”ganska god idé faktiskt, ovanligt för att komma från dig, tack för tipset, jag kan börja med att stjäla din dagbok och läsa upp valda stycken ur den under middagen eller i klassrummet.”

”Mamma,” skriker Britta utom sig av fasa, ”hör vad hon säger, hon tänker stjäla min dagbok och läsa den för klassen, hon är inte riktigt klok. Du är redan kriminell, det tänker jag berätta för alla jag känner!”

”Lugna ner er,” ryter mamma i total affekt.

”Jag är fullständigt lugn, jag tror att det är någon annan som skriker, den gälla rösten är inte min.” Britta ser ut som en åsna i ansiktet och låter som en åsna, när hon kastar huvudet bakåt och skriker med öppen mun. Frågan är om det inte skulle vara ganska roligt som kriminell.

16.

Jag gör mitt bästa för att glömma maskrosklänningen och det fungerar bra. Men tyvärr glömmer den inte mig, utan förföljer mig ända ut till Tyresö.

Det är midsommar på Tyresö med inbjudna gäster ur den närmaste kretsen, jag förstår precis, Britta ska ha sin nya ljusblå uniform med sina skrattretande vita kragsnibbar och jag ska uppträda som kvällens enda maskros. Inget nytt med det, jag brukar vara rabattens ogräs. Jag ser inte direkt fram emot detta, även om jag tycker bra om flera av gästerna. Det är det allra vanligaste gänget, mormor och morfar, gudföräldrarna, Faster och Gunnar med flera.

Mina syskon och jag står omklädda och vattenkammade på grusplanen utanför Stora Huset och ser gästerna komma gående från parkeringen. Mamma och pappa står på förstubron och mamma och jag ser nog samma sak samtidigt. Jag står orörlig och undrar vad som ska hända.

Dagens klara sol lyser på gammal och ung, vacker och ful. En skandal är i antågande.

Mamma tar ett oväntat skutt från förstubron, griper tag i min arm och väser halvhysteriskt:

"Christina, spring genast ner till Lilla Stugan och byt om till din blårutiga klänning, skynda dig på, det är bråttom."

Jag kastar en sista blick bakåt innan jag sätter fart västerut. Jag ser som hastigast min rara gudmor Elsa leende promenera vid gudfar Kjells arm svagt belyst av midsommarens generösa solsken. Det bubblar i mig, jag känner att jag väldigt snart måste få skratta ut ordentligt. Inne i sovrummet sliter jag av mig klänningen samtidigt som det kluckar och sprudlar inuti mig av löje och förtjusning, ty så värst mycket bättre kan det inte bli. Tant Elsa iklädd en kopia av min avskyvärda maskrosklänning. Den ser för jävlig ut även på henne, men hon har ingen klänning att byta med, alltså får mamma offra mig.

Glad springer jag tillbaka till Stora Huset klädd i min blårutiga klänning och jag känner att det här kan bli en lyckad midsommar. Jag vet att åtminstone pappa kommer att skratta rejält när han får höra historien om Fru Holms förargliga misstag och om ingen annan berättar den tänker jag göra det. Fru Holm känner sedan åratal till att tant Elsa med make tillhör familjens närmaste vänner.

När midsommaren är över och våra gäster äntligen har återvänt hem och vi börjat prata med varandra igen, berättar jag för pappa om gudmor Elsas klänning och han sätter sig kapprak upp i fåtöljen för att inte missa nån detalj i en historia som han misstänker har en skrattretande slutkläm.

"Men hur kan Elsa köpa sig en klänning, som passar bättre på dig som bara är tretton år?"

"Man kanske ska vända på frågan," föreslår jag.

"Hur då, menar du?"

"Så här kanske: Hur kan jag ha fått en klänning, som passar bättre på min gudmor?"

Det tar ett ögonblick innan han begriper komiken och skrattar ut som han brukar, men när det är klart ser han sig försiktigt omkring, lutar sig mot mig och säger tyst:

"Du, vi ska nog inte prata mer om den här klänningen när mamma hör."

17

Mamma och jag står i hallen på Styrmansgatan och ska gå ut och köpa en vinterjacka till mig.

"Du kan inte ha blått och grönt ihop, det passar inte."

"Mamma som köper mina kläder borde bifoga en bruksanvisning."

"Var inte uppnosig, Christina! Kan du inte bara försöka se ut som Britta?" säger mamma uppgivet.

"Nej, det är ingen idé, jag ser ut på ett helt annat sätt."

"Kan du försöka vara som hon då?"

"Varför ska jag göra mig till, jag har mitt eget sätt."

"Det ska gudarna veta," suckar mamma, "men du kunde väl åtminstone använda lite läppstift," säger mamma, "det kunde kanske bättra på effekten."

"Vilken effekt?" frågar jag.

"Det vill du inte veta, så strunt i det. *Men du är ju ingen fröken Sverige precis...*"

Jag låtsas som jag inte hör det, för det är inte första gången hon säger det, men idag så träffar det.

Så fort vi kommer hem från den urtråkiga inköpsrundan går jag genast och rådfrågar de dubbla speglarna i Brittas och mitt badrum. Enligt den har jag ett ansikte med mjuka kinder och fin mun, även om underläppen plutar en smula – fast det tror jag är en fördel. Ögonen är mycket stora och ljusblå, och syns lång väg, sa någon, men de ser lång väg också! Mitt hår är ljusblont i likhet med nittio procent av Sveriges befolkning. Själv kan jag inte se att jag är ful på något sätt, jag tycker att jag ser ut som jag ska, jag tycker att jag ser ut som jag vill se ut.

Jag vill verkligen inte se ut som Britta som ofta får höra att hon ser bra ut, vilket hon använder för att reta mig och göra mig ledsen. Hon har mellanbrunt hår med självfall och hon kan bete sig *ljuvt*, vilket mamma och pappa gillar, jag har varken lockar eller självfall, jag kammar inte i onödan mitt raka hår, jag tycker om att vara kaxig och fräck. Jag vet absolut inte hur man beter sig ljuvt. Jag kan berätta lustigheter om såväl Britta som andra och få pappa att skratta och Britta att grina.

Jag vill att det ska synas att jag är en flicka som vet vad hon vill. Jag har förstått att flickor bör se ut som om de aldrig vill säga emot eller opponera sig, men jag kommer aldrig att foga mig.

Ändå plågar det mig på ett sätt som jag inte kan hantera att mamma och Britta tycker att jag är ful. Jag vet inte hur jag ska bemöta deras negativa påståenden om mina skrynkliga kläder, mitt oklippta hår, mitt osminkade ansikte.

Jag märker att jag varje kväll kollar noga i badrumsspeglarna hur jag ser ut, om något har förändrats under dagen, om jag fortfarande är ful eller ännu fulare kanske, eller lite snyggare. Men det är alltid samma sak, jag ser ut som jag gjorde igår, men jag kan ändå inte sluta att kolla om något förändrats. Så jag beslutar att göra det själv. Jag ska visa dem hur ful jag är.

Det finns ett syskrin i vårt sovrum och jag letar fram en grov nål, en stoppnål, som jag tar med mig in i badrummet, tittar noga i spegeln och sticker in nålen i kinden. Det gör ont som bara fan, jag måste hitta ett bättre sätt och det gör jag också. Det gäller att gräva med nålen så att det blir en grop och sen i bästa fall ett skitfult ärr.

Gud, vad det blöder, det här tror jag på, jag gör ett hål i den andra kinden också. Nu börjar det göra väldigt ont, jag känner mig lite yr, så jag sätter mig ner på bidén en stund för att vila, det sista hålet värker och blöder mer än det första, jag kan inte gå och lägga mig så länge det blöder så här mycket.

Jag lägger mig på golvet, är mycket yr...

Antagligen har jag svimmat, för när jag vaknar är jag iskall, blodet har slutat rinna och det är en ful fläck på badrumsmattan. Jävlar vad jag fryser, klädd i bara trosor. Mina kinder ser hemska ut, det är det jag vill, de ska få se hur ful jag kan bli, ännu fulare när jag får fortsätta och lär mig de bästa sätten, jag hoppas att mamma kommer att skrika, fast Britta skrattar nog bara.

Såren i kinderna kräver plåster för att jag ska kunna gå till skolan. Alla frågar vad som har hänt, *"två jättefinnar, skit i det."*

Mamma vill också veta, hon får samma svar men hon vill se ändå, så jag skriker *"skit i det"* och då ger hon sig.

Det rinner var ur såren på kvällen, de gör rätt ont och fula är de, jag sprutar Desivon över båda kinderna och sätter på nya plåster.

18.

Pappa tycks tro att han vet och kan allt men jag vet att han kan ganska lite utom hur man bygger hus. Han kan spika och mura och ryta åt sina anställda arbetare och jag har förstått att han är uppskattad i branschens organisationer men mig förstår han sig inte på. Han tjänar pengar och han är mycket generös mot mamma och oss barn såväl till vardags som till födelsedagar och jul.

Han slår mig när jag inte delar hans uppfattning. Så ser jag det. Så ser inte han det. Han anser att jag inte ska ha någon uppfattning, eftersom jag är ett barn och eftersom jag är ett barn av kvinnligt kön.

"När jag talar om för dig att det bara är dumt prat att fransmännen skulle vara bättre än exempelvis svenskarna på att laga mat, då ska du lyssna och lära dig, för så ligger det till, har du förstått?"

"Nej, pappa har fel, svensk mat är ingenting som uppskattas ute i världen, men fransmännen är sedan århundraden kända för sin enastående matlagning."

"Å vad skulle det vara för fel på vår svenska mat då?"

Jag antar min mest dryga attityd.

"Jag tycker att pappa ska tala med Lasse Backlund. Han har agenturer och importerar franska viner och reser ofta till Frankrike, där han träffar Mme Roederer och andra i den franska mateliten och vinvärlden. Det är alltid intressant att tala med dem som kan, det borde pappa göra lite oftare."

Pappa tänder naturligtvis.

"En sån jävla unge vi har fått. Går det inte på annat sätt, ska jag banka in förståndet i huvet på dig, och jag ska banka tills du fattar att jag menar allvar och jag ska börja nu."

Innan han reser sig upp ger jag honom en extra gliring som jag sparat för ett särskilt tillfälle.

"Sover pappa bra i sin lilla pigkammare, nu när pappa inte längre är välkommen i mammas sovrum?"

"Satans jäntjävel!" skriker han och jag svarar:

"Jag är pappas barn, pappas dotter, visst är det hemskt!"

Han välter stolen så att den slår i sidebordet med en smäll. Jag rusar mot mitt och Brittas sovrum. Han efter som ett skenande lokomotiv.

Jag ångrar att jag lämnat matsalen, runt matsalsbordet hinner han aldrig ikapp mig . Men det är likadant varje gång han blir vanvettigt arg, jag bara flyr och då tänker jag inte klart. När jag kommer in i korridoren och inser att jag är fast skriker jag:

"Jag är inget ett småbarn, jag är tonåring. Men allra mest är jag människa, jag har rätt till åsikter. Slå mig inte!"

Han slår och slår

Jag känner hur det spricker. Hur jag går sönder.

Jag slår tillbaka. Men hur jag än gör är han för stor, för stark.

Jag gråter. Jag skriker.

Han skriker.

Mitt i helvetet hör jag mamma. Hon får ut honom från vårt flickrum.

Jag lugnar mig. Går in i badrummet. I spegeln ser jag att två knappar har slitits ur blusen. Vänstra kinden är röd och svullen, ögat svullet och hela huvudet underligt snett. Mest av allt värker det i nacken.

Har jag gjort mig förtjänt av det här?

Finns det någon rättvisa i slagsmål mellan den störste och den minsta i familjen? Från ingenstans erkänner jag att jag är dum mot honom, som retar honom med hans kompis Lasse Backlund och hans bristande bildning. Men det ger honom inte rätt att slå mig. Det bara är så.

Jag är ett barn.

Hur länge ska det här pågå? Finns det någon hjälp?

Mamma finns. Polisen finns. Men de känns båda två långt borta.

Något har gått sönder i mig men jag vet inte riktigt vad.

Jag är ju bara ett barn.

19.

Det är ganska vanligt att jag kommer för sent till skolan på morgonen. Vaktmästare Johansson låser skolporten fem i åtta men eftersom han är en vänlig person, som observerat min dåliga vana, brukar han stå i dörröppningen och ropa på mig, och då sätter jag fart på allvar, springer och hinner i bästa fall slinka in. Den som inte hinner får stå kvar utanför och skämmas tills han öppnar dörren och då har han sällskap av en lärare som skriver upp alla sengångare.

Tre sena ankomster resulterar i en anmärkning, som kräver målsmans underskrift; tre anmärkningar påverkar betyget i ordning, vilket normalt är lika med A men som då sänks till det skamliga B. Den som exempelvis blir påkommen med att skolka eller fuska får automatiskt B i ordning och C i uppförande. Dessa straffrättsliga åtgärder antas återföra den olycksaliga delinkventen till ett bättre liv. Det gör det sällan.

Även jag drabbas av denna bestraffning, men jag lyckas aldrig ta till mig att jag gjort någonting vare sig skadligt eller skamligt; antagligen har jag haft kul. Mamma brukar inte vidarebefordra såna nyheter till pappa. Risken för raseri är uppenbar, tror hon, det tror inte jag, han har säkert gjort allt tokigt han kunnat komma på under sina skolår.

För den som kommer i tid till skolans morgonbön gäller att fem i åtta infinna sig i aulan, som allmänt kallas bönsalen, och när tystnaden är absolut kompakt och alla närvarade flickor ser stint på den ensamma personen på scenen, är det dags för jourhavande lärare att förmedla dagens gudsord – ett kortare religiöst och meningslöst anförande.

Efter ett diskret tecken från rektor Granlund trampar musikdirektör Björkroth, parkerad vid skolans orgel, igång dagens psalm som alla kan utantill. Variationerna är inte påfallande men icke desto mindre är medförande av psalmbok till bönsalen obligatorisk.

I skolan går cirka 800 flickor i åldrarna 6 år till 20 år. De som går de två sista åren på gymnasiet slipper bli uppskrivna för sen ankomst och detta är utan konkurrens det bästa som studierektor Dagmar Lange gör för gymnasiets elever. Synd bara att hon inte kan tänka sig att hysa samma medkänsla med flickskolans elever. Jag funderar på vilka tankar som ligger bakom att befria eleverna i tredje och fjärde ring från dagens sakrala inledning; det enda rimliga svar jag finner är att Dagmar Lange och jag delar uppfattning om religion och dess eventuella inverkan på unga själar.

Kvart över åtta startar dagens första lektion; den timmen behöver jag för att vakna. Ingen idé att motarbeta hjärnans sega kamp att utföra den morgongymnastik som kan behövas för att skilja höger från vänster och upp från ned. Tio minuter över nio startar lektion nummer två och då är jag vaken.

Det är inte så illa i skolan, där händer ju saker, där finns alla kamrater, vi hoppar hage, spelar kula, tjuvröker, träffar killar från Östra Real och ibland kan det vara kul på lektionerna också, men genomsnittligt är undervisningen knappast mer än dräglig.

Å andra sidan är det ingen anledning att fundera på hur det är eller hur det skulle kunna vara, det är så här det är och det kan ingen – särskilt inte eleverna – ändra på. Det är en mycket stor skillnad mellan de ungas värld och vuxenvärlden, Britta och jag talar ofta om det och hon klargör att hon nästan längtar ihjäl sig efter att bli vuxen. Jag vill aldrig bli vuxen, åtminstone inte om det ska fortsätta på det nuvarande löjliga viset och symbolen är damernas hattar. Möjligen kan jag acceptera en badmössa.

Vi icke-vuxna, vi barn, är rättslösa. Det finns inget förbud mot aga, i en flickskola är just det inget större problem. Utom för mig, som vid två tillfällen har fått ta emot svidande örfilar av en elak liten lönnfet gymnastikfröken, som skrattar när hon smäller till mig. Det är nog ingen dålig gissning att några till har lyckats reta henne, det märks att hon tycker om att slå barn.

Jag observerar att somliga lärare har svårt för mig, jag vet fortfarande inte varför, men sannolikt svarar jag dem på ett sätt som de inte tänkt sig och då kommer de av sig, ibland tappar de fattningen. Jag märker att jag är annorlunda, men jag är den människa jag är, och andra lärare har inga svårigheter med mig, tvärtom, vi kan till och med skämta och skratta. Den första kategorin lärare ger mig inte bra betyg, men flera i den senare gruppen är mina vänner.

Det tråkigaste ämnet är kristendom. Ämnet undervisas delvis som geografi, länderna man talar om, Egypten, Syrien, Mesopotamien är hittills okända för oss och var floderna Eufrat och Tigris flyter fram bryr sig ingen om att förklara. Jesus är intressant, men det är inte genom undervisningen som jag förstår att han är huvudpersonen i ämnet kristendom.

Alltså fördriver jag tiden med att läsa bibeln under en lektion, för en av mina kamrater har berättat att det står intressanta saker i tredje mosebok. Det är lite läskigt, och när jag upptäcker att vår småsura fröken Kjellin med bestämda steg är på väg mot min pulpet slår jag igen min bibel med en smäll.

"Vad sitter Christina och läser?" frågar hon ilsket som en liten hund.

"Bibeln," svarar jag.

"Vilket stycke då?"

"Ett heligt stycke, hela bibeln är ju helig?"

Gissa om hon blir arg och en smula enfaldig är hon tydligen också. Hennes ilska talar om för mig att hon väl känner till innehållet i tredje mosebok och att hon inte unnar mig sådan förströelse, i synnerhet inte på lektionstid.

I skolan gör jag lite som jag vill, vilket renderar mig anmärkningar. Det jag tycker är tråkigt struntar jag ofta i. En lärare, hon heter Ljungström, säger åt mig att stanna kvar efter en lektion.

"Christina, du förstör för dig själv, du lägger bara ner arbete på det du tycker är roligt. Det är dumt. Du kan bättre och därför kan du gå långt. Försök att arbeta lika mycket med alla uppgifter du får."

Jag vet inte riktigt vad hon vill få mig att ändra på, så jag går hem och funderar och förstår att hon nog vill mig väl. Jag vet inte varför jag har så svårt att tänka när människor försöker ändra på mig.

Kanske för att de är så många?

20.

Under en lektion kommer min klassföreståndare Alli Englund fram till min plats.

"Vad läser du för böcker, Christina?"

Nöjd med uppmärksamheten och hoppfull om vart det här kan leda svarar jag:

"Jag har läst alla Biggles och Worrals och alla är likadana, de handlar om barnsliga vuxna som låtsas flyga. Jag vill läsa nåt annat."

"Finns det andra böcker hemma, som är dina föräldrars och som du skulle kunna få läsa?" frågar Ali på sin sjungande finlandssvenska.

"Det finns rätt gott om böcker, men jag vet inte om det är meningen att man ska läsa dem."

"Vad menar du med det?"

"Jag menar att det mest är stora tunga böcker, som handlar om jakt och kungar, det är Gustav den femte och någon Oscar och vildsvin mest. Och en älg men den var död, det kunde man se på flera bilder. Jag har bläddrat igenom nästan alla de stora böckerna, det är gott om bilder i dem och somligt var väl rätt intressant, men det är ändå inte vad jag menar med böcker som man vill läsa."

"Det förstår jag," säger Alli Englund. "Finns det inte några mindre böcker alls?"

"Jo, de står högst upp, så då får man klättra för att nå dem och det har jag gjort."

"Vad handlar de om?"

"Allesammans innehåller dikter, jag har läst många av dem och somliga har jag också lärt mig utantill, de som bäst passade mitt humör den dagen."

"Kan du läsa en dikt för oss?"

"Javisst, jag tar den mest krigiska, den är av Runeberg och jag läser den på originalspråket, finlandssvenska."

Och en tid ska komma då basunen ropar
och då rymden samlar sina stjärnehopar
och åt vanskligheten och åt kaos gärdar
världen som fyllde det härliga blå.

Klasskamraterna skrattar högt och Alli Englund drar på munnen så jag slutar.

"Det verkar som om du skulle behöva lite annan läsning, stanna kvar efter lektionen ska du få ett bra tips av mig."

Jag kan inte vänta på att lektionen ska ta slut, för om det är något jag vill så är det att läsa bra böcker. När jag går fram till katedern är jag så förväntansfull att jag nästan spricker.

"Vet du vad, Christina, på Valhallavägen där Banérgatan slutar, nära Styrmansgatan där du bor, ligger en av stadsbibliotekets filialer. Det är ett litet bibliotek men där finns gott om bra böcker, och jag är säker på att där kan du hitta sådant som du vill läsa. Personalen är van vid skolungdomar och de kommer att hjälpa dig både med lånekort och att hitta i alla hyllorna. Till en början kan du be att få läsa en bok av Vilhelm Moberg och en av Ivar Lo-Johansson. Och, det ska du veta, det är gratis att låna böcker på bibliotek."

Jag tackar och niger och cyklar dit direkt efter skolan. Jag är inte bara väldigt nyfiken, jag känner att Alli Englunds tips egentligen ligger utanför hennes plikter som lärare och därför känner jag mig omhändertagen och det är en väldigt skön känsla.

Besöket på biblioteket öppnar dörren till en värld jag anat bortom min egen, men som jag inte förstått hur jag skulle finna.

Den första *riktiga* bok jag läser är Rid i Natt av Vilhelm Moberg. Den andra boken är Mor gifter sig av Moa Martinson. En ny och okänd verklighet öppnar sig för mig; på Styrmansgatan och gatorna runt Karlaplan lever vi ett undantagsliv, medan Moa Martinson och Elin Wägner skildrar hur *alla de andra* har det. I Årsta, i Enskede, på Södermalm. Att läsa om dem gör mig ledsen och upprörd men konstigt nog inte förvånad, jag har länge anat att denna okända verklighet finns där ute.

Alli Englund guidar mig till mitt livs största och viktigaste intresse, litteraturen. Hur ska en ung människa – uppvuxen i en privilegierad miljö och med föräldrar som inte ser något skäl att undervisa mig om 1900-talets första år, en tid som ändå inte är särskilt avlägsen, men då en stor del av städernas befolkning la sig hungriga mest varje kväll – kunna skapa sig en uppfattning om hur världen ser ut och hur den borde vara?

Jag läser om hur människorna omkring sekelskiftet lever och tänker, hur fattiga de är och hur hungriga barnen ofta är och smutsiga. Det finns inga Fröken Sverige då, inga tävlingar i baddräkt med en löjlig liten kjol mitt fram och högklackade skor och permanentat hår. Människorna jag läser om köper aldrig kläder, de ärver kjolen, byxorna och kavajen; klänningen och barnens alla plagg syddes och syddes om, alla strumpor stickas och stoppas.

Många dör unga utan att någonsin ha varit hos någon doktor och för fattigt folk finns heller varken tandborste eller tandläkare men tandvärk finns och många gluggar i munnen. Jag tänker på de bofasta på Tyresö, många av dem har också tappat sina tänder, trädgårdsmästaren Dahlgrens fru har knappt några kvar och hon brukar ha en av sin mans gamla kavajer över klänningen på vintern. Jag har lekt med familjen Dahlgrens dotter några gånger, men hon blir så blyg när Laura ställer fram saft och bullar på altanen att hon springer hem.

Wictor, som leker med Dahlgrens son, har varit inne i deras hus och säger att det luktar illa där för de har torrdass inomhus. Varför de har det diskuterar Wictor och jag en lång stund, tills vi kommer på att de inte har råd med vattenledning för att spola.

En annan familj med två barn hyr ett rum i handelsbodens övervåning, jag har alltid tyckt synd om dem som måste dela rum alla fyra. En vår bygger de ett litet hus bredvid Dahlgrens.

"Fruarna är systrar," säger pappa, "det är egnahem, 2-3 rum, bra att det finns. Rosenlöv har tydligen fått fast jobb för det måste man ha för att staden ska låna ut pengar till bygget och så får man bygga på egen hand förstås. 10 % får man satsa själv, det kan vara jobbigt nog."

Att många på Tyresö är fattiga har jag förstått och jag funderar på om de måste vara det. Jag själv kan ju inte göra någonting åt det men någon gång tänker jag fråga mamma och pappa om det inte finns något sätt man kan hjälpa dem. Jag vet att mamma med jämna mellanrum ger pengar till en Slumsyster, som är en slags Frälsningssoldat och som brukar komma till oss på Styrmansgatan, så jag vet att hon inte har något emot det som kallas för välgörenhet.

Utan att ställa frågor får jag en dag svar i slutet på sommarlovet, då jag ser Dahlgren och hans fru på väg ut genom grinden från vår tomt med varsin stor säck i famnen. Senare kommer Dahlgren tillbaka och hämtar en säck till.

När jag börjar fråga mamma avbryter hon mig direkt.

"Christina, jag har rensat alla garderober här i huset, jag tror att både familjen Dahlgren och Rosenlöv därmed får tillräckligt med kläder för hösten och vintern. Där finns en varm kappa till fru Dahlgren – väldigt snygg också – och långa fodrade jackor till Dahlgren och hans svåger och det finns gott om kläder till fru Rosenlöv och barnen med. I juni fick de lakan och handdukar och nu vet du hur det ligger till så vi behöver inte prata mer om den saken."

Jag talar aldrig mer med mamma om hennes filantropi, men jag känner till den och jag tycker om den.

21.

Sedan min lärare Alli Englund berättat för mig om biblioteket på Valhallavägen och jag redan vid första besöket gjort fina fynd där är jag alltid på jakt efter böcker, det är också efter den upplevelsen som jag upptäcker att hemma hos flera av mina kamrater finns varken böcker eller bokhyllor. Hos somliga finns bokhyllor, där man placerat prydnadsföremål i glas som är tänkta att förhöja den eleganta miljön.

Hos mormor och morfar på Grev Turegatan finns flera bokhyllor och varje gång jag kommer dit brukar jag undersöka om det kommit något nytt. I morfars rum hittar jag aldrig några nya böcker, tror knappt att han läser annat än tidningar och tidskrifter som handlar om idrott, jakt, hundar, schack och skytte. I mormors rum med sina gracila möbler finns ett smäckert bokskåp med glasdörrar och där gör jag flera fynd.

Jag får låna Pär Lagerqvists *Bödeln, Dvärgen* och *Barabbas* och sedan finns det egentligen ingenting annat jag vill läsa. Sådana fruktansvärda böcker, så mycken ondska och död, hur kan människor tänka så? Egendomligt att lilla fina mormor läser om dessa mord och galenskaper.

Förresten säger mormor att *Driver dagg faller regn* som står i mammas bokhylla, tillhör henne, så den kan jag ta med mig nästa gång jag kommer.

Så mormor läser om kärlek också, hur de ligger i en glänta i skogen, spelmannen som heter Jon och bondens dotter Marit, och knäpper upp varandras kläder. Det är rätt uppseendeväckande att mormor som är nästan sjuttio år är intresserad av denna typ av underhållning. Jag funderar länge innan jag finner det självklara svaret. Dessa böcker läses och uppskattas av tre generationer i min familj, detsamma gäller säkert andra familjer och annan sorts litteratur. Vem som helst kan läsa och gilla det mesta eller ogilla somligt, ålder, kön och samhällsställning som är så satans viktigt i alla andra sammanhang har ingen betydelse, när det gäller val av litteratur.

Mamma och pappa skulle bara veta vilka böcker jag läser och det roligaste är förstås att somliga hade hämtats ur lilla fina mormors antika bokskåp.

22.

En dag har jag sällskap på vägen hem från skolan med en klasskamrat som heter Gittan, som berättar att hon är med i scouterna och hur kul de har på sina möten. De tänder lägereldar i skogen och äter smörgåsar och sjunger och har jätteroligt.

"Du kan väl följa med på ett patrullmöte, så får du se hur roligt vi har."

Jag gillar det där med att tända eldar i skogen, så jag hänger med. En söndagsmorgon cyklar vi ut i Lill-Jansskogen och möts av flickor i uniform som alla gör någon slags honnör med två fingrar. Många är mycket äldre än vi, 18 år kanske, och bär sig åt som chefer och det är bara att lyda.

Allt jag kan göra är att observera och det gör jag och jag tycker ingenting. Av någon anledning ska alla ha ett annat namn än sitt eget i scouterna och jag tilldelas namnet Jill, till vilket jag känner mig ytterligt främmande. Aldrig hört det tidigare.

Det blir inget elda av, smörgåsar äter vi och sedan sitter vi länge och knyter knutar på snören, längre än till råbandsknop kommer jag inte och sist av allt har vi *Korum,* vilket är ungefär som morgonbön i skolan. En av cheferna säger till mig att jag borde ha uniform och att hon kan beställa det åt mig.

Cheferna ser väldigt fina ut i sina uniformer. De har en massa blänkande märken, band och tofsar eller vad det är i olika färger, så det kan jag faktiskt tänka mig.

Mamma gör genast honnör med två fingrar, hon blir jätteglad över mina planer på scouterna, för hon har varit scout nästan hela sin skoltid. Uniformen beställs och anländer i ett litet paket, som innehåller den fulaste mörkblå klänning jag någonsin sett. Tyget är hårt och obehagligt och det finns inte en enda prydnad på den. Jag inser att det här inte är en av mina bästa idéer, men det är så dags.

Ytterligare en söndagsmorgon plus en vardagskväll med samkväm hemma hos en chef, där var och en ska hålla ett kort anförande om en utflykt i naturen – jag talar en stund om när jag klättrat i träd på Tyresö, ingen lyssnar – och i mitt inre tackar jag för mig, vad jag nu har att tacka för. Men den fula klänningen tvingar mig att hålla skenet uppe.

Jeansen har nyligen kommit till Sverige och de är ju bara topp, hopp, muff! Jag har tjatat mig till ett par på villkor att de endast används på Tyresö. Visst, lova går jättebra, de är så snygga!

Nästa patrullmöte är en fredagskväll, jag klär mig i den mörkblå klänningen, säger "hej då, " till mamma, "nu ska jag på patrullmöte," sticker ner till cykelstallet i gatuplanet och svidar om till jeans och rutig utanpåskjorta. Klänningen trycker jag in i ett skidställ och så springer jag till Karlaplan, där gänget börjar samlas.

Med korta munstycken av trä till cigarretterna, nyköpta jeans med nytända Bill i munstycket utgör vi en utomordentligt sofistikerad grupp.

Pojkarna Sten, Tommy, Per-Axel, Kaifas, Ola och flera andra svärmar kring oss som getingar runt ett saftglas och det får sägas vara ett lyckat patrullmöte om än ganska kort för plötsligt viskar Maud:

"Där kommer din mamma, Christina!" Visst, i ilsken marschtakt stampar mamma in på grusplanen, som vi betraktar som vår.

"Christina kommer genast hit!"

Jag släpper munstycket på marken, väser "vi ses i morgon" ur mungipan, går efter mamma, som redan är på väg mot bilen, vänder mig om och ser Maud rädda mitt munstycke – så gör en riktig vän.

I bilen sitter Britta och hon flinar.

"Jag såg dig, " säger hon.

Ja, att det inte är mamma som har fått syn på mig, det har jag redan förstått. Mamma är en av Europas sämsta bilförare och hon är alltid fullt upptagen med att kontrollera dels vilken växel som ligger i, dels vad som händer framför kylaren på hennes lilla *förkrigsmercedes*, hon kan inte se över staket och häckar in på Karlaplan. Nej, men Britta kan och hon har ingenting emot att meddela mamma att hennes olydiga, lillasyster står och röker utomhus i sällskap med ett stort gäng pojkar och flickor i stället för att lära sig att *vara redo*.

Britta är *alltid redo*.

23.

Tidigt på förmiddagen kommer Rektor Ingegerd Granlund oväntat in i klassrummet och sätter sig ner. Något hemskt måste ha hänt, när rektorn kommer, hon ser inte glad ut, tänk om någon har dött och vem är det då? Det surrar i skallen på mig, såna här överraskningar gör mig rädd.

"Jag har en ledsam historia att berätta för er," säger rektorn, "och jag ber er att låta den stanna mellan oss som är här idag. Jag förstår att ni kommer att låta era familjer ta del av den, men fler ska inte delges.

Er kamrat Ingrid L kommer inte tillbaka till skolan mer. Skolans läkare, Dr. Nilsson har konstaterat att Ingrid är gravid sannolikt i sjätte månaden och hon har nu blivit omhändertagen på det bästa sätt som hennes tillstånd kräver. Ingrid blev förvånad, när hon fick veta att hon är gravid och hon säger sig inte veta hur det har gått till. Ni som varit klasskamrater med henne i flera år och kanske vet någonting, som kan kasta ljus över den stackars flickans upplevelser, ber jag berätta det för mig.

Under min långa yrkeskarriär som lärare och rektor har jag aldrig erfarit något så hjärtskärande sorgligt och självklart kommer det även att påverka er; då ska ni tala med varandra och försöka förstå. Det är en katastrof för varje flicka i 14 eller 15-årsåldern att bli med barn, men som ni förstår är det en speciell katastrof för en så speciell flicka som Ingrid.

Ja, jag gråter, säger rektorn, jag gråter för den stackars Ingrid och jag gråter över alla oss vuxna i hennes närhet, som varken har sett, förstått eller hjälpt henne.

Om ni vill fråga mig om någonting, kan ni göra det nu."

Tystnaden är till en början kompakt, efter en kort stund räcker någon upp handen.

"Barnet, då, vad händer med det, eller blir det abort?"

"Ingrid kommer att föda barnet, det är för sent för abort. Jag förmodar att barnet adopteras bort. Det blir ett senare beslut och det kanske vi aldrig kommer att få veta."

"Var är Ingrid, är hon hos sin mamma eller någon annanstans?"

"Hon är inte hos sin mamma, därför att mamman tror inte att hon kan ta hand om sin dotter under dessa omständigheter."

"Kommer Ingrid tillbaka till skolan?"

"Nej självklart inte, en gravid 14-åring kan inte gå kvar i skolan, det skulle inte anses lämpligt."

Nu gråter flera flickor i klassen.

"Vad ska det bli av henne, hon har det ju svårt som det är," snyftar någon.

"Ja, hon har det mycket svårt och därför har vi mobiliserat all tänkbar sakkunskap för att hjälpa henne. För hennes räkning finns nu både sociala myndigheter, sjukvård och barnavård. Finns det någon i klassen som har mer kunskap, som kan behövas nu?"

"För några dagar sedan sa hon att hon inte haft mens på flera månader men hon har sluppit gymnastiken en gång i månaden i alla fall, och det tycker hon är bra. Jag berättade det för mamma."

Rektorn suckar.

"Det var en annan mamma, som under en rast hade fått syn på Ingrid utan ytterkläder utanför skolan, som ringde mig och sa att hon borde undersökas av Dr. Nilsson."

"Vi har sett att hon är tjock, men Ingrids mamma har sagt till henne att antingen är det all god julmat eller också är hon väl som björnarna på Skansen, de får ungar så här års och det tyckte Ingrid var jättekul om hon kunde få en björnunge."

"Ja, hjälp oss alla att gå vidare efter den här upplevelsen och vad ni gör, tyck ingenting annat än mycket synd om er kamrat Ingrid L." säger rektor Ingegerd Granlund och lämnar oss med vår klassföreståndare.

Orsaken till att den här händelsen är så specifikt sorglig är Ingrids person. Hon är en så kallad frielev, hennes mamma är ensamstående och betalar ingen terminsavgift i skolan för henne. Det finns flera frielever i skolan men Ingrid skiljer ut sig genom sitt utseende och sätt.

Hon är stor, kraftig och klumpig, har inte några direkt kvinnliga former förutom rätt stora bröst, kroppen är lika bred från halsen till låren. Hennes hår är rödbrunt och flätat, hårfästet lågt och de djupt liggande ögonen skelar. Hennes ansikte misspryds av pormaskar och finnar, munnen är omåttligt stor och liksom bubblar när hon pratar. Hennes röst är mörk och hes. Hon får sina kläder genom Frälsningsarmén, halvlånga kjolar och vida koftor, kängor och ribbstickade strumpor.

Hon är snäll och vänlig, antagligen rätt omedveten om hur annorlunda hon är. Hon har sällskap till skolan mest varje dag med ett par flickor, som bor i samma kvarter, men hon har inte några vänner i klassen. Hon mobbas inte, hon toleteras, hon är en av alla.

Jag mår illa av det som rektorn berättat. Hur kan Ingrid bli med barn utan att förstå det, hon borde väl ändå veta att det måste ha varit en karl som har gjort någonting med henne. Hon är visserligen inte bra i skolan men så urdum är väl ingen 14-åring. Vem är den jävla skitstöveln som har gett sig på henne, lurat henne, kanske skojat med henne, sagt att han ska visa henne en rolig lek.

Jag mår verkligen dåligt av att tänka på det, jag säger det aldrig högt, men hon är ju så ful att ingen frivilligt väljer henne, och därför måste det ha varit någon som är precis lika ful och motbjudande, någon halt, tandlös, äcklig, urgammal illaluktande gubbe. Vad blir det för barn av en sån kombination? Stackars människor, vad kommer det att bli av dem?

Att hennes mamma inte är riktigt riktig, det vet jag sedan tidigare, men att hon är fan så jävlig att hon inte tar hand om Ingrid, när hon som bäst behöver henne, det är faktiskt det absolut värsta i hela den här förskräckliga historien. Hon är alldeles ensam, bara främmande människor omkring henne, ingen som vet vem hon är, ingen som på riktigt bryr sig om henne. Och sen när hon föder barnet – det som gör så ont – då kommer de att ta det ifrån henne. Då har hon varken barn eller mamma. Jag kommer att gråta i kväll, det känner jag på mig och inte bara i kväll. Jag orkar inte tala om det hemma, Britta berättar nog.

Lektionen tar äntligen slut och jag ser mig om efter mina vanliga kamrater för att få sällskap på hemvägen. Ylva och Monika sitter kvar på sina platser med huvudena ihop och händerna för munnen. De skrattar hejdlöst och jag förstår att deras munterhet väckts av Ingrids öde, för så värst mycket löjligare kan nog ingenting framstå som en urful fjortonåring, som inte har en aning om att hon är gravid eller hur det har gått till. Hellre går jag ensam varje dag än med någon som kan skratta åt nåt så hemskt. Att de inte skäms.

På hemvägen funderar jag över om Ingrids mamma kanske hade utsatts för ett liknande övergrepp som sin dotter. Båda är nästan lika fula och Ingrid har tydligen aldrig fått veta, att det krävs en mans insats för att ett barn ska bli till.

24.

Hästarna och stallet och ridlektionerna för Stallmästare Lindeblad är det absolut viktigaste i mitt liv jämsides med sällskapet och gosandet med Caprice, min älskade tax. Jag cyklar till stallet två gånger i veckan, har alltid lite bråttom hem för att inte komma för sent till middagen och därför är det katastrof att upptäcka att bakdäcket har fått punktering i sin ensamhet.

Det blåser och snöar och jag småspringer med cykeln nerför Valhallavägen, när en liten lastbil stannar till vid trottoarkanten. Det står

Forss & Son AB på dörren och jag känner igen mannen som sitter i förarsätet.

"Det ser ut som om du och din hoj behöver skjuts hem." ropar en man, som jag sett på byggnadsfirmans materialgård och som jag vet är betrodd av pappa.

"Hemskt gärna, jag har fått punktering."

Han kliver ur bilen, granskar bakdäcket först och mig sedan och lyfter upp cykeln på flaket.

"Kliv in nu, så åker vi till Styrmansgatan, det är väl dit du ska, antar jag?"

"Ja, jag är på väg hem."

"Då var det bra att jag kom då? Jag heter Igor," säger han och ler mot mig.

"Jag heter Christina."

"Jag vet det. Har du varit och ridit på gamla A1?"

"Ja, det gör jag två gånger i veckan, jag har ridit i fem och ett halvt år nu."

"Är du inte rädd för de stora hästarna, du är ju en rätt liten flicka?"

"Jag är inte rädd för hästarna, de lyder mig."

Igor skrattar hjärtligt och säger att det tror han visst det. Sedan frågar han mig vilken skola jag går i och jag hinner berätta det och lite annat också, innan vi kommer fram till Styrmansgatan. Igor hoppar ur och lyfter ner cykeln från flaket, jag tar emot den och tackar för att han var så snäll.

"Får du lära dig mycket i skolan?" frågar han och det finns det bara ett svar på. "Då kanske du skulle vilja berätta för mig någon gång, vad ni lär er, till exempel om historia och geografi, det tycker jag är mycket intressant. Skulle du kunna det?"

"Varför inte, men nu måste jag gå. Hej då!"

Igor ler och vinkar.

Bara ett par dagar senare står lastbilen parkerad i backen på Skeppargatan.

"Hej, Christina, det hade du inte väntat dig att jag skulle komma så snart, va?"

"Nej det hade jag inte."

Sanningen är att jag är jättepaff. Igor är en riktig man, över trettio och med mörka ögon och han verkar tycka om mig. Sånt är jag inte bortskämd med. Sånt ska man kanske inte vara bortskämd med.

"Jag slutade en halvtimme tidigare än vanligt idag, och då tänkte jag kolla om du var på väg hem. Ska vi åka en tur?"

Jag tvekar men tycker samtidigt att jag är löjlig, han är för fan anställd av pappa i byggfirman och är så betrodd att han ibland får köra löner.

Vi åker runt på Djurgården och han ber mig berätta, vad jag lärt mig i skolan idag.

Just idag har jag inte lärt mig så mycket så jag sätter i gång och talar om krig i Tyskland på 1600-talet och religiösa krig i Spanien och frihetskrig i Italien på 1800-talet och vikingarnas färder både åt öster och väster. Det känns som jag svamlar lite, men Igor sitter tyst och lyssnar, till slut säger han:

"Har du lärt dig allt det där idag?"

"Nej, det har tagit några veckor."

"Jag vill tala om för dig att din pappa är en bra arbetsgivare och en bra karl, jag vill fortsätta att jobba för honom. Förstår du vad jag menar?"

"Att det här bara är vår grej?"

"Du vet att du svarar väldigt oväntat för att vara byggmästarens dotter."

Igor skrattar. Det är något med det där skrattet. Ingen pojke eller man för den delen har skrattat riktigt så. Det gör mig både nyfiken och lite på min vakt.

"Berätta något om dig i stället." säger jag.

"Jag är född i Sverige, men mina föräldrar kommer från Lettland."

Kanske är det det, tänker jag. Jämfört med de svenska män i hans ålder som jag hittills har mött är han lite annorlunda. Det är svårt att beskriva, men det verkar i varje fall inte som att han tycker att jag är barnslig och det är viktigt. Jag vill inte bli uppfattad som barnslig.

"Berätta något mer." säger jag.

"Jag är brottare" säger han och ler lite lurigt.

"Jag älskar brottning. Du måste omedelbart lära mig!"

"Du älskar brottning?" säger Igor och ser på mig både fascinerat och misstroget.

"Ska du inte säga något om byggmästardotter också?" säger jag.

Nu skrattar han.

"Vad vill du lära dig?"
"Allt."

Vi gör upp att träffas i backen på Skeppargatan nästa vecka igen.

Igor är behaglig och ett nytt inslag i mitt ganska enhanda liv. Och han blir snabbt en av mina allra närmaste vuxna vänner. Okunnig som han är om det mesta är han djupt fascinerad av den kunskap, som ruvar bakom flickskolans mörkgrå granitväggar på Kommendörsgatan. Intressantast är vikingarnas våldsamma erövringar i Ryssland på 900-talet och jag läser på ordentligt för att kunna ge honom smaskiga redogörelser om slagen på den tiden. Ibland ljuger jag och hittar på för att han ska tycka att det är bra och jag ser i hans ögon att vad jag ger honom är nästan lika bra som en spännande film.

Igor är en stor och kraftig man och jag känner mig trygg i hans sällskap, han är angelägen om våra möten, han tycker helt enkelt om mig och han visar det. Det är jag inte bortskämd med. Som den gamla brottare han är, kan han alla fina och fula knep och han undervisar mig och när han ser att jag kan, ber han om en kyss eller kram som tack. Det får han så gärna. En sen eftermiddag säger han att han gärna vill ha mer av mig.

Jag vet att Igor inte är farlig men jag blir rädd ändå och säger att jag aldrig har gjort någonting annat än vad han dittills fått och jag vågar ingenting mer.

Han avstår från fler krav vid åsynen av mina uppspärrade tårade blå ögon.

Vi fortsätter att träffas hela vårterminen, och Igor kör ut trädgårdsmöblerna till Tyresö på våren, sedan är det sommar och då ses vi inte. När ekarna börjar fälla sina löv om hösten kör han in möblerna till stan igen.

25.

I Verdandis småskrifter finns ett tunt häfte som heter Främmande ord. Det använder vi stundtals i skolan. Dess innehåll är intressant och jag studerar det ingående när jag saknar mer spänningsfylld lektyr. I dess grannskap i bokhyllan finner jag en dag ett lika tunt häfte med titeln Vardagsspråk och Kanslisvenska. Det låter precis så omöjligt trist att jag måste kolla innehållet, och medan jag läser de första sidorna känner jag att denna lilla bok har möjlighet att ge mig flera verbala segrar i diskussioner inte bara vid vårt middagsbord. Jag hör mig redan komplimentera mamma för den kokta gäddan som vore den en nyfångad lax, lindad i dillkronor och doppad i en lag av dillfrön tills den uppnått bla, bla ...

Det slutar aldrig driva mig att få dem att förstå att jag har tillgång till språkliga vapen som inte står dem till buds. Blotta tanken får mig att skratta högt, framför mig ser jag hur pappa lägger ner kniv och gaffel och tittar frågande på mig, medan mamma försöker få mig att hålla tyst och Britta gapar och Wictor väntar på pappas reaktion.

Detta måste göras omsorgsfullt och trovärdigt.

Jag övar och repeterar själva uppträdandet och efter ett par dagar är jag nöjd. Nu återstår att finna lämpliga ord för just de maträtter som ska serveras i vår matsal. Jag får inte gå ut alltför hårt, jag måste vänja dem vid mitt nya kanslispråkliga sätt att uttrycka mitt behag och min tacksamhet för måltiden i fråga. Det jag är beredd att göra, kan såvitt jag förstår aldrig ge dem anledning att straffa mig. Har jag fel? Det vet jag inte förrän middagen är över och jag eventuellt tvingas begråta mina sår.

Jag är rädd. Det är ingenting nytt. Jag har varit rädd så länge jag minns, både hemma och i skolan. Föräldrar vill att deras barn ska vara rädda, de vet precis hur de ska göra för att barnen ska bli rädda och hållas rädda. På det rara sättet har föräldrarna kontroll och det tycker de om.

Om de bara visste hur hungrig jag är efter makt. Och bara för att man är rädd behöver man inte vara feg... Så jag skiter i min rädsla, jag ska göra det här i alla fall. För jag tror att mina föräldrar har behov av en eller annan lektion som inte härstammar från Skolöverstyrelsens Regelverk *af år 1919.*

Jag talar med hembiträdet om vad som är planerat men bestämmer mig slutligen för ett säkert kort, torsdagsmiddag, där vet alla redan vad som står på menyn. Det gäller att inte gå ut alltför hårt, men jag har förberett mig noga, det är torsdag och då brukar pappa vara på ett strålande humör vid middagsbordet. Själv har jag vissa svårigheter med den traditionella soppan men jag sväljer den, och när fatet med pannkakor ställs på vänster sida om mammas tallrik levererar jag min instuderade replik:

"Se där, den gula ärtans deliciösa puré följs av denna nationella mjölrätt serverad och toppad med en inläggning av den svenska skogens guld. Jo, jag tackar, jag!"

Pappa tar av sig glasögonen, lägger dem på bordet och tittar förvånat på mig.

"Vad sa du?"

Jag ler obesvärat och frågar: "Va, har jag sagt nåt?"

"Vad pratar Christina för dumheter nu igen?" utbrister mamma ilsket samtidigt som hon lägger upp pannkakor på Wictors tallrik.

"Du ska tänka dig för, innan du talar! "fortsätter mamma. Britta tittar förvånat och oförstående från den ena till den andra och pappa tar på sig glasögonen igen och stirrar på Wictor som häver upp sin röst och undrar:

"Christina, kan du säga det där igen?"

"Det gör jag gärna: Den gula ärtans deliciösa puré följs av denna nationella mjölrätt serverad och toppad med en inläggning av den svenska skogens guld. Jo, jag tackar jag."

Äntligen kommer pappas skratt om än i en ovanligt måttfull dos, men ganska snart vill han veta:

"Har du hittat på det där själv?"

"Jag beskriver bara en torsdagsmiddag på Styrmansgatan 39, densamma år efter år."

"Bravo!" säger han och ger mig därmed den månadens största överraskning, "Du har bestämt en riktigt fin läggning för språk, öva på den, du."

Wictor och jag ser på varandra och ler – vi har båda uppfattat den ovanliga situationen. Britta ser hjälpsökande på mamma och mamma ser enbart sur ut.

26.

Pappa och jag har en hemlighet, som inte är någon hemlighet precis, och förloppet är ungefär det samma varje gång.

Mamma är mycket mån om att familjen – framför allt barnen – ska äta nyttig mat och av det skälet serveras fisk en gång i veckan. Ingen i familjen gillar fisk i synnerhet inte den fula torsk som mamma bär hem från

Lundbegs Fiskaffär på Storgatan, men trots alla sura miner runt matsalsbordet fortsätter mamma sin omsorg om oss alla, vilken manifesteras i det stora serveringsfatet med sin motbjudande slemmiga last med blinda simmiga ögon, som anklagande glor på oss. Till fisken serveras pepparrotssås och kokt potatis. Både potatisen och såsen brukar ta slut men av torsken finns i allmänhet så mycket kvar att den borde kunna simma om man släppte ut den i Nybroviken.

Ingen pratar under fiskmiddagar utom jag förstås som talar om för mamma att dagens torsk är ovanligt välsmakande. Något mer brukar inte bli sagt och när vi rest oss från denna middag och jag är på väg in till mina läxor, fångar pappa in mig i hallen och frågar tyst om jag har lust att ta en promenad med honom.

Hur ska jag hinna med både det och läxor? Skit samma, det får gå som det går. Vi tar på oss ytterkläder, pappa skickar en snabb hälsning till mamma som redan sitter i vardagsrummet tillsammans med Britta och Wictor och väntar på oss och ser ut som en olydig skolpojke som just lyckats med sitt bästa hyss.

”Vi går Storgatan ner mot stan,” säger han, ” så får vi nåt att titta på också.”

Titta på?

Pappa har bott i Stockholm i över fyrtio år och han vet mycket om andra byggmästare som varit aktiva under denna tid och medan vi går berättar han om fastigheter vi passerar och deras upphovsmän.

Vi viker av från Östermalmstorg in på Nybrogatan, som sluttar ner mot Nybrokajen. Utanför ett mycket gammalt hus stannar pappa och berättar att Murmästarna, som är ett flerhundraårigt ordenssällskap, äger huset men att de har vanskött det under långa tider, och att han när han förra året blev Ålderman för Murmästarna drog igång rejäla reparationer för att få det gamla huset att orka stå åtminstone hundra år till.

Detta är ovanligt, jag har många gånger hört pappa säga att gamla hus ska rivas och nya byggas. Jag misstänker att han känner sig berörd av att stadens historia i detta hus tangerar just honom.

Lite längre ner på gatan pekar han ut ett stort och pampigt hus med en del krusiduller på fasaden, vilka ger det ett gammalmodigt utseende.

”Den här fastigheten byggdes av en av landets mest välkända byggmästare, han lever ännu men han är inte så aktiv längre. En odräglig skrytmåns och kvinnojägare är vad han är. Och så talar han dalmål och högljudd är han också. Och nu ska du höra, jänta, karlfan fick Maggie till bordet på Byggmästarföreningens jubileumsfest i våras, och du anar inte vad han sa: Nackdelen med att vara så välkänd och berömd som jag är att jag alltid får gamla tanter till bordet." Pappa brister ut i ett dundrande skratt. "Hade jag hört det hade de fått bära ut karln. Men nu är det faktiskt ganska lustigt... Och vet du vad Maggie gjorde? Hon vände honom ryggen under hela middagen."

Vi viker om hörnet vid Dramaten och fortsätter Birger Jarlsgatan fram, passerar den välkända restaurangen Riche och nu vet jag att pappa strax kommer att stanna. Vi har kommit fram till det stora vackra huset som farfar Viktor byggde 1929-30. Pappa brukar bli både rörd, ledsen, stolt och glad när han får stå och beundra denna familjära skapelse. Jag säger ingenting, väntar bara medan pappa skjuter tillbaka hatten mot nacken, vänder huvudet mot taknocken, suckar och säger:

"Nu går vi vidare, Christina."

Vi fortsätter i tystnad förbi biografen Spegeln och Ostermans Marmorhallar, vi är på Stureplan, Stockholms bultande hjärta och jag älskar att stå där och betrakta trafiken och människorna som rör sig åt alla håll, uppför Kungsgatan, in i Humlegården, uppför Sturegatan mot Stadion; tvärs över gatan åt norr och åt söder fortsätter Birger Jarlsgatan och slinker man in lite snett åt vänster väntar Biblioteksgatan med alla sina affärer.

Så kommer ögonblicket vi båda väntat på.

"Christina är väl också hungrig?" säger pappa och småskrattar.

"Ja, lite grann. Hurså?" säger jag så oskyldigt jag kan.

"Då går vi och tar nåt gott på Sturehov."

"Men jag har hört att Sturehov är en fiskrestaurang, ska vi verkligen dit?"

"Fiskrestaurang?" Så börjar han skratta. "Du är allt en rolig jänta, och det är jag mycket glad åt."

27

Skratt är viktigt och det är uppenbart att pappa och jag skrattar åt samma saker, och det har varit uppenbart länge. Britta skrattar däremot nästan aldrig, utom när Wictor säger någonting snuskigt eller när pappa kittlar henne. Mamma skrattar sällan, hon har en gång för alla lärt sig att le när andra skrattar och den lärdomen sitter i. Wictor har humor och skrattar framför allt när pappa skrattar. Wictor behöver inte tänka på de könsmässiga idiotvariablerna om när och hur man får och bör skratta. För egen del har jag för länge sedan bestämt mig för att skratta när jag tycker att någonting är roligt.

Jag tror att det är den gemensamma humorn som gör att pappa då och då frågar om jag vill följa med på ett bygge. Och trots alla bråk och konflikter följer jag ofta med eftersom det är så olikt allt annat jag gör i vardagen. Jag gillar omväxling.

Byggen är precis som det låter och jag sitter still i bilen tills pappa säger åt mig att jag kan gå ur. Material, massor av material som behövs för att bygga hus, och jag blir jättesugen att bygga mitt eget hus ända tills jag hör pappa vråla som en mistlur. Jag står kvar vid pappas stora Cadillac och ser hur karlar kommer springande från alla håll.

"Var är verkmästare Nilsson?" skriker pappa.

"Här!" skriker Nilsson.

"Inga skyddsräcken vid hisschaktet, är du en jävla idiot?" Ska ni slå ihjäl er här på min bekostnad? Nilsson för fan."

Pappa kommer springande med hatten på nacken, jag ser att han är förbannad, jag tycker att det är intressant för jag vet att det är just så här han uppfostrar sina arbetare och sin personal. Just då förstår jag att även Nilsson vet hur det ligger till.

Nilsson står med kepsen i hand och pratar med pappa, Igor kommer gående rakt mot mig, ler, blinkar:

"Hej, hur mår du?"

"Jättebra, och du med?"

Vi skrattar lite grand oss emellan innan han går vidare.

"Jag vill ha någon som omedelbart tar itu med skyddsräckena," säger pappa och Nilsson, som fortfarande är mycket rädd och orolig för att göra något fel, ropar till en tunn liten man som står och trycker mot väggen strax intill.

"Hjelm," befaller han, "hämta skyddsräcken till hissen. Andra och tredje våning till en början."

"Hjelm," undrar pappa, "är han ny?"

"Förra veckan," säger Nilsson.

"Kom hit Hjelm," ropar pappa. Hjelm kommer, pappa böjer sig framåt och luktar på honom.

"Hjelm är onykter," säger pappa.

"Nej," säger Hjelm.

Jag håller andan, någonting hemskt är på gång. Snälla pappa, inte han.

"Hjelm luktar sprit och är onykter, åk med Igor till kontoret, gå till fru Mårten och hämta innestående lön. Sen försvinn, kom inte tillbaka, mina arbetare ska och måste alltid vara nyktra. Förstått!"

Jag sätter mig i bilen, det är inte ett sådant arbete jag ska ha, jag vill inte skrika till mina medarbetare – kanske måste man göra det ibland? Tanken gnager i mig.

Hjelm stannar länge i mina tankar. Löjligt kanske. Pappa kan inte ha onyktra arbetare, de kan ramla från höga höjder och slå ihjäl både sig själva och andra om säkerhetsföreskrifterna inte följs till punkt och pricka. Så är det bara. Det jag inte tycker om är att jag hittat ett argument för att pappa ska skrika.

Jag följer inte så gärna med till byggen efter den dagen.

28.

Långt ifrån alltid är jag och pappa såna såta polare som när vi åker på något av hans byggen eller går på Sturehof och käkar pyttipanna.

Samtalet är i full gång när jag kommer in i vardagsrummet efter middagen. Om jag hade vetat vad de pratar om och om jag hade varit klokare, hade jag omedelbart smugit mig ut igen och ägnat mig åt någonting annat. Men även om jag är rädd för den så dras jag till den – elden.

Pappa pratar om vilken sorts människor som inte passar på den svenska arbetsmarknaden.

"Negrer," säger pappa "skulle aldrig kunna utföra några som helst arbeten här i Sverige, varken på byggen eller i industrin, de ska naturligtvis stanna i sina afrikanska länder och ägna sig åt enklare hantverk."

"Negrer," undrar jag, "är väl människor skapta precis som vi förutom färgen på skinnet."

"Där har du fel, "säger pappa, "de är infödingar från Afrika och de är skapade med väsentligt mindre hjärnor än vi, de är barnsliga, gillar att sjunga och dansa och har varken energi eller framåtanda. Det kan du väl begripa själv, så som det ser ut i deras länder. De har ingenting av den västliga världens intelligens och förmåga till utveckling, de är ingenting värda, fattar du inte det, så är det dig det är fel på."

"Hur många negrer känner pappa? Ingen, va! Och var har pappa skaffat sig all denna kunskap om dessa människor, som vi aldrig har träffat ett enda exemplar av?"

"Kan ingen få den satans jäntan att hålla käften?".

"Eric," försöker mamma, "ta det lugnt."

"Nej, nu ska vi göra upp det här en gång för alla, du håller käften när jag talar, och jag bestämmer här hemma." Han far upp ur fåtöljen.

"Aldrig," skriker jag och springer ut i korridoren, "pappa är den siste som bestämmer över mig."

Han jagar mig in vårt sovrum. Han vevar med armarna, han slår mig på kroppen, på huvudet. Jag slår tillbaka så mycket jag orkar och trampar sönder hans glasögon.

"Mina glasögon, nu jävlar ska du få en omgång till..."

Mamma får slut på det och dörren stängs till mitt och Brittas rum. När jag lugnat mig ser jag läxböckerna som ligger uppslagna i min sekretär, tyska och historia, långa läxor som jag inte har kraft att göra nu. Istället kommer jag att tänka på Gud, som alla verkar låtsas att de tror på men som jag aldrig trott en sekund på.

Men jag kan inte få ur tanken att om jag trodde på Gud, skulle jag då tro att det är Guds vilja att jag får stryk?

Just det ska jag fråga pappa om någon gång, när han håller på och ilsknar till, för pappa har en benägenhet att tro på Gud eller att åtminstone låtsas – så utomordentligt löjligt att med hans läggning utge sig för att vara *gudfruktig!*

Jag lägger mig på sängen och vilar. Det gör ont i hela kroppen men mest huvudet. När klockan närmar sig tolv och jag hör att mamma och pappa fortfarande sitter kvar i vardagsrummet. Jag förstår att mamma försökt få pappa att begripa att hans sätt att hantera mig är fel. Jag öppnar dörren till vardagsrummet och ser dem sitta där i varsin fåtölj. Rädd är jag men talar gör jag.

"Titta gärna på mig, så här ser jag ut efter pappas behandling och sex sidor historia och tre sidor tyska är mina läxor till i morgon. Som ni säkert förstår har jag inte läst en rad. Kan pappa som vet så mycket förklara hur jag skall lösa detta."

Ingen svarar så jag skyndar tillbaka till mitt rum. Jag tror inte att jag någonsin ska kunna förlåta min idiot till pappa, som har en sådan liten hjärna att han inte kan räkna ut ett bättre sätt att komma överens med sin fjortonåriga dotter. Men hans dotter är nu äldre än Metusalem och henne kan han inte besegra.

Tidigt nästa morgon kommer mamma och ger mig ett kuvert.

"Ge det här till din klassföreståndare," säger hon, "det är inte ditt fel."

"Nej, mamma, jag tänker inte gå till skolan idag och visa upp en blåtira, en svullen röd kind och en underläpp som är dubbelt så tjock som vanligt."

29.

Jag blir alltmer medveten om att jag är ensam, på alla möjliga sätt, till exempel att jag är en individ i ett mycket litet sammanhang, men kanske ändå mest att människorna runt mig inte tänker som jag. Att mamma och pappa och Britta inte tänker som jag har jag vetat länge och det stör mig inte, men att mina kompisar inte gör det, vet jag inte vad jag ska göra med. Det lämnar mig med en känsla av tomhet.

I min klass är vi tjugonio elever och av dem är det fem, sex flickor som jag umgås med. Efter skolan går vi ofta till kondiset Karlagård – KG – på Karlavägen och dricker ett glas saft för trettio öre. Där brukar vi sitta en timme och prata, om vad då? Att Tommy verkar kär i Karin och skratta ihjäl oss åt det, eller att Sten är jättesöt i sin nya jacka, honom borde man stöta på, om man bara vågade eller visste hur man gjorde.

Eller också berättar Eva att hon har sett en vansinnigt snygg rosa lammullsjumper på Bredenbergs, men den kostar fyrtiofem kronor och det är ju väldigt mycket för en jumper och det håller alla med om, men rosa vore ju förstås dösnyggt som omväxling mot rött och blått.

Det händer att vi är upprörda över någonting som inträffat i skolan och då är det viktigt att samlas på KG för att diskutera och reda ut saken, som när musikdirektören Elsa B, vår lärare i musik, mitt under lektionen plötsligt viker sig dubbel och ramlar i golvet. Avsvimmad.

Någon hämtar skolsköterskan, hon kör ut oss och tar själv hand om den obehagliga situationen och vi sticker till KG. Ingen är särskilt förtjust i Elsa B. men man vill ju inte direkt att hon ska dö. När detta konstaterats, vill Karin prata, men hon har svårt att få ur sig vad det är. Till slut viskar hon:

"Mamma säger att Elsa B. är sjuk på ett annat sätt."

Vi andra gapar och undrar i munnen på varandra: "Vilket sätt?"

"Vi vet ju att hon inte är gift, mamma säger att hon bor ihop med en annan kvinna, som också är lärare i vår skola."

"Men Karin, två kvinnor kan väl bo ihop utan att de är sjuka, jag fattar inte vad du menar," säger jag.

"Mamma sa att de gör saker med varandra som bara gifta människor gör," säger Karin och viskar ännu tystare, vad gifta människor gör.

"Fy fan," säger Monika, "då tänker jag aldrig gifta mig" och jag är benägen att hålla med.

"Jag förstår ingenting," säger Cattis, "hur kan någon veta vad de gör hemma hos sig och förresten undrar jag om det är förbjudet eller bara äckligt, det de gör."

"Mamma säger att det tidigare har varit förbjudet och olagligt, men det är det visst inte längre." säger Karin, som alltid njuter när hon har allas uppmärksamhet.

Oron i vår grupp är nu påtaglig och till slut frågar Cattis om det är vanligt att man svimmar, när man är så där äcklig. Karin har inget svar på det, men hennes mamma har sagt att sjukdomen heter homosex.

Själv har jag många fler frågor, men jag väntar med dem tills jag hunnit tänka efter.

"Jag skulle vilja veta, vem den andra lärarinnan är, vet din mamma det också?" frågar jag.

"Det vet hon säkert, jag ska höra efter."

Alla har fått nog, vi reser oss nästan samtidigt, vi vill inte höra mer om det bakvända vuxna livet, och vi är inte helt säkra på att Karin talar sanning heller. Karin berättar ofta saker hennes mamma sagt till henne. Det är något konstigt med det eftersom inga andra föräldrar berättar såna historier för sina barn. Men Karin och hennes mamma verkar lite grand vara som skvallerkärringar med varandra. Därför skulle jag aldrig berätta en riktig hemlighet för Karin. Tanken att hon skulle berätta den för sin mamma gör det omöjligt. Ändå skulle jag vilja berätta mer om mitt innersta för flickorna.

Vi skingras åt olika håll, alla mot olika hem men vilkas olikheter vi aldrig diskuterar med varandra. Vi diskuterar helt enkelt inte med varandra, vi utbyter aldrig åsikter, kanske har vi inga, jo, jag har åsikter om många saker, men jag ser ingen möjlighet att starta en allvarlig diskussion med mina vänner för jag är inte säker på att det leder till någonting. Jag tror inte att de tänker som jag. Jag är rädd att de sällan tänker på annat än pojkar och snygga kläder och en annan färg på läppstift eller nya skor till nästa hippa och det är förstås orättvisa tankar, men jag har aldrig haft anledning att tro annorlunda.

Ibland tänker jag att någon av dem kanske också får stryk ibland av en ilsken pappa, eller någon kanske har en morsa, som smilar upp sig när andra är med, men som på tu man hand med sin dotter roar sig med att plåga henne med elaka kommentarer om hennes sätt och utseende, och ju mer jag tänker på det desto säkrare blir jag att det är så.

Alldeles tyst inuti mitt huvud, där ingenting läcker ut, säger jag till mig själv: Din och dina vänners föräldrageneration är ett jävla pack, vi tvingas att uthärda deras skitbehandling, egentligen borde vi vända oss till regeringen eller åtminstone till en domstol.

Vilka är då mina tankar, som jag så gärna vill diskutera och som jag är rädd skiljer mig från dem? Jag vill gärna höra dem berätta om sina drömmar, både de som jagar dem om natten och dagdrömmarna om den närmaste och den mycket avlägsna framtiden, och jag vill så oerhört gärna berätta om alla mina egna drömmar och jag vill veta vad de tror om våra föräldrars föråldrade inställning till flickor.

Mest av allt vill jag veta hur andra människor har det, flickor som går i andra skolor i andra delar av stan, på Södermalm och Norrmalm, där jag bara har varit vid enstaka tillfällen.

Jag är nästan fjorton år och börjar förstå att jag är kapitalt okunnig om allt utom livet runt Karlaplan, och jag känner starkt att det inte är tillräckligt. Hur lär man sig saker? Man läser böcker förstås, men nu handlar det inte om geografi eller biologi såsom i skolan, utan om levande människor som – precis som människorna i böckerna jag läser – lever ett mycket annorlunda liv än det runt Karlaplan.

30.

”Vad är homosexualitet?”

Jag inväntar ett tillfälle, då mamma sitter ensam i vardagsrummet. Det är lördag eftermiddag, pappa är som vanligt ute och jagar – ibland undrar jag vilket villebråd som för närvarande är lovligt. Mina förstudier i Nordisk Familjebok, tryckt 1929, har försett mig med högst bristfällig information i ämnet homosexualitet.

“Men kära barn, varför frågar du om en sådan sak?” fullkomligt frustar hon fram och dunkar kaffekoppen mot fatet i full irritation.

Jag berättar historien om Elsa B och Karins mamma och ställer slutligen frågan, om det finns något skäl att tro på Karins berättelse.

Mamma är ytterst besvärad, reser sig upp, går till fönsterbrädan och plockar blomblad från de rosa begoniorna, jag sträcker på halsen för att se om de är vissna. De är inte vissna och jag undrar om mamma kan svara på min fråga, men mamma hostar nu och tar fram en näsduk och snyter sig. Hon är röd i ansiktet.

“Om mamma inte vill svara på min fråga, vet jag inte vem jag ska fråga men jag vill veta vad detta homosex är och vad det betyder.”

“Jag kan inte begripa hur Karins mamma kan ge sig på att tala om sånt här med sin dotter, det finns verkligen ingen anledning till det.”

“Jo, det finns det. Karin och vi andra både vill och behöver veta hur den så kallade vuxenvärlden fungerar, för det dröjer inte länge förrän vi själva är där.”

“Då kan ni vänta tills ni är vuxna. I er ålder behöver ni inte veta någonting alls om sådana saker.”

“Risken är förstås att det kommer en ful gubbe eller elak eller riktigt farlig människa och slår i oss något som är helt fel och lockar ut oss på dåligheter, det borde mamma göra allt för att förhindra."

"Det är och har alltid varit helt omöjligt att få dig att begripa, när du ska hålla tyst och sluta tänka på och tjata om saker som du är för liten att förstå. Sluta upp med det här och ägna dig åt något bättre."

"Det är och har alltid varit omöjligt att få mamma att ge besked om minsta lilla sak som är obehagligare än att säga vad klockan är."

"Du borde skämmas som talar så till din mamma, jag får lov att underrätta pappa om ditt helt oacceptabla sätt, så får han ta itu med det."

"Då vet vi att jag får stryk ikväll, igen. Kanske bäst att jag går och låser in mig direkt, för mamma tänker förstås inte försvara mig."

Nu har mamma fått nog och ryter åt mig att försvinna och då gör jag det. Jag stoppar ner Caprice i cykelkorgen och trampar ut över Djurgårdsbron, förbi Nordiska Muséet, Gröna Lund och Skansen, stannar på en lugn plats där inga bilar kommer fram och lyfter ner min kloka lilla tax och låter henne springa lös efter eget huvud.

Jag lutar cykeln mot ett träd och följer Caprice över våta gräsmattor och jag undrar om det verkligen är mig det är fel på. Det måste det vara, eftersom jag har fått lära mig av alla vuxna människor jag känner att det aldrig är fel på vuxna människor. I detta fall finns dock ett undantag och det är Karins mamma, som enligt min mamma har gjort ett fel, när hon talat med sin dotter om homosexualitet.

Ett noll barnen.

31.

Dramatiken börjar en av sommarlovets sista dagar, då det på allvar går upp för mamma, pappa och Britta att hon faktiskt inte flyttas upp i klass 5 tillsammans med sina kamrater. Själv funderar jag inte en sekund över detta faktum, som jag betraktat som självklart ända sedan skolavslutningen, då jag fått se Brittas betyg och där det står "Ej flyttad till klass 5."

Jag förstår att mamma och pappa ägnar viss tid åt samtal med rektor, lärare med flera och eventuellt även undersöker möjligheten att flytta Britta till en annan skola, innan de slutligen ger upp och därefter gör sitt bästa för att trösta och kompensera sin olycksdrabbade dotter.

I mammas och i synnerhet pappas ögon är Britta utan all skuld till det uppkomna läget. Deras bestämda åsikt är att Britta är söt och duktig och väluppfostrad och har lätt för att lära. Matematik och tyska är inte särskilt viktiga ämnen för en ung flicka, tycker i synnerhet pappa som gärna låter oss lyssna till hans åsikter i ämnet. Mamma gör inga tillägg, men nu vet åtminstone jag vad som gäller, även om jag anar att det inte gäller mig. Pappa behandlar alltid Britta med silkesvantar eftersom han anser att hon är klen och måste beskyddas.

Både Wictor och jag vet att Britta varken är klen eller sjuk eller behöver beskyddas. Hon är enligt vår övertygelse patologiskt lat, punkt slut. Beundransvärt duktig att undfly plikter, läxor, allt som innebär arbete och som är tråkigt. Osolidarisk. Wictor och jag, som huvudsakligen är de som drabbas av hennes svek, hittar på nya ord för hennes beteende såsom piss-smitare, skitljugare, diskstruntare, golvslickare, toalettägare med flera.

Vi låter henne veta att vi avslöjat hennes lögner och det renderar såväl Wictor som mig en och annan örfil av pappa, sedan Britta skvallrat på oss. Visst, vi ger igen, lägger krokben när hon har bråttom in på toaletten och Wictor, som är den mer egenartat fantasifulle av oss två, eldar upp hennes nylontrosor på gasspisen. Det är fruktansvärt roligt, det tar högst två sekunder för ett par trosor att brinna upp. Wictor och jag skrattar resten av den dagen.

Jag kan säga *stackars Britta* och mena det. Stackars min syster som bär sig åt som hon gör. Jag vill gärna att vi ska vara vänner och det vill säkert hon med, men det är helt omöjligt.

Det allra svåraste – och som hon nu kommer att straffas för – är att hon inte kan förmås att läsa läxor. Jag tror att hon inbillar sig att pappas makt sträcker sig så långt att han kan rädda henne från skolans obehagliga system med straff och kvarsittning vilket betyder att man får gå om en klass. Hon är visserligen två år äldre än jag men jag har börjat skolan bara ett år efter henne och nu kommer hennes ogjorda läxor göra att vi hamnar i samma klass.

Vi bor som vanligt på Tyresö hela sommaren, men en dag i slutet av augusti har Britta fått följa med pappa och mamma in till stan. Vad de ska göra intresserar inte mig, jag har fullt upp med roliga upptåg med mina kamrater Barbro och Cecilia. Vi har varsin gummibåt och leker krig i sjön Maren.

När familjen samlas till middag och maten är uppäten, springer Britta upp till vårt sovrum och när hon kommer tillbaka, kan vi alla se att hon har en ny ljusgrå mycket fin klänning med jacka, som är mönstrad med röda broderier. Hon ler och ser mycket glad ut och detsamma gör mamma och pappa. Jag är tvungen att säga vad jag känner:

"Jaha, den som inte klarar sig i skolan får presenter, men den som klarar sig får ingenting."

Tystnaden som följer är kompakt och skrämmande, ända tills mamma frågar:

"Vad vill du ha?"

"Ett par ridbyxor!"

Jag har ridit i flera år i dels ett par utslitna gråmelerade skidbyxor, som jag tror varit mammas, dels i ett par fula grönsvarta byxor, som inte ens ser ut som ridbyxor. Jag har slutat önska mig ridbyxor i julklapp eftersom jag ändå inte får några, därför att mamma säger att de grå byxorna verkligen ser ut som ridbyxor. De är stora och pösande runt benen, det är enda likheten.

Middagen är över och ingen har kommenterat Brittas fina klänning. Jag har förstört hela den planerade stunden, då Britta skulle få komplimanger och känna sig fin.

Nästa dag följer mamma med pappa in till stan, och när de kommer tillbaka på kvällen får jag ett paket av mamma, som innehåller de mest exklusiva ridbyxor jag någonsin sett. Ett par tjocka, ljusbeige jodpurs med stora skyddslappar av mocka på insidan av benen och i sitsen, små bandkantade fickor fram, knäppning med tre knappar i båda sidorna och det är helt enkelt den bästa present jag fått i hela mitt liv.

... Ett läsår senare

Jag har kört i franska. Det har Britta också. Mamma och pappa skickar Britta till England och låter mig klura ut hur jag ska klara av situationen.

Jag har kört i matte en gång, varit med förr alltså, och därför skickar jag efter en lämplig Hermodskurs i franska. Hela sommaren sitter jag ensam i Lilla Stugan varje dag mellan klockan 9 och klockan 12 och rabblar franska verb och böjer alla pronomen och substantiv som finns i läroboken. Inget kunde vara tråkigare men jag lär mig – och jag vet dessutom exakt vad som ska hända när Britta kommer hem.

Vi går upp i provet tillsammans, Britta kör och jag klarar mig. Är någon förvånad? Vem lär sig franska verb under en sommar i Eastbourne på den engelska sydkusten?

Jag ifrågasätter i tysthet mammas och pappas egendomliga beslut vad gäller Brittas utbildning. Tack och lov förstår jag ganska snart att det bästa jag kan göra är att inte ägna det så mycket som en tanke. Om hon skickas till en flickpension i Schweiz eller om hon sätts i Engelbrekts Husmodersskola är ingenting som jag har några synpunkter på, för själv tänker jag aldrig gå i någon av de skolorna.

Men pappa ger sig inte. Han har beslutat sig för att dotter nummer två ska få sig en sådan rejäl snyting att hon aldrig mer sticker upp. Pappa vet inte att dotter nummer två bestämt sig för att aldrig låta honom komma så nära henne att hon riskerar så mycket som en böjd ögonfrans.

En dag stöter dotter nummer två och pappa ihop i korridoren innanför hallen. Pappa stannar upp och stirrar konstigt tomt.

"Du tycker inte om mig," säger han entonigt.

"Pappa tycker inte om mig," säger dotter nummer två och stirrar tillbaka innan hon fortsätter in i korridoren.

Det är ett obehagligt möte och det stannar länge i mitt minne, för det liknar inte en normal replikväxling mellan far och dotter.

33.

Den senaste tiden har jag inte tänkt så mycket på mig och just min person som på systemet. Systemet är den stenhårda klump av *osynkroniserade regler* som styr vårt samhälle, vårt klassamhälle. Ändå vet jag inte om vår familj tillhör medelklassen eller övre medelklassen. Jag förstår att vi inte är underklass, men jag tror att det mer är en fråga om vilja och dröm än familjens ekonomiska situation som fäller avgörandet i var man befinner sig i medelklassen.

Själv tillhör jag ingen klass alls. Klasstillhörighet tror jag handlar om uppfostran, utbildning, omdöme och förstånd, men de flesta är sannolikt

– utan att reflektera – av den uppfattningen att det enbart är den ekonomiska situationen som avgör.

”Du måste visa varifrån du kommer,” har mamma inpräntat i mig utan att det gett minsta resultat. Jag uppfattar regelverket som obegripligt– *det är bättre att gå barbent om vintern än visa sig för folk med en maska på strumpan!*

Utanverket, kläderna, adressen säger mycket, kanske allt. Stor hund pekar på den leriga landsorten eller jägare i bästa fall, liten hund är acceptabel i stadsvåning. Vilka skolor går familjens barn i och mest av allt pappans titel, direktör, disponent, doktor, advokat och några till. Aktuarie, vad är det? Lärare, du menar modern?

Nästan alla låtsas tro på gud, men det övervägande fåtalet finner anledning att gå i kyrkan endast på släktens bröllop och begravningar. Jag tror inte på gud, det har jag aldrig gjort men jag vet att så får jag inte säga. Det är en av de *osynkroniserade reglerna*, som jag har identifierat i mitt sökande efter klass. Det kan inte bli annat än fel.

Jag tror på gud och jag har hatt på mig i kyrkan trots att jag endast äger en stickad vintermössa! Vad menar du dumma flicka? Ja, inte vet jag.

Dubbelmoral kanske.

Varför låtsas alla tro saker de inte tror? Jag begriper det inte.

Däremot tycker jag att demokrati är ett bra ord. Det kommer från det antika Grekland och betyder *folket styr*. För mig betyder det att alla deltar i besluten. Alla har lika värde, alla utan undantag. I min familj råder inte demokrati. Mamma och pappa anser att demokrati är lika med socialdemokrati och den ideologin hör hemma i en annan socialgrupp än vår. För mig är deras resonemang utomordentligt bakåtsträvande, för att inte säga överkört av tiden, fullständigt obsolet. Man kan fråga sig var jag har fått mina radikala idéer ifrån, jag tycker inte att de är radikala, de är de enda rätta i min löjliga lilla värld som ingen ändå bryr sig om.

Ännu kan jag inte tillräckligt mycket för att våga säga att jag sannolikt kommer att rösta på det ena eller det andra partiet, men jag ogillar den *osynkroniserade regel* som anger att med min skola och min adress ska jag rösta blått. Jag tycker att vår moderna verklighet verkar ha fastnat med vänster bakhjul i ett dike. Snurr, snurr men upp kommer du inte utan hjälp, du får allt vinka på de där starka killarna med spadar i händerna.

Vi får se om de har lust att hjälpa dig upp, de klarar sig kanske bättre och hellre utan dig.

Maud och jag diskuterar politik utan att riktigt veta vad det är. Det handlar nog mest om våra drömmar om en okomplicerad och rättvis framtid och hur vi som flickor ska kunna ta oss fram till det vi båda önskar oss, nämligen ett spännande liv genom ett roligt jobb. Vi talar med varandra om svåra saker och vi delar uppfattningen att det oftast är rätt omöjligt att diskutera intressanta saker med flickor. Vi vet inte, om de saknar åsikter om det som vi tycker är viktigt eller om de inte törs säga vad de tycker, om de möjligen tycker någonting alls. De flesta flickor har fått lära sig att inte tycka någonting, det är okvinnligt. Tycker, tänker och bestämmer, det gör pojkarna när de blir vuxna.

Vi säger många fula ord om tingens ordning, tidens okunniga uppfattning om flickors förmåga – vi vet ju att den är totalt fel. Endast muskelkraft i armar och ben och eventuellt på några andra ställen skiljer könens styrka åt. Det vet vi, det har vi iakttagit under flera år. Pojkarna är inte bättre i skolan än vi, tvärtom, därför tror vi att det finns skäl att anta att den kvinnliga hjärnan har bättre muskler än den manliga. Pojkar får tycka, tänka och ge luft åt sina åsikter. Där börjar diskussionerna och Maud och jag älskar att delta i åsiktsutbyten mellan både pojkar och flickor, ibland på en bänk på Karlaplan i vårsolen, ibland med ett större gäng i Östra Reals gymnastiksal under en skoldans med roliga band som Whisky Bottle Slickers och Bunta Horn med flera. Det lustiga är att pojkarna inte har någonting emot att lyssna på våra åsikter, det är bara de andra flickorna och representanter ur föräldragenerationen som anser att vi ska slå ner blicken, le lite trevligt och hålla tyst. För pojkarna, som aldrig får lära sig annat än att de ska var stora, starka och beskyddande, bör det vara ganska lärorikt att få *klara besked direkt ur hästens mun.*

Maud och jag och några flickor till, som gärna deltar i diskussionerna gillar den här situationen och vi känner pojkarnas intresse för vad vi säger, vi har helt enkelt blivit en tidigare okänd kunskapskälla för ett rätt stort antal pojkar. Jag försöker tala med mamma om dessa inbillade skillnader mellan flickors och pojkars intellektuella kapacitet men hon vill inte lyssna på det örat.

"Saker och ting är som de är, det måste du acceptera," slår hon bort mina påståenden med.

Mamma har en väninna, Signe som avviker från de övriga i damgänget, egentligen hör hon inte dit, hon är journalist och hon skiljer sig radikalt från resten av gänget kring mamma bland annat därför att hon verkar helt orädd, hon både svär och säger så kallade fula ord. Mamma har tidigare sagt att hon försökt få Signe att avstå från att använda prefixet *skit*, som hon placerar framför de flesta adjektiv och substantiv. Signe bara skrattar åt henne.

En eftermiddag har mamma och jag varit med Signe på en utställning, vi åker hem i hennes bil och när vi kör över Slussen visslar en polis ilsket åt henne. Ingen i bilen vet vad Signe kan ha gjort för fel men polisen kommer fram till henne och säger: "Fruntimmer i trafiken, vet ni ens hur ni ska hålla i ratten?"

"Tror snuten att jag styr med könsdelarna, va?" ryter hon åt honom. "Dra in tårna för nu tänker fittan köra vidare."

Jag skrattar hela vägen hem. Mamma skrattar inte. Men alla andra skrattar när jag berättar om denna exempellösa upplevelse. Maud ligger på golvet med kramp i magen, de övriga flickvännerna skrattar en liten stund, men sedan enas man om att det var ju gräsligt att använda det där mest förbjudna f-ordet. Därefter säger någon av flickvännerna, och det hörs på rösten att hon är grovt kränkt:

"Hur tror du att det känns för den där polisens fru, när han berättar historien för henne?"

"Det behöver han inte göra och det tror jag inte heller att han gör, det var ju han som gjorde bort sig," säger jag.

"Vad menar du med det, han skötte ju bara sitt jobb?"

"Allvarligt talat har jag ingen lust att diskutera konstapelns ingrepp i trafiken, har du inte humor nog att skratta åt den här historien, så släpper vi den. Själv kommer jag att skratta tills i morgon."

Vad som för Maud och mig samman är denna tydliga differens mellan oss två och de andra flickorna. Ingen av dem verkar tycka om att tänka utanför samhällets godtagna normer. Och jag misstänker att de aldrig kommer att göra det heller.

Jag tycker att det är synd att Maud inte studerar vidare, hon är utpräglat intelligent, men när vi pratar om det slår hon ifrån sig och talar om att föräldrarna inte är roade av att hon studerar. Själv struntar hon i det, det kommer nog något bra för mig med skrattar hon som vanligt bort även denna sorglighet.

34.

Mamma och jag sitter kvar i vardagsrummet en kväll sedan pappa gått och lagt sig.

"Nej, jag vet inte vad jag ska bli när jag blir stor, men jag vet att jag ska läsa på universitet och skaffa mig ett intressant yrke."

"Hur ska du komma in på universitet, du förstår väl att för att komma dit måste man ha bra betyg i skolan?"

"Jag har bra betyg i flera ämnen, jag är faktiskt bäst i klassen i svenska och engelska och antagligen i historia också."

"Det kan hända, men du har dåliga betyg i flera andra ämnen."

"Det beror ju på att jag inte läser de läxorna, biologi, fysik och matte är så trist och dem tänker jag aldrig ägna mig åt."

"Du måste läsa läxor i alla ämnen för att bli någonting, men den uthålligheten saknar du uppenbarligen, det har du visat i många sammanhang."

"Det kan jag väl göra, om det verkligen krävs."

"Ja, det krävs, men vi tror inte att du har vad som krävs."

"Vad är det som krävs, då?"

"Ja, kära barn, det är begåvning, och det har du inte visat prov på."

"Hur visar man prov på begåvning, då?"

"Ja, då har man inga underbetyg."

"Så alla flickor i min klass, som har B i alla ämnen, är begåvade och lämpade för universitetsstudier?"

"Krångla inte till det nu, det har jag inte sagt, men pappa och jag tycker att du ska ägna dig åt annat."

"Annat än vad?"

"Studier."

Lång tystnad.

"Jag tänker ta studenten."

"Det kommer du aldrig att klara.

"Det gjorde ju mamma."

"Du saknar helt enkelt förutsättningarna, du lever i din egen värld och gör bara det du själv vill och du lyssnar inte på pappa och mig och du tror visst att allt plötsligt ska bli som du har tänkt dig."

"Vad är det för förutsättningar som jag saknar?"

"Det har jag redan sagt."

"Nej, mamma har bara sagt att jag inte visat prov på begåvning. Vad är begåvning, kan mamma förklara det?"

"Det är i ditt fall att klara av skolan utan underbetyg."

"Det är inte vad jag frågade efter, det måste finnas begåvade människor, som inte går i skolan."

"Ja, men pappa och jag har talat om dig och kommit till det här resultatet."

"Vad vet pappa om skola, betyg och begåvning?"

"Vad menar du?"

"Precis vad jag säger, hans erfarenhet på det området är väl rätt minimal."

"Du ska passa dig för hur du uttalar dig."

"Det ska jag säkert, men jag saknar respekt för pappas kunskaper om skola och högre studier och därför behöver jag inte lyssna på vad han säger om det. Dessutom har mamma inte sagt ett ord om vad mamma anser att jag, som är så obegåvad ska ägna mig åt i livet. "

"Du kan få resa utomlands och lära dig saker och träffa intressanta människor."

"Är det ett yrke?"

"Nej, men du begriper väl själv att man vidgar sina vyer i kontakten med olika personer och andra språk."

"Yrket, då?"

"Jag talar inte om något yrke, jag talar om din framtid."

"Utan ett yrke har jag ingen framtid."

"Men kära barn, du kommer väl att gifta dig och bilda familj."

"Mamma, vi talar om mig och min framtid, inte en eventuell karl och hans barn."

"Ja, men det är vad det mestadels går ut på."

"För hundra år sen, ja, men nu har kvinnor rösträtt och en hel del andra rättigheter också. Jag har fortfarande inte fått klart för mig hur ni kan veta att jag är obegåvad."

"Ja, då är det väl bara att du är lat."

"Det var ett bra svar. Ännu bättre vore om det var sant. Jag har många intressen, som ingen annan i familjen delar och därför vet ni inte så mycket om mig. Sen så är ni ointresserade av vad jag gör och vad jag tänker och vad jag önskar mig av mitt liv. Visste mamma att jag lånar böcker på biblioteket, böcker som ni aldrig har hört talas om och att jag lär mig saker som ni antagligen hoppas att jag aldrig ska få en aning om? Troligen inte, för ni försöker uppfostra mig till en liten fröken 1920 som bara tiger och niger och ler vid rätt tillfälle. Men ni har fått en gökunge i boet, och det är ju mest synd om er naturligtvis för det är det ju alltid, men glöm inte att den här gökungen kommer att klara sig oavsett hur ni krånglar."

"Det är ofattbart hur du pratar till din mor. För att få slut på den här diskussionen tänker jag gå och lägga mig nu."

"Innan mamma går, vill jag bara upprepa att jag tänker ta studenten och jag tänker studera vidare på högskola eller universitet. Jag vet att ni inte tror på mig, men så kommer det att bli."

35.

Jag beslutar mig för att skaffa mig bra betyg. Jag har två år kvar i flickskolan och har inga problem med att lära mig varken det ena eller det andra i synnerhet som läroplanen under dessa år inte omfattar matematik, fysik, kemi eller likartade ointressanta ämnen.

Vi har fått en ny klassföreståndare, Elisabeth Häggqvist, som undervisar i svenska och engelska, och tack vare henne blir dessa två ämnen mina bästa. Fru Häggqvist låter oss även ibland ha *rolig timme* då vi får diskutera något ämne vi själva valt.

Den senaste diskussionen handlar om *hur HAN ska vara*. Alla flickorna har synpunkter och vill tala på en gång, fru Häggqvist fördelar ordet:

Han ska vara lång
Han ska vara mörk
Han ska dansa bra
Han ska vara välklädd

Han ska ha putsade skor

Jag räcker upp handen och tänker på en skidlärare i Sälen, som har så tjockt hår att han aldrig behöver mössa, och när Fru Häggqvist säger "Varsågod Christina" säger jag med darr på rösten:

"Han ska vara dalmas!"

Klassen drabbas av skrattanfall, även fru Häggqvist drar på munnen men Kattis L blir sur och invänder att det var ju inte alls det vi skulle tala om utan själv tycker hon att: *Han ska ha slips – och vara artig – och dra ut stolen åt henne.*

Man skrattar åt Kattis synpunkter, även om de flesta säkert tycker att hon har rätt.

En dag har Elisabeth Häggqvist med sig en bok till skolan och ber mig läsa den och berätta om dess innehåll och eventuella budskap för klassen. Rättare sagt frågar hon mig om jag *vill* göra det. Det är hennes pedagogik, att fråga eleven om lov, och visst vill jag det.

Boken är *Stora Famnen* av en för mig okänd författare Gösta Gustaf-Jansson och den är stor och tjock. Jag kör igång redan samma kväll, ytterst tacksam att även Britta har någon fängslande love story att dyka i, vilket underlättar läsningen i vårt gemensamma sovrum, själv avverkar jag nästan etthundrafemtio sidor innan jag släcker. Detta är annorlunda läsning, som trots att jag är trött får mig att fundera på varför Fru Häggqvist lånat mig just den här romanen.

Några dygn senare när jag slutligen lagt ifrån mig denna tegelsten funderar jag på allvar över vad min lärare önskar få ut av detta boklån. Är det ironi att be mig finna bokens budskap? Då jag inte har svar på den frågan bestämmer jag mig för att helt enkelt berätta innehållet för klassen och som avslutning ge mina synpunkter. När jag skriver ner några punkter slår det mig plötsligt: Fru Häggqvist har bett mig redogöra för en borgerlig familjs normer och jag upptäcker att de till fullo överensstämmer med min familjs normer. Hon har bett mig granska min familj och jag blir full i skratt när jag gör det.

Gösta Gustaf-Jansson har humor, hans figurer är annorlunda och roliga, en säger plötsligt: *Lundin den sumprunkarn* och jag hoppar högt, chockad och förvånad över att Fru Häggqvist låter mig läsa sådana ord.

Stora Famnen handlar om sådant som mamma, pappa, deras vänner och närstående ofta ger uttryck för såsom det huvudsakliga i den borgerliga familjen: ekonomi, makt och betydelsefulla relationer. Jag känner mig glad, det är inte bara min löjliga familj, det är många av mina klasskamraters familjer som speglas i *Stora Famnen.*

Presentationen går bra, flera i klassen ber att få låna boken, Fru Häggqvist frågar om jag läst någonting av Ernest Hemingway. Nej. Då föreslår hon *Farväl till vapnen.*

Efter ett par dagar får jag tag på den på biblioteket. Boken handlar om kärlek och död, och jag gråter mig till sömns och beslutar att aldrig mer läsa Hemingway. Sedan går jag till biblioteket och lånar *Klockan klämtar för dig.* Det är mycket kärlek och mycket död och sorg, och vid det här laget har jag bestämt mig för att förlova mig med Ernest. Fast det är hemskt att de rakar håret av henne.

36.

En ung man vid namn Stig Rabe dyker upp i mitt liv.

Jag är bortbjuden på fest hos min goda vän Eva Pontin och jag vill gärna gå, men mamma säger nej. Festen är på kvällen samma dag som vi konfirmander har så kallat storförhör och dagen därpå är själva konfirmationen i Seglora Kyrka.

"Du kan inte gå bort på fest dagen före din konfirmation," säger mamma.

"Jo det kan jag, jag har ändå inte minsta tanke på att sitta hemma och läsa bibeln. Jag tycker att mamma kan unna mig lite roligt efter den här jobbiga tiden."

Efter mycket tjat får jag gå på Evas fest och där träffar jag den långe, stilige mörkögde Stig och blir förälskad och det bästa av allt, det blir han också. Han bor på Styrmansgatan i samma kvarter som jag men han går på Solbacka internatskola för pojkar, så möjligheterna att träffas är inte stora.

Förälskelsen håller, vi skriver brev till varandra, Solbacka ordnar bal och flickor bjuds in, jag har lång klänning och det känns högtidligt och allvarligt och helt underbart. Jag tycker att Stig är den snyggaste killen på skolan och efter all denna tid kysser han mig äntligen.

När han kommer hem på lov följer jag med honom för att se på bandy på Stadion, sällan har jag frusit så förskräckligt och bollen ser jag aldrig, men det är fint att få vara tillsammans med honom.

Veckan efter kommer ett brev:

Du som av skönhet och behagen
en ren och himmelsk urbild ger,
jag såg dig och från denna dagen
jag endast dig i världen ser

Jag blir både rörd och fascinerad. Jag vet att Johan Henrik Kellgren har skrivit dikten och att den heter Den nya skapelsen och jag förstår så klart vad Stig vill säga med den. Jag tycker mycket om Stig, han är så sympatisk och uppmärksam, och eftersom han vet att jag älskar Tishomingo blues med Duke Ellington spelar han den alltid, när jag kommer hem till honom. Jag erkänner att jag har lust att visa hans brev för mamma, för att hon ska förstå att även en sådan ful ankunge som dotter nummer två har sin hängivna publik.

Men mest funderar jag på hur jag vill ha det senare i livet och det enda jag är säker på är att jag vill ha ett intressant arbete. Kanske kan jag bli journalist, men det som är viktigast är just att jag vill arbeta.

Britta vill under inga omständigheter arbeta. Hon vill bara vara hemmafru och bli försörjd av en man. Varför föddes jag i hemmafruarnas guldålder, varför föddes jag till denna hemska tid, där ingen ens vill höra talas om att flickor och pojkar är lika mycket värda. Jag påstår det och blir utskrattad av föräldrar och deras vänner och dessvärre även av några jämnåriga.

Mammas bättre vänner, en stor grupp kvinnor, brukar varje år dyka upp på Styrmansgatan den 19 mars för att fira hennes födelsedag. Det är alltid mycket trevligt, massor med goda bullar och smaskiga kakor och tårta och i den kretsen finns flera häftiga damer och andra som inte är ett dugg häftiga. Klädseln liksom samtalen är naturligtvis noga reglerat.

Man kommer i snygg så kallad mellanklänning eller fin dräkt och med den lilla hatten med flor och med bästa handväskan, och hatten har man på sig inomhus; jag undrar om jag måste se ut så där när jag grattar Barbro och Cecilia om tjugofem år? I vilket fall grips jag av en väldig lust att ta på mig kortbyxor eller vad som helst utom det de har på sig. Detta är ändå välutbildade kvinnor, alltså kvinnor som borde ha en egen vilja, men lik förbannat ser de ut som de hör hemma i samma något föråldrade pralinask.

I gruppen finns en tandläkare, en läkare, en lärare, en gymnastikdirektör och ytterligare några som har någon slags deltidssysselsättning utanför hemmet. Endast en i gruppen, en barnlös läkare även gift med en läkare har ett heltidsjobb.

Tandläkaren är min faster Margareta, pappas syster och hennes existens och akademiska utbildning är en svår nöt för pappa. De tycker om varandra och hör ihop på det där jordnära östgötska sättet som de bara alltför sällan visar, men när de gör det – eller grälar – är det uppenbart att de är av samma skrot och korn.

Faster är viktig för mig och jag vet att både hon och farbror Gunnar tycker om mig, vi skrattar åt samma saker, och kanske ännu viktigare, jag ser att vi inte skrattar åt vissa saker, som nedsättande skämt om kvinnor och deras förmåga. Jag känner mig alltid trygg när Faster är med. Kanske för att jag vet att hon brukar vara på min sida.

Så när alla dessa damer är samlade för att fira mamma och sitter med sin kaffekopp och småpratar om allt utom det som är viktigt tar jag till orda och frågar dem:

”Varför vill ni inte arbeta?”

”Christina går genast upp på sitt rum.” säger mamma.

”Men jag frågade bara varför de inte vill arbeta.”

”Det är ingen diskussion.”

Jag tittar på Faster men hon ger mig inget stöd så jag går upp på mitt rum, och det är där jag sitter nu. Jag skäms faktiskt och jag vet inte riktigt varför. Jag står för vad jag sagt. Ändå undrar jag om mamma gjorde rätt som skickade upp mig. Det känns som jag förstört något. Vad egentligen? Är det så enkelt att jag bara är för tidigt ute med mina hopplösa åsikter?

37.

Min speciella vän, Maud är olik alla andra men väldigt glad och omtyckt. Hon är den enda med vilken jag har djupare samtal om livet och själen och annat knepigt, vi gräver i våra familjers bakgrund och tokerier, men mest talar vi om sådant som vi har funderat på därför att vi inte vet varför det är på ett visst sätt.

"Vet du varför det blåser, var vindarna kommer ifrån och varför det bara blåser ibland?" undrar Maud.

"Det är skönt att det blåser på sommaren när det är varmt. Det är bra för seglare med..."

Allt det där kan man skratta åt, men varför det blåser kan vi aldrig räkna ut.

Maud är den enda som jag berättar för hur Britta krånglar och hur orättvisa mamma och hon är mot mig. Maud säger aldrig att någon i hennes familj är dum mot henne, men jag har en känsla av att hennes föräldrar inte är särskilt snälla mot henne.

En gång säger hon:

"Britta har väl inte haft fler pojkvänner än du och inte anses hon vara speciellt snygg heller, när man lyssnar på äldre killar. Vi kan väl räkna upp hennes pojkvänner först och sen dina, så får vi se."

"OK , Charlie, H-Å, Jack, Ulf R, kanske ett par till."

"Nu tar vi dina, Göran , Henrik, Pierre, Sten, Per-Axel, Stig, ni är ju lika, eller du ligger snäppet före, Christina. De har ju fel, din mamma och Britta, de har inte fattat att folk tycker om dig för att du är glad och trevlig, men om Britta tycker de ingenting för hon försöker vara något som hon inte är, damig och fullvuxen."

Jag har aldrig jämfört på det viset.

Maud har blivit sur på Brittas och mammas sätt att hantera mig som "en första klassens sopa", som hon kallar det. Jag älskar henne för att hon drar upp rullgardinen för mig. Maud säger rent ut att jag verkligen inte är sämre än Britta på den där *jävla marknaden,* som vi båda avskyr.

Men den stora frågan är vad jag ska göra sedan, i vår går jag ut flickskolan.

38.

Studenten hägrar för mig och den frihet som jag är säker på ska följa efter en sådan prestation. Efter samtal med lärare och rektor får jag tillåtelse att börja i andra ring på hösten, förutsatt att jag läser in första årets latin under sommaren. Jag pratar även med fru Häggqvist, som råder mig att fortsätta på gymnasiet

En strid återstår, den med mamma och pappa. Jag passar på före middagen, innan pappa kommit hem. Det här är en sån fråga man bäst talar med mamma om först. Hon har ju faktiskt tagit studenten.

Vi sätter oss i vardagsrummet. Jag i soffan med Caprice i knät. Mamma i fåtöljen med orörligt ansikte medan jag berättar vad jag tänkt.

"Vad ska det vara bra för, att fortsätta i skolan, du går ju ut flickskolan nu i vår, räcker inte det?" säger mamma.

Jag blir alldeles kall inombords. Hon tänker kapa mitt försök till enskilt samtal till att tala mig tillrätta. Hon fortsätter:

"Du har visat att du inte alls passar att studera. Frågan som pappa och jag ställer oss är om det inte är så att din speciella läggning – att aldrig bry dig om vad andra människor säger åt dig – visar att du saknar vanlig begåvning och intelligens. Vi tycker att du är trög, eftersom allt vad vi under alla år har försökt lära dig bara tycks gå in i och ut ur huvudet på dig. Vi tror inte att det kan vara normalt att vara en sådan 'motvalls käring' som du. Vi föreslår i stället att du tillbringar de närmaste åren i en flickpension i Schweiz eller i Frankrike. Där kan du få den fostran och utbildning, som så småningom kan göra dig till en mogen kvinna som kan finna en lämplig position i vuxenlivet."

Det mest tragiska är att jag inte blir förvånad. Inte alls egentligen. Hur många gånger har jag inte hört att jag är dum, att ingen annan bär sig så dumt åt som jag, att jag måste ändra mig och gör jag inte det så får vi göra det åt dig med betydligt hårdare metoder. Som om den enda och rätta vägen är den som gör mig till *hemmafru välutbildad i lågmäldhet*. Ändå vänjer jag mig aldrig.

Flickpension är visserligen det värsta förslaget hittills. I min värld är en flickpension ett fängelse, vars uppgift är att härbärgera livrädda, misshandlade oskulder innan de kastas ut i livet för att med kropp och själ tjänstgöra åt någon man.

Jag kommenterar inte ens förslaget, utan avslutar bara samtalet och skyndar mig ut. Som så många gånger tidigare går jag ut på Djurgården men alla platserna som jag älskat i så många år lugnar mig inte längre.

Det enda jag känner är ilska. Ju längre jag går desto tydligare blir den och vidden av den. Det är en ny sorts ilska, full av kamplust.

39.

Oavsett vad som sker så ska jag ta mig igenom detta utan att hamna i flickpension. Jag har inte vuxit upp bara för att spärras in. Jag har inte gått igenom en i stora delar onödig och löjlig skolgång bara för att sättas i fängelse med de svagaste av de svaga.

Enligt min uppfattning vill de mig inte väl, de vill bli av med mig. Den makten har de tills jag blir myndig.

Försynen knackar på min dörr och vill gärna göra livet lättare för mig genom att berätta att det finns en svensk ferieskola i Beaulieu i södra Frankrike där man bland annat undervisar i latin. Ett mycket starkt plus i kanten är att Nya Elementarskolans rektor, Ingegerd Granlund rekommenderar denna skola och att hon även ska tillbringa en stor del av sommaren där.

Jag gör på samma sätt som förra gången, tar mamma innan pappa kommit hem. Hon säger lite högdraget: "Låt mig tänka på saken."

Ja, gör det du...

Ferieskola i Frankrike, rekommenderad av Rektor Ingegerd Granlund, torde i mammas värld vara ett steg närmare ett värdigt liv för hennes ohanterliga dotter.

Någon dag senare säger hon att det nog kan vara en god idé ändå.

Jag erkänner att jag ler i mjugg åt hur fel hon bedömt situationen. Detta är inte början på slutet, flickpension, utan början på gymnasiet. Planen är att plugga massor i Frankrike. Om det så krävs att jag ska lära mig flytande latin gör jag hellre det än att tillbringa så mycket som en eftermiddag i flickpension.

Till min förvåning föreslår Elisabeth Häggqvist att jag ska be mina föräldrar närvara vid Nya Elementarskolans högtidliga avslutning den 3 juni 1953. Detta framför jag och mamma nickar nådigt att för all del.

Dagen kommer och alla flickor i avgångsklassen är klädda i fina vita klänningar och alla är spända på vad som ska hända. Själv har jag min konfirmationsklänning. Den tycker i alla fall Stig är snygg.

Mamma sitter där bland många andra mammor, pappor är endast sparsamt representerade. Det delas ut stipendier och premier och när det är dags för min klass blir jag helt ställd.

Premium till Christina Forss för målmedvetet arbete och goda resultat.

Jag kliver upp de fyra trappstegen till aulans scen och får i närvaro av skolans alla elever och lärare ta emot en belöning, som jag aldrig någonsin kunnat föreställa mig. Känslan är overklig eftersom jag är så totalt oförberedd på den.

Jag ser bort mot mamma och undrar hur hon känner i detta ögonblick när hennes värdelösa dotter blir belönad av skolan för sitt viljestyrda studieresultat. Jag anar att hon känner sig mallig inför de andra föräldrarna, men jag anar också att hon känner obehag för att bli offentligt tillrättavisad, även om det bara är jag som känner till hennes tillkortakommande.

Återstår det näst bästa, jag får ett av klassens högsta betyg. Elisabeth Häggqvist ger mig ett varmt leende, en klapp på ryggen och ett *"Lycka till på gymnasiet, Christina!"* och jag sväljer och sväljer...

40.

Höstterminen 1953 börjar jag i andra ring och får helt nya klasskamrater, många känner jag visserligen, men det visar sig vara omöjligt att tränga in i deras kotterier som bildats för länge sedan, så några nya närmare vänner får jag inte. Av mina gamla vänner finns ännu några kvar i Stockholm och vi fortsätter att umgås såsom vi gjort under många år. På fritiden är allt som vanligt, jag rider, simmar och ränner på biblioteket och hittar nya spännande författare, av vilka somliga länge varit förbjudna för unga flickor.

Särskilt när allt är djävligt vill jag gärna läsa om dem som har det värre än jag. Två böcker sticker ut: William Goldings *Flugornas herre* och *Vredens Druvor* av John Steinbeck. Den första läser jag genast om. Det är en närapå gastkramande historia om små och lite större pojkar som tvingats till robinsonliv och vilkas utveckling leder till samma fasor som vuxnas tillvaro i normala samhällen: äta eller ätas. I *Vredens druvor* möts jag av den ofattbara misären i det fattiga USA på trettiotalet. Steinbeck måste ha varit där, sånt kan man inte hitta på. Trots det mänskliga helvete de skildrar känner jag mig helare när jag läst dem.

Studietakten på gymnasiet är högre än i flickskolan, men det gillar jag och jag klarar mig bra i allt utom latin. Det ämnet förblir min probersten hur jag än kämpar för att få grepp om den romerska grammatiken. På sätt och vis gillar jag latinet, mitt intresse för historia kommer att koncentreras till Romerska riket, inte så mycket för dess uppgång och fall som snarare för hur människorna tvåtusen år tidigare levde. Jag lånar böcker och läser om vulkanen Vesuvius utbrott, som förstörde två hela städer, och jag lovar mig själv att någon gång resa till Italien och besöka de områden som grävts fram.

Mamma och pappa fortsätter att argumentera för att det vore mycket bättre om jag for utomlands och lärde mig språk och träffade nya intressanta människor. Någonstans under dessa diskussioner börjar jag fundera på den egentliga orsaken till att mina föräldrar hellre vill att jag ska bo utomlands än i Sverige. Vill de inte ha mig hemma? Den gamla misstanken återkommer, den som funnits sedan många år: De tycker inte om mig. Det måste vara ovanligt att föräldrar försöker övertala sin dotter att sluta skolan, när hon har kommit upp i andra ring på latinlinjen och själv vill fortsätta skolan

I övrigt är livet på Styrmansgatan förhållandevis lugnt, pappa och jag håller armslängds avstånd, mamma låtsas som ingenting – där är hon utan konkurrens – trupperna vilar och väntar på nya order, alla putsar i tysthet bälte och gehäng och som alltid i fredstid oljas kanonerna för att sättas in vid minsta muller från den andra sidan.

Jag är mycket medveten om att det är i en exakt sådan position vi befinner oss, det finns inget skäl för mig att känna mig mer omtyckt än tidigare, kan heller inte påstå att jag tycker mer om någon annan.

Då och då kommer det någon kommentar om min brist på begåvning. Oftast svarar jag inte eller så säger jag ”jag fick i alla fall premium.”

Det är svårt att hitta rätt ord för att förklara hur oerhört glädjefattigt det är att med jämna mellanrum bli konfronterad med sin egen odiskutabla inkompetens. Att så småningom inse att det inte lönar sig att svara, bara gå sin väg och stänga dörren. Wictor och jag är vänner, men vi lever olika och mestadels parallella liv. Caprice älskar mig och jag älskar henne. Men räcker det? Jag vet inte, jag vet bara att utan Caprice skulle det inte gå.

Så träffar jag Peter.

41

Peter studerar juridik vid Stockholm Högskola, han är 24 år, en lugn, vänlig och lite annorlunda kille, kanske är han en smula blyg, men som jag uppfattar det har han inte riktigt samma intressen som sina jämnåriga. Han tycker om att diskutera politik och kultur och det passar mig utmärkt, för jag vill gärna lära mig mer om det mesta.

Peter är också en viss Harald Enells bäste vän och det är så vi träffas, för Britta och Harald är upp över öronen förälskade. Tyvärr. Detta kan inte sluta väl – det förstår även jag. Jag och Britta har aldrig kunnat dela något, hur skulle vi kunna dela på två vänner? Någonstans kommer det att spricka, frågan är var? De första indikationerna har redan mamma kommit med, som naturligtvis blir underrättad om allt jag gör av Britta.

"Varför måste du umgås så mycket med den där Peter? Du är alldeles för ung för att umgås med bara en enda ung man på det viset." säger mamma.

"Det räcker för mig med bara en enda ung man," säger jag väl medveten om vad mamma menar med "på det viset" vilket hon för övrigt naturligtvis inte har en aning om, utan endast hyser skräckfyllda misstankar om. Kära nån!

Pappa fyller 50 år på sommaren och mamma och pappa bjuder in till en stor fest på Grand Hotell i Saltsjöbaden. Även vi ungdomar, som vi numera kallas, får bjuda in ett antal vänner eftersom pappa tycker bättre om unga människor än gamla.

Jag bjuder Peter och det visar sig att mammas och pappas vänner är lite nyfikna på honom och vill tala med honom om hans tänkta juridiska framtid. Han får flera uppmuntrande kommentarer och tips från gubbar i näringslivet och när festen är slut är både han och jag glada och nöjda.

Men något är förändrat. Efter festen byter mamma och pappa taktik och börjar aktivt ignorera mig och vad jag håller på med. En kyla sprider sig emellan oss. Har jag någonsin upplevt mobbing så är detta det.

Jag får, genom Britta som intrigerar åt alla håll höra talas om ett samtal mellan pappa och Harald, där pappa ska ha frågat ut Harald om Peter. Och inte bara det, pappa ska ha begärt att Harald ska avslöja Peters alla svagheter – att han har gott om dylika är pappa säker på. Pappas misstänksamhet mot akademiker, i synnerhet jurister och civilingenjörer är välkänd i familjen och sannolikt även i vidare kretsar. Så dels på grund av det och dels på grund av att det är Britta som berättar det för mig bryr jag mig inte så mycket om det. Det visar sig vara ett stort fel av mig.

42.

Jag tillbringar som vanligt lördagskvällen hos Peter på Narvavägen och när det blir dags för mig att gå tar Peter med sig sin hund för att följa mig hem till Styrmansgatan. Vi står och pratar utanför min port när pappa kommer halvspringande mot oss från Kommendörsgatan. Sannolikt har han ställt in bilen i garaget på Skeppargatan, men att han springer? Det är konstigt. Pappa springer inte, och definitivt inte på kvällen.

"Vad gör du här?" ryter han andfått till Peter.

"Jag har följt Christina hem," svarar Peter.

"Packa dig iväg härifrån och kom inte tillbaka. Här är du inte välkommen och Christina får du inte träffa mer. Ge dig iväg!" Han är i det närmaste galen av ilska.

Peter börjar genast gå och jag springer ifatt honom och vi går tillsammans mot Linnégatan. Pappa står kvar utanför porten och ser efter oss men jag vet att han inte vågar skrika och bråka på gatan. Efter en stund öppnar han porten och går in.

Peter är mycket ledsen och undrar vad han har gjort som kan ha fått pappa så arg. På det finns det inget svar, men jag försäkrar honom att så snart jag kommer hem ska jag fråga och låta honom veta vad jag tycker om hans uppträdande. Om han inte fattat det förut så kommer det efter ikväll inte råda någon tvekan om saken: Han saknar all bestämmanderätt över mig.

I hissen upp skakar jag av ilska. Och rädsla – det är möjligt att han slår mig gul och blå. Men gör han det går jag omedelbart till polisstationen. Och då kommer jag att förorsaka en första klassens skandal, och med stor sannolikhet förlora min familj, men det bryr jag mig inte om. Någonstans är även jag min fars dotter och om han angriper mig igen slår jag tillbaka med allt jag har.

Pappa sitter i vardagsrummet och ropar på mig att komma dit.

Så gärna

Jag ställer mig mitt på golvet och ser på honom. Mitt i ilskan är jag alldeles kall. Jag vill förinta honom intellektuellt.

”Sätt dig ner,”

”Det passar mig att stå.”

”Jävla jänta, har du helt slutat lyda, va, då är det lika bra att du börjar göra det, för nu är det ord och inga visor som gäller. Från och med nu slutar du att träffa den där Peter, och du kommer hem direkt efter skolan och du stannar hemma om kvällarna. Är det förstått? Du får bara umgås med Brittas vänner, som mamma och jag känner.”

”Brittas vänner, säger du? Gäller det Harald också?”

”Vad menar du med det?”

”Haralds bästa vän är Peter”.

”Harald tycker inte om Peter, tvärtom, han vet att Peter är galen, det har han själv berättat för mig.” säger pappa.

Plötsligt förstår jag vad som har hänt, att allt Britta sagt faktiskt varit sant. Tänk att hon till och med skvallrar på sin fästman om hon tror att det kan göra illa mig. Jag minns nu att hon sagt att Harald beskrivit Peter som ovanlig och inte lik någon annan, visserligen någorlunda i skolan och med sina studier i juridik, men han har inga vänner och Harald brukar umgås med honom bara för att vara hygglig. Det finns rätt många som anser att han antagligen är galen.

Jag slår tillbaka så hårt jag kan.

”Intressant, Harald, som pappa hyser så stort förtroende för, är en känd syltrygg som aldrig klarade gymnasiet och som viker ner sig inför all auktoritet och uppenbarligen även din stenålders variant. Har du aldrig funderat på att han försöker ställa sig in hos byggmästaren med att sälja ut sin bäste vän? Är du säker på att du vill att Britta gifter sig med en Judas till sjökapten?”

Han far upp ur fåtöljen och står framför mig med händerna knutna. Ilskan sprutar ur ögonen. Han är inte i kontroll över sig själv men det bryr jag mig inte om. Slår han mig så slår han mig, då är det över både för honom och mig.

”Pappa ska ha klart för sig att jag tänker fortsätta att träffa Peter och att jag bestämmer själv hur jag tillbringar mina eftermiddagar och kvällar.”

”Gå och lägg dig,” skriker han.

”Det gör jag, när det passar mig.”

”Nu går du och lägger dig!” skriker han igen.

Jag ser att han vill slå mig, att alla hans system säger slå. Men något håller honom tillbaka. Jag vet inte vad, ändå förstår jag att det måste vara mamma. De har talat om detta. Hon har varnat honom för den här situationen. Att hans ilska beträffande dotter nummer två kan kosta honom allt de har – och han har fattat det.

Insikten gör mig hög. Han kan inte slå mig. Han kan det verkligen inte, spärren sitter i honom, hur mycket han än vill det kan han det inte längre.

Han har förlorat.

Jag får både lust att utmana ödet och gråta på samma gång, men allt jag gör är att stå där och njuta av ögonblicket innan jag säger:

”Så gärna byggmästaren. Men i morgon träffar jag Peter. God natt!”

Däruppe är Britta vaken.

”Vad bråkar du och pappa om?”

Så fantastiskt falsk hon är.

43.

Söndag, familjen sover ännu när jag stiger upp och klär mig, går ut i köket och ta ett par skorpor och ett glas saft. Under natten har konfrontationen ändå kommit åt mig. Jag har inte sovit mycket och jag har ont i magen efter pappas attack. Allt jag vet är att jag inte tänker stanna här och ta emot mera hot från min renässans-farsa, som tror att han är obestridd ledare bara för att han väger dubbelt så mycket som jag.

Jag hör att någon är på väg nerför trappan från mammas och pappas sovrumsavdelning och skyndar ut i hallen, där jag tar på mig kappan och tyst slinker jag ut fast besluten att aldrig återvända.

Gud, om jag ändå kunde gråta, få tröst men ilska och värdighet blockerar mig. Det är som jag är både påslagen och halvt avstängd på samma gång.

Jag ringer på dörrklockan hos familjen Wendeberg. Peter öppnar och ser fortfarande lika ledsen och oförstående ut som under pappas attack.

”Jag berättade för Siri och Ivar igår och de blev helt förskräckta.” säger han.

”Det förstår jag, det blir alla normala människor.”

Vi sitter alla fyra i matsalen med frukost på bordet och jag berättar om kvällens fortsättning, om Haralds inblandning och pappas ilska och krav på absolut lydnad. Min vägran att lyda honom får tant Siri att för ett ögonblick fnissa till. Även farbror Ivar tycker att min behandling av pappa är "okonventionell" och ler sitt breda leende, fast jag ser att han tagit illa vid sig av vad Harald sagt om hans son.

Till slut skrattar vi alla fyra och Peter återfår sitt vanliga vänliga utseende. Farbror Ivar lugnar oss med att det här "snart ska gå över", vilket jag vet att det inte kommer att göra – värken i magen är ännu där och den är ett säkert tecken.

Det ringer på dörrklockan.

Tant Siri öppnar. Mycket riktigt är det min far, som begär att få tala med mig, men han blir genast omkullpratad av tant Siri, som stänger ytterdörren och ber att få ta hans rock och drar in honom: "Kom in, kom in, här är vi allesammans, välkommen och varsågod och sitt, Ingenjör Forss."

Ingenjör är det sista jag tänker på honom som. Rivningsarbetare vore bättre. Bara att se honom i den här miljön, där han inte alls hör hemma och dessutom att han är här för mig, får ilskan att vakna. Må jag klara att bete mig civiliserat. Detta ska Siri och Ivar sköta.

Pappa sätter sig motvilligt i en fåtölj, han är besvärad och obekväm och det gläder mig. Peter tittar i golvet, tant Siri slutar kvittra och farbror Ivar avvaktar. Tystnaden ligger tung, jag suger på den som en karamell, detta är värre för pappa än för mig. Vi är fyra mot en, pappa kommer att förlora, och även om han inte vet det ännu så känner han det.

"Ingenjör Forss vill kanske vara vänlig att delge oss sitt ärende," säger slutligen farbror Ivar.

"Jag och min fru tycker att vår dotter och er son umgås alldeles för mycket, vi tycker inte att de har någonting gemensamt, och vi tror inte att det är nyttigt att de inte också träffar andra ungdomar. Därför vill jag ta hem min dotter nu så att vi kan vara tillsammans hela familjen."

"Vill du gå hem Christina?" säger farbror Ivar.

Nu har jag alltså min chans att tillrättavisa pappa. Så sakligt jag kan lägger jag ut texten.

"För det första är det lögn att vi ska vara tillsammans hela familjen, det enda pappa vill, är att jag aldrig mer ska träffa Peter. För det andra träffar vi också våra gemensamma vänner, men om det har varken pappa eller mamma en aning eftersom ni aldrig bryr er om vad jag gör."

"Jag anser att vi föräldrar ska bestämma över barnen tills de är vuxna och redo att fatta egna beslut och det är inte Christina." säger pappa.

Här borde Ivar svara men jag kan inte låta bli.

"Denna nya uppenbarligen fixa idé, att jag och Peter inte ska få träffas, skulle jag inte oroa mig över om jag vore pappa. Däremot skulle jag oroa mig för Britta, som uppenbarligen är upp över öronen förälskad i en mytoman."

Pappas ansikte blir högrött.

Och nu bryter farbror Ivar in.

"Apropå ålder, så vill jag gärna framhålla att jag är sextio år fyllda, det vill säga att jag är tio år äldre än ingenjör Forss Och med det i åtanke bör jag ha ett avsevärt större lager av erfarenhet att luta mig emot. Vår son Peter blir 25 år i början av nästa år och bör behandlas som en vuxen man. Påhopp på gatan, som igår, är inget som tolereras i samhället i övrigt och gör det inte här heller. Vad beträffar Christina så känner vi henne som en ovanligt mogen och förståndig ung kvinna med sådana kunskaper och åsikter som definitivt placerar henne i de vuxnas krets. Det är inga barn vi talar om utan två unga människor, som har rätt att fatta sina egna beslut och som därtill har rätt till vår respekt.

Jag föreslår att vi ger dessa unga människor den tid de vill ha just nu medan deras studier pågår. Framtiden finns ingen anledning att ägna tankarna åt. Christina är även i fortsättningen varmt välkommen hem till oss.

Slutligen vill jag tillägga att det kommit till min kännedom att Harald har förnekat sin vänskap med Peter. Det kanske kan intressera Ingenjör Forss att de två pojkarna varit de allra bästa vänner under många år och att Harald ofta både ätit och sovit hos oss. Det förefaller som om Harald i sin egenskap av Brittas kavaljer hamnat i en trång situation, som han inte klarar av. Jag är inte förvånad."

Med det reser sig farbror Ivar och markerar att ingenting återstår att säga. Det har alltså skett. Pappa har åkt på pumpen. Och det rejält. Härinne är hans auktoritet helt förintad. Av farbror Ivar. Av mig. Av oss alla.

I ett försök att rädda något av sin värdighet säger pappa: "Christina kommer hem till middag klockan sex.”

Genast tas han om hand av en skönkvittrande tant Siri, som får på honom rocken, stänger dörren om honom och kommer tillbaka in i vardagsrummet och säger: ”Puh.”

Jag går fram till Farbror Ivar, sträcker fram handen. Han tar den. Vi står så ett ögonblick.

44.

Under hösten drabbas jag av *äggvita*, en sjukdom som jag aldrig har hört talas om. Trött och vissen skickas jag till familjedoktor R. Frisk som efter diverse provtagningar kommer till äggviteresultatet och meddelar mina föräldrar att jag måste läggas in på Ersta Sjukhus för fler undersökningar, njurarna är i fara.

Jag blir kvar över två veckor på sjukhuset. Allra mest ser jag det som en ledighet, som varken pappa eller någon annan kan ta ifrån mig. Dr Frisk vill inte att jag ska plugga, endast läsa. Det blir Sven Stolpes *I dödens väntrum*. Boken handlar om en värre sjukdom än den jag drabbats av; den ironin tillåter jag mig.

Ersta sjukhus drivs av diakonirörelsen och nästan alla sjuksköterskor är diakonissor, så förtjusande rara människor att det nästan är svårt att fatta. Vid alla undersökningar som kan tänkas bli smärtsamma, som njurröntgen, finns alltid någon vars enda uppgift är att hålla mig i handen, klappa min kind eller viska tröstande ord i mitt öra.

En dag kommer en ung präst in i mitt rum och han ber mig tala om min personliga religion – han använder just det uttrycket – och hur jag uppfattar Guds närvaro i mitt liv.

Vad säger man i ett sånt läge? Jag vill ju inte såra en from människa, men någon personlig tro – för det är ju det han menar även om han fått gnissel på språknerven – har jag inte. Och guds närvaro i mitt liv har jag heller aldrig uppfattat. Utan att ha tänkt mycket på saken, mer än att Bibeln är full av bra storys som prästerna varje gång lyckas förstöra med sitt moraliserande, har det alltid varit uppenbart att jag är ateist.

Så jag bekänner min *synd*, att jag inte är troende, alls. Han suckar och lämnar mitt rum utan ett ord. Resten av dagen skäms jag lite grand.

På sjukhuset sjunker familjesituationen undan i den lugna diakoniatmosfären. Men två veckor är en kort tid och sedan friskförklaras jag och mamma hämtar hem mig. Och när familjen enligt gammalt välkänt mönster åter ska äta middag tillsammans blir omständigheterna tydligen för mycket för pappa, som tiger sig igenom hela måltiden. Han är lika sur som när det serveras kokt gädda med sitt gapande huvud kvar på uppläggningsfatet, och det räcker för att den gamla värken i magen ska göra sig påmind, och se där, värken ljuger aldrig. När vi reser oss för att lämna matsalen, vänder han sig till mig:

"Jag ger mig fan på att du har simulerat hela den här så kallade sjukdomen, du har inte alls varit sjuk."

Lika svåruthärdligt varje gång han hamnar i det här befängda tillståndet.

"Tänk att pappa har kommit på det, det är inte helt okomplicerat. Men om pappa vill, ska jag berätta hur man simulerar äggvita i urinen."

Alla tiger. Jag går in i Brittas och mitt sovrum. Jag drömmer inte om diakonissor men ibland tänker jag på dem. De var så egendomligt snälla.

45.

Ett par overksamma veckor på sjukhus i tredje ring tar man inte igen så lätt. Latinet lyckas jag aldrig komma ifatt och det beror på att jag aldrig gick i första ring. Jag har missat åtskilligt och att göra någonting åt det när dagarna är fullproppade med läxor i alla andra ämnen visar sig svårt.

Engelska, franska, tyska går hyggligt, men mitt paradämne, svenska, förstörs helt av rektorn, doktor Dagmar Lange, som under pseudonymen Maria Lang skriver populära deckare. Tidigt anar jag att hon inte är speciellt angelägen om mig och mina studier och det kan jag svälja, men jag har svårt att förlika mig med att hon tycker så illa om mina uppsatser.

Under hela min skolgång har jag fått höga betyg och uppskattning för mitt skrivande. Dr. Langes kommentarer, antecknade i marginalen på mina uppsatser, är något helt nytt:

"Dumt", "oövertänkt", "passar inte till ämnet", "verkar okunnigt"...

Dagmar Lange är en speciell personlighet, omtyckt och beundrad av en stor grupp flickor, vilka betraktar henne som kollegiets starkast lysande stjärna. Hon har ett säreget utseende med huvudet som skjuter fram som på en gam, rödbrunt hår, stubbat i nacken, utstående ögon bakom starka slipade glasögon, framåtsträvande haka, och hennes sätt att tala styrs av en märklig snörvlande inandning genom näsan som ger rösten ett fnösktorrt läte. Hon är helt enkelt ovanligt ful, så ful att det är svårt att ta blicken från henne.

Utanför familjen är hon den enda person som utsätter mig för mobbing. Och hon gör det grundligt. Dels så ignorerar hon mig, dels så förödmjukar hon mig varje gång jag yttrar mig. Elaka inpass såsom: "ibland måste man fråga sig vad ni gör i flickskolan, ha, ha!" varvas med att hon flera lektioner i rad inte ställer några frågor till mig och därmed utesluter mig ur klassens gemenskap.

Vid ett tillfälle får vi i uppdrag att välja och presentera en dikt för klassen. Jag väljer Salomos insegel av Gustav Fröding.

Ni sade mig, jag saknar karaktär
och skolad tankegång och ordnade principer
och stadighet i tron och sådant där
som håller mänskor uppe, när det kniper.

Redan efter denna första strof, avbryter mig Lange:
"Och vem avses med Salomo?"

Hon vet vem som avses. Vad hon inte vet är att jag är förberedd på att presentationen inte kommer att gå obemärkt förbi.

"Det fina med stor litteratur är att den kan tolkas så olika, var och en har sin egen Salomo. Som Fröding själv uttrycker det i tredje strofen:

Men jag vill hellre brännas ner till aska
än låta korka in mig i en flaska.

Till mitt sämre jags oförställda glädje kan Lange inte helt dölja sin förtrytelse.

Katharina, klassens enda stora A-elev hejdar mig efter lektionen och undrar så försynt, som bara en A-elev kan, hur jag vågar tala så till Lange.

"Är du inte orolig att det får konsekvenser?"

Konsekvenser?

Vi lever i olika världar. Katharina kan lära sig allt och upprepa det fläckfritt. Jag kan bara lära mig det jag tycker om, och upprepa något jag tycker är dumt går bara inte, så jag säger precis som det är.

"Nej, jag tror inte att det kan bli värre än det redan är. Det jag hoppas är att Lange slår upp sin Fröding när hon kommer hem och att hon förstår att *den obehagliga Salomo,* är ingen annan än hon själv."

Jag vet att Langes negativa inställning till mig är farlig för min framtid och jag vet att jag borde sitta still i båten. Men precis som med pappa kan jag ändå inte låta bli att utmana henne, eftersom jag avskyr henne och tycker att hon skriver urdåliga deckare.

Till Langes undervisning i litteraturhistoria, som är både intressant och ger mersmak, hör att eleverna bör belöna henne genom att välja litteraturämnet vid uppsatsskrivning. Många, sannolikt de flesta gör det, jag gör det inte. Priset blir högt: knappt godkänd i svenska vare sig muntligt eller skriftligt.

Varför skriver jag inte litteraturämnet och gör mitt allra bästa för att imponera på Lange med språkligt spännande formuleringar och total underkastelse under hennes dominanta personlighet? Det är en fråga som är lätt att besvara. Jag vill inte bli indragen i hennes privata lilla sfär av avgudande, jag vill fortsätta att leva i frihet, aldrig pressas under toffeln av någon – här har jag lust att skriva ett riktigt fult ord.

Ändå kan jag känna en svag avundsjuka mot de snälla och duktiga flickorna i klassen, de som ler saligt när Lange kliver över tröskeln, de som svarar rätt på alla frågor, ofta ordagrant efter läroboken – de har garanterat inga familjekonflikter som stör nattsömnen.

En lektion hettar det till.

"Fröken – så tilltalar man inte dr Lange! – av Sveriges tiotalister läser vi och talar mest om Hjalmar Bergman. Är det därför att han anses vara den främste av tiotalisterna, eller finns det något annat skäl till att vi ägnar honom så mycket tid?"

"Christina är tydligen inte nöjd med undervisningen" – småler Lange – "det spelar ingen roll, för du kommer att ägna dig åt helt annat än litteraturhistoria i din framtid, men eftersom du har väckt frågan, vilket av Hjalmar Bergmans verk tycker du bäst om?"

"Markurells i Wadköping."

"Det hade jag kunnat gissa, det är ju det minst intressanta av hans verk jämfört med tex Farmor och vår Herre."

"Farmor och vår Herre tycker jag är det tråkigaste av allt han skrivit."

"Det kan jag förstå. Nu återgår vi till de elever i klassen som förstår litteratur. Nu har alla hört att elever som Christina Forss inte passar på gymnasiet."

Svaret är på tungan, men jag yttrar det inte och efteråt är jag väldigt glad att jag lyckades hålla käften, för hade jag sagt vad jag tänkte hade det antagligen varit kört med gymnasiet för mig.

Är inte så att vi talar så mycket om Hjalmar Bergman för att han är homosexuell?

Dr Lange är nämligen lesbisk.

46.

Människan ska tydligen kunna vänja sig vid det mesta, men när pappa ber mig att ge honom mitt pass kan hon det uppenbarligen inte.

"Varför det?" säger jag misstroget.

"Därför att jag behöver det. Du ska resa utomlands och resevalutan måste skrivas in i passet."

"Nej," säger jag "pappa får inte mitt pass, jag ska inte resa utomlands, jag går i skolan och det tänker jag fortsätta med."

"Nu tar du fram passet, du gör som jag säger och du gör det nu!"

"Jag har redan sagt nej, jag går i tredje ring och då kan man inte bara resa bort."

"Är det fel i hjärnan på dig? Här hemma finns det bara en person som bestämmer och det är jag, har du så svårt att fatta det, ta hit passet."

"Om det kan göra det lättare för pappa så kan jag berätta att jag har deponerat mitt pass på ett säkert ställe, där pappa inte kan komma åt det."

Det är lögn men det vet inte han.

"Du känner visst inte minsta tacksamhet för vad mamma och jag vill ordna för dig?"

"Nej, jag känner inte tacksamhet för att pappa och mamma vill att jag ska sluta skolan mitt i en termin för att resa utomlands. Jag tycker att ni verkar helt galna, som kommer med sådana idéer. Går det lika bra med vilket land som helst, bara ni blir av med mig?"

"Passa dig satans jänta, jag kan nog fortfarande ge dig det kok stryk du förtjänar, var inte för säker."

"Jag är säker på att pappa aldrig mer slår mig, för då kommer polisen. Och pappa är rädd för polisen. Och pappa vet att jag inte behöver vara rädd för polisen. Så varsågod." Jag reser mig och ställer mig framför honom. "Slå här." Jag pekar på käken. "Ge mig en hurring härifrån till evigheten."

Han ryter sitt gamla vanliga *jävla jänta* och smäller igen dörren och lämnar mig med ett obehag så stort att det tar bort alla möjligheter att fortsätta plugga.

Det är allt oftare så, att jag inte kan koncentrera mig. Något är inte riktigt rätt ställt med mig. Mina resultat i skolan sjunker katastrofalt över hela linjen.

47.

Brittas liv har numera också fått mening, hon är nämligen fästmö till Harald. I övrigt lever hon sitt liv som deltidsskolkande elev på Barlock, skolan där flickor som väntar på den rätte slår ihjäl tiden med att skriva maskin. Hon tillbringar ledig tid med en kopp kaffe och en kanelbulle på Skomans Bar, en trappa upp i den välkända skoaffären i hörnet av Hamngatan-Norrlandsgatan, som är en populär mötesplats för det *frigjorda* femtiotalet. Britta vill gärna tro att hon är frigjord.

Varje morgon tar Wictor trådbussen från hörnet Grevgatan-Linnégatan till Sturegatan, promenerar genom Humlegården till Beskowska skolan. På eftermiddagarna går han en fotokurs. På kvällarna sitter han i sitt rum och läser läxor, tror jag, han har i alla fall dörren stängd.

Middag äter familjen fortfarande tillsammans. Pappas humör är bättre, vilket inte betyder att det är bra, skratten är få, samtalen enahanda och obetydliga. Ofta får vi lyssna på hur Britta ljuger ihop historier om vad hon lärt sig på Barlock. Den ende som tror på vad hon säger är pappa. Men han är å andra sidan mäkta imponerad att dotter nummer ett numera kan stenografera. Skådespelet dem emellan är inte klokt, och både jag och Wictor får ofta hålla oss för skratt. Så ingen får för sig något annat, Britta är ungefär lika bra på stenografi som jag på isracing.

Mest synd är det väl egentligen om mamma, hon gör vad hon kan men pappas humör är något som hon inte kan påverka. Så hon gör vad hon är allra bäst på, hon låtsas som ingenting.

Själv svarar jag på tilltal, i övrigt tiger jag mest, funderar på min omöjliga situation.

Umgänget med familjen Wendeberg är mitt andningshål. Peter hämtar mig vid skolan nästan varje dag. Ofta tar vi en tur runt Djurgården och pratar om vad som hänt sedan sist eller också promenerar vi över Djurgårdsbron ut mot Ulla Wijnbladh eller Bellmansro. Sedan måste jag hem och äta middag med Löjliga Familjen och plugga i samma rum som Britta vill lyssna på radio, och om nu någon tror att Britta anser att mina läxor är viktigare än hennes behov av underhållningsmusik så tror den fel.

Det kan bara sluta med gräl, och gör det, tills jag kommer på att det finns ett outnyttjat rum i våningen, nämligen en jungfrukammare. Ett litet mörkt och otrivsamt rum, som vetter mot gården och som för närvarande inte används eftersom vårt hembiträde ockuperar ett annat rum.

Jag tar mina böcker, papper, pennor osv och en stor golvlampa och parkerar mig i denna nya miljö. Snart märker jag att den har oväntade kvaliteter: avskildhet, tystnad, ett litet men bra arbetsbord, en säng, en hygglig stol och inte minst en telefon på en hylla utanför dörren.

Det känns som om jag är ensam i hela våningen, inga ljud hörs från köket när arbetet efter middagen är avklarat, dörrarna stängda och inget ljus från andra utrymmen tränger in i denna okända del av vår gemensamma bostad.

Här kan jag plugga!

Vid tolvtiden återvänder jag till mitt och min systers gemensamma sovrum, klär av mig och somnar.

På helgen åker mamma och pappa till Tyresö, och när jag på lördagskvällen kommer hem från familjen Wendeberg, ligger min pyjamas på golvet utanför Brittas och min sovrumsdörr. Det betyder att fästmannen övernattar hos sin fästmö; det betyder också att jag förväntas tillbringa natten i min studerkammare.

Det kan jag väl unna den brunstige syltryggen.

Inte minst om alternativet är att behöva bevittna eländet från första bänk. Något jag redan gjort en gång, om nu någon undrar varifrån ordet syltrygg härstammar. Harald är verkligen den siste karl jag skulle släppa inpå mig.

Så jag sväljer stoltheten, att jag faktiskt låter de moraliskt efterblivna spärra ut mig från min säng, och traskar bort till jungfrukammaren. – Min syster och jag är i så många avseenden varandras motsatser att man kan undra om....

På söndagsmorgonen har jag bråttom upp för att rida ut med Stallmästare Lindeblads grupp. Jag knackar på sovrumsdörren och säger att jag behöver hämta mina ridkläder. Efter viss väntan slits dörren upp och en tvärilsken fästman iklädd endast kalsonger griper tag i min arm och drar in mig i rummet, där han vrider armen bakom ryggen på mig och svär.

"Släpp mig, din jävel!" skriker jag

"Du behöver mycket stryk, din lilla skit."

Medan jag försöker ta mig ur hans grepp ligger Britta, naken, i sängen och skrattar.

Till slut kommer jag loss och får tag i mina ridkläder.

Jag inser att jag aldrig mer kan dela rum med Britta.

Efter ridturen tar jag alla hennes kläder, som hänger i en garderob i korridoren, och slänger dem på hennes säng. Därefter tar jag mina kläder, som hänger i sovrumsgarderoben, och hänger dem i garderoben i korridoren.

Britta, som vanligtvis skriker om allting, säger inget om saken. Ännu egendomligare är att mamma inte frågar hur det kommer sig att jag helt och hållet flyttar in i den lilla jungfrukammaren. Om hon gör det så kommer hon att få en redogörelse om hur hennes blivande svärson inte vill bli störd i sina sexuella upptåg om morgonen av sin avskydda blivande svägerska.

För att lätta på trycket låter jag Wictor ta del av Haralds övertramp. Vi enas om att Harald är en skit och att han borde straffas, men också att det enda produktiva straffet är omöjligt att verkställa. Det vill säga: Att underrätta pappa om att Britta löper risk att bli misshandlad i sitt framtida äktenskap med skitstöveln vore detsamma som att be pappa misshandla Harald ner till en våt fläck.

Någonstans tycker jag också att Britta gott kan ligga som hon bäddat. Om vi någonsin varit vänner så är vi det inte längre.

48.

Efter den förtjusande episoden med min blivande skitsväger bestämmer jag mig för att skriva ett brev till Britta där jag låter henne veta vad jag anser om henne och hennes sätt att behandla mig. Jag vill skriva något som gör henne arg, ledsen och rädd, och som får henne att grina och skrika men som slutligen får henne att tystna. Mina förhoppningar är små.

Till min syster Britta!

Du har säkert inte väntat dig att få ett brev från mig varken idag eller i morgon, men nu har du fått det och jag råder dig att läsa det i sin helhet innan du börjar skrika på pappa eller mamma. Jag har känt dig i 18 år, jag vet hur du är både när du är sann och när du är falsk. Din falska sida har du övat på länge och uppnått goda resultat – Wictor och jag har haft skäl att skratta många gånger åt dina mer och mer förfinade lögner, med vilka du lurat pappa men inte vår intelligenta mamma.

Du och jag är systrar, det är svårt att tro, det förefaller som om vi helt saknar likheter såväl på insidan som utsidan. Ändå, medan vi fortfarande var små flickor, kände jag mig ofta trygg i ditt sällskap, jag hade fått lära mig att du som var äldst visste allt mycket bättre än jag, ja inte nog med det – du var mycket bättre än jag och därför uppmanades jag att göra mitt bästa för att efterlikna dig och då gjorde jag det. Jag tror att jag var tio år när jag slutade med det och det gjorde jag, eftersom jag då hade förstått att din metod att hantera verkligheten ibland var tillgjord och felaktig.

Vad jag vid den tidpunkten i våra liv ännu inte hade begripit var att du hade upptäckt hur vuxna människor uppträder mot varandra, hur de låtsas och spelar teater, hur de sminkar sig och klär ut sig och söker föreställa andra människor än de i själva verket är. Och du Britta gjorde allt du kunde för att efterlikna detta konstlade, chosiga och tillgjorda sällskap. Du hade alltså demaskerat dem men din avsikt var bara att få lära dig hur maskerna var gjorda för att i fortsättningen få den vuxna glädjen att maskera dig själv.

Det tog lång tid – flera år – för mig att förstå denna egendomliga teater, som tydligen spelas oavbrutet runt omkring oss, men ju mer min misstänksamhet växte desto fler upptäckter gjorde jag. Kvinnorna är värre än männen, deras rekvisita är mer omfattande och detaljerad och resultaten ofta hiskliga. De drar sig inte ens för att använda peruk kom jag på, när jag stod bakom soffan i vardagsrummet och studerade hårbotten på en gammal tant, gråa hårstrån stack ut i pannan på henne och det blonda håret slutade i en hård söm.

Minns att jag tänkte att så där vill i alla fall inte jag ha det när jag blir stor, men jag förstod att så ville du ha det. Inte med peruk men med utklädseln och sminket och förställningen.

Jag vill göra klart för dig att inte en enda gång under de senaste 10 åren, alltså från min 8-årsålder fram till idag, har jag längtat efter att få kliva in i den affekterade vuxenroll, som ännu är den dominerande och som oavbrutet exponeras av vuxna omkring oss inklusive våra föräldrars vänner och bekanta. Jag beklagar att du inte har förstått att den sannolikt är direkt skadlig för flickor, eftersom deras framtidsutsikter förlorar all variation. Målet är ett enda: den välklädda, sminkade hemmafrun...

Du har medverkat till att göra tillvaron mycket svår för mig. Din syltrygg till pojkvän har demonstrerat sin feghet, pappa har kastat ut Peter efter Haralds tvetungade påståenden, du och syltryggen har berövat mig min säng, du har för egen räkning lagt beslag på vårt gemensamma rum, varför jag för att kunna läsa läxor – en sysselsättning som du helt saknar erfarenhet av – tvingats flytta in i en trång jungfrukammare.

Är du nöjd med ditt liv? Du skrevs in i Engelbrekts Husmodersskola i höstas. Vad tycker du om att lära dig att laga mat? Vad ska du svara på det, du går ju inte dit längre? Du skolkar, ljuger för mamma och pappa, sitter på kondis hela dagarna. Tänker du fortsätta med det ända tills i vår? Strunt i det, jag struntar i det, jag har förstått att du är totalt värdelös att du bara vill göra sådant som går av sig självt, allt annat stjälper du med förtjusning över på pappa.

Du vill gifta dig, ju förr dess hellre och ägna all din tid åt heminredning. Du tror ju – o heliga enfald – att äktenskap är lika med heminredning. Sopa, skura, tvätta, stryka, bädda, mangla, handla, duka,

*koka, steka, skära, hacka, blanda, röra, vispa, diska, torka och så börjar
vi om igen med sopa, skura, tvätta... Så kommer aldrig dina gifta dagar
att se ut, du ska ha hembiträde, om nu syltryggen kan betala hennes lön,
så du får ägna dig åt heminredning. Ni kanske får barn, hur ska det gå,
de lär skrika både på natten och tidigt på morgonen, det får bli en
barnsköterska förstås.*

*Ett och ett halvt år kvar till studenten, som är mitt mål. Därefter börjar
mitt vuxenliv och jag tänker inte gifta mig. Jag hoppas att du kan hålla
armslängds avstånd till mig under den tid vi båda bor kvar på
Styrmansgatan. Ditt liv angår inte mig och mitt liv angår inte dig.*

Det tar eld från källare till taknock men mest hörs Brittas gråt och
skrik.

Vi sitter i vardagsrummet, Britta, mamma, pappa och jag. Wictor –
den lycklige – är ursäktad.

De grälar på mig, alla utom Britta, som gråter och skriker. De är helt
överens om att det är något helt förkastligt att skriva ett sådant brev till sin
syster.

Eftersom effekten av brevet är så förutsägbar har jag förberett hur jag
ska uppträda. Så jag sitter tyst. Samtidigt undrar jag om de genom att
pressa mig skapar ett monster som jag till slut inte kommer att kunna
kontrollera. Jag vet inte. Som väntat orkar jag inte riktigt hålla min
föresats – de är helt enkelt outhärdliga de här tre människorna när de
gaddat ihop sig mot mig.

Jag avbryter mamma, eftersom hon är lättast att avbryta, och ställer mig
upp. Britta ser på mig med något som bara kan liknas vid hat. Hon vet
att jag tänker försöka få sista ordet. Mamma blick är besvärad och pappa
är redo att flyga upp ur stolen.

”Vad har ni att göra med vad jag skriver i ett privat brev till min syster.
Hur gammal är Britta? Behöver hon målsmans tillåtelse att öppna brevet
kanske?

49.

Dagarna går, ingenting blir bättre. Detta har under åren varit ett rätt livligt
och trevligt hem med många ljud, mycket prat, musik och skratt. Nu är

här tyst och trist och det är helt och hållet mitt fel. Pappa är mycket borta och det är en lättnad, han har så många uppdrag som tar nästan all hans lediga tid, det är Hypoteksföreningen, Byggnadsföreningen och Byggmästarföreningen och det är Murmästarna, och på helgerna är det gärna jakt både här och där – och jag saknar honom inte en sekund.

Men det är synd om mamma och jag undrar hur länge hon ska stå ut; å andra sidan kan jag inte föreställa mig att hon någonsin ska ta initiativ till en skilsmässa. Och gud bevare pappa om han gör något försök i den vägen, då ska han sannerligen få lära känna mig och min lust att strida till sista blodsdroppen.

Visst har pappa rätt, visst är jag otrevlig och besvärlig, omöjlig rentav. Varför är jag sådan, varför kan jag inte rätta mig efter mina föräldrar, hålla tyst och hålla med, tiga och niga, le snällt och utgå från att de har rätt, även om det förefaller uteslutet från min smala horisont? Kan det vara så att det vore bedrägligt att låtsas hålla med?

Jag vet verkligen inte varför jag har blivit den jag är. Kan det vara arvet av aggressiva gener från två maktlystna östgötasläkter, som slagit rot i min omyndiga kropp och som inte låter sig stoppas varken av hot eller våld? Eller är allting bara trots, eller nödvärn som jag hellre tänker på det som? Pressar man mig mot min vilja så blir den bara starkare och tillslut är det som att inget annat existerar än den – att få göra som jag vill. Jag säger det igen, eftersom jag tänker på det hela tiden: skapar de, genom att pressa mig, ett monster som jag till slut inte kommer att kunna kontrollera? Jag vet inte, men tanken gör mig livrädd. Jag vill inte bli som pappa.

Jag är heller inte nöjd med vem jag är, men jag ser ingen möjlighet att förändra den personlighet som hittills vuxit fram, den arbetar alldeles på egen hand och låter sig inte styras, oavsett vilka gräsligheter jag riskerar. Dynamiken i detta och min situation överhuvudtaget gör mig deprimerad. Så deprimerad att jag skulle vilja döda någon.

50.

Jag har sparat morfin efter de två operationer som gjorts för att befria mig från mina snedvridna visdomständer, som man var tvungen att mejsla ut ur benet innan de kommit upp och trängt ut de bättre kamraterna. Mamma har andra motsvarande piller i sitt medicinförråd, där finns även annat intressant, så nog ska det räcka för mina 48 kilo. Så skönt det skulle vara men samtidigt så motbjudande och sorgligt. Åtminstone för mig.

Hur jag än vänder och vrider mitt liv kan jag inte hitta en enda lösning som förefaller mer effektiv än burken med morfintabletter – ... *to die, to sleep, to sleep, per chanse to dream...*

På morgnarna smyger jag iväg till ett kondis på Narvavägen inte långt från Peters port, sätter mig längst in i lokalen med en bunt veckotidningar och en stor kopp choklad.

För att kunna fortsätta skolka skriver jag intyg om de olika sjukdomar jag drabbats av och skriver under med mammas namnteckning. Jag skolkar mycket, huvudvärken är konstant. Mamma frågar hur jag mår och jag rycker bara på axlarna. Svaret på mina problem ligger där och lockar, dagligen funderar jag på det. Hur det skulle befria mig från något som jag inte ser någon lösning på.

Varför finns det inte någon som bryr sig om mig?

Förutom Peter då, men av något skäl så räknas han inte. Inte i hjärtat. Jag kan inte förklara det. Jag undrar om nån kan förklara sånt. Jag vet inte ens om jag skulle vilja kunna förklara det. Det bara är så. Peter är besatt av mig, inte jag av honom, men han är den ende som låter mig vara den jag är.

Lite mer hade jag allt hoppats av livet och kärleken än att man bara tolererar varandra.

51.

Idag ska jag inte skolka, idag är det nämligen skrivning i franska. Varje måndag har skolan anslagit till skrivningar som oftast pågår under sex timmar. Jag gillar det systemet, för det befriar mig från de frågor, löjliga påståenden och tillrättavisningar som annars brukar susa runt i klassrummet, mest runt mig. Nu står hela klassen och trampar i korridoren och väntar på att Madame Hilding ska öppna dörren och släppa in oss i klassrummet för att var och en ska slå sig ner på sin plats.

Franska är inte mitt bästa ämne, ännu, säger jag till mig själv. Visserligen har jag varit i Frankrike två somrar på en svensk ferieskola men avsikten med de vistelserna var att läsa in första årets latin och det gjorde jag lagom halvbra. Resten av tiden badade jag i Medelhavet och umgicks och dansade med franska pojkar. Landets vackra språk blev mest småfranska.

Madame Hilding öppnar dörren, hon står kvar i dörröppningen och säger sitt vanliga:

"Bon jour, mes filles, maintenant vous pouvez entrer."

"Bon jour, madame," säger vi med en röst.

Varsågod flickor, dags att visa er på styva linan, var inte riktigt vad hon sa, men det spelar ingen roll.

Stämningen är spänd, nervositeten seglar omkring mellan bänkraderna, de känsligaste flickorna ser halvt gråtfärdiga ut, fullt medvetna om att terminen nalkas sitt slut och att dagens skrivning sannolikt är avgörande för slutbetyget. Alla har packat upp papper och pennor och sitter nu stilla och väntar medan madamen börjar dela ut dagens prov.

Madame Hilding är på goda grunder föremål för vår respekt, hon talar bara franska med oss, hon ger långa läxor och ingen har någonsin sett henne skratta. Snart går hon nog i pension för hennes hår är nästan vitt.

Provet har hamnat på mitt bord, jag gör en första koll och ser att det är ganska svårt. Första delen, som handlar om att översätta från franska till svenska, går väl an, men den andra delen som gäller översättning från svenska till franska går långt över mitt lilla ordförråd.

Tystnaden ligger tung över klassrummet, det är fler än jag som tycker att detta är lite taskigt när solen skiner så vackert.

Jag tar itu med första delen, skriver på gehör, lämnar plats för rättelser, går vidare, undrar var fan hon har hittat alla nya ord, som jag aldrig har sett förut. Det enda som hörs omkring oss är raspet av flickornas pennor, någon som försiktigt hostar i båda händerna och som snyter sig diskret.

Snett framför mig sitter en ljushårig flicka som aldrig brukar göra väsen av sig men som är duktig i de flesta ämnen. Hon heter Ingrid, jag brukar prata med henne ibland, hon är en vänlig själ. När jag sneglar åt hennes håll ser jag att hon just påbörjat den andra delen, den från svenska till franska. Hon skriver med stora tydliga bokstäver och efter en snabb titt på madame Hilding skriver jag av Ingrids översättning.

Detta är djärvt men nödvändigt och i ärlighetens namn rätt kul. Jag tänker ändra lite så att ingen kan märka att det är Ingrids ord, för jag vill inte att minsta skugga ska falla över henne. Nej, fusket är mitt, jag gillar att fuska, det drabbar bara skolan och det kan den gott ha. Någon gång tänker jag lära mig franska och det ska jag göra för min egen skull, inte för någon gymnasielärare eller något kollegium eller för någon gammalmodig uppfostrande flickskola.

Det tar som vanligt en vecka innan vi får tillbaka det rättade provet. Mme Hilding ropar upp oss och så får vi gå fram till katedern och hämta våra papper. När hon ropar mitt namn märker jag att hon har lagt huvudet på sned och tittar intensivt på mig. Jag blir iskall, men det hettar i ansiktet ändå, helvete har hon märkt något, vad har jag gjort för fel? När jag kommer fram till katedern, håller hon kvar mitt prov i sin hand samtidigt som hon fortsätter att noga studera mitt ansikte. Jag försöker se så frågande och undrande ut som jag bara kan samtidigt som jag sträcker ut handen mot mina papper. Äntligen släpper hon dem och jag går så lugnt jag kan tillbaka till min plats.

En snabb granskning av klassen, ingen fara, detta är ett tillfälle när var och en enbart har tid och intresse för sitt eget avlagda prov. Jag ser ner i mina egna papper, betyg *Godkänt*, kollar hur många rättade fel jag har. Jag har bara tre rättade fel, det borde ge betyget *Med beröm godkänt*.

Mme Hilding har förstått att jag fuskat och skrivit av Ingrid och det beskedet ger hon mig genom betyget Godkänt. Synd, det hade jag kunnat få utan att fuska.

FAN också!

52.

En dag i början av april ser jag på mitt schema att jag kan gå till skolan utan att behöva uppleva alltför olidliga gräsligheter, alltså går jag dit, sitter stilla på min stol och hoppas att ingen ska lägga märke till mig. Jag betraktar mina klasskamrater som med liv och lust deltar i aktiviteterna och som verkar nöjda med sin tillvaro. Jag känner ingen avund mot dem, men jag önskar att jag vore som de att jag gillade att gå i skolan och att det fanns de som hemifrån stöttade mig och uppmuntrade mig och som kanske också brydde sig om mig.

Men det finns det inte och därför har jag blivit en sådan nolla, för helt ensam klarar jag mig inte. Sista lektionen är engelska och vår lärare Marianne Levander, som jag tycker bra om, låter mig läsa ett okänt stycke. Jag kämpar mig igenom idel nya ord och till slut säger Marianne Levander: "Ja, det är svårt till och med för Christina, men bra gjort!"

Därmed tar lektionen strax slut och alla försvinner i ett huj, själv har jag blivit överrumplad av att få beröm och känner mig gråtfärdig. Jag smiter ut i korridoren och lutar mig mot hatthyllan och gömmer ansiktet i min jacka.

"Hur är det fatt, Christina?" Marianne Levander står bakom mig och ser bekymrad ut och innan jag vet ordet av står jag med hennes armar omkring mig och jag gråter som jag aldrig förr har gråtit.

"Kära barn, ta det lugnt, det här har jag anat och det ska vi reda ut. Vi är några som gärna vill hjälpa dig. Såja, torka tårarna nu, här kommer ett par bekanta."

Från trapphallen ser jag att två av mina favoritlärare från flickskolan är på väg mot oss, min före detta klassföreståndare och lärare i svenska och engelska Elisabeth Häggqvist och min lärare i tyska Märta von Drachenfels. De ser båda förskräckta ut.

"Vad har hänt?" säger Elisabeth Häggqvist, "Kan vi få hjälpa till?" Märta von Drachenfels tar fram en näsduk och torkar mig i ansiktet och mumlar "kära Christina!"

"Det är tomt i lärarrummet så här dags, jag föreslår att vi går dit," säger Marianne Levander

Elisabeth Häggqvist värmer kaffe och Märta von Drachenfels tar fram koppar. När vi sitter ner alla fyra vid lärarnas privata kaffebord berättar jag nästan allt, inte allt om Peter men det värsta, jag berättar om mammas och pappas ointresse och att de inte ger mig stöd i något avseende att mamma brukar hjälpa Wictor med läxorna, men att hon aldrig frågar mig om jag behöver hjälp, trots att hon läst både latin och grekiska.

Jag berättar att de inte vill att jag ska gå i skolan och att de sagt att jag inte är tillräckligt begåvad för att ta studenten och att jag dessvärre heller inte liknar någon Fröken Sverige precis och då drämmer Märta von Drachenfels näven i bordet och ryter "nä nu jäv..." och både Elisabeth Häggqvist och Marianne Levander sitter med rynkade pannor. Jag berättar att Lange fryser ut mig, kallar mig omogen och bedömer mina uppsatser som skräp. Nu är det Elisabeth Häggqvist som blir *lite irriterad*.

”Jag har gett dig både A och a på dina uppsatser. Kanske är jag också omogen?” säger hon sarkastiskt.

"Alla ämnen utom engelska, tyska och franska går mycket dåligt," säger jag. ”C i latin och grekiska, det betyder att jag inte kan gå kvar. Jag fick nyss veta att jag saknar betyg i matte från första ring, vilket förklaras av att jag aldrig har gått i första ring.”

De tre lärarna ser på varandra.

”Vill du ta studenten, Christina?” säger Marianne Levander.

"Det finns ingenting annat jag vill."

"Om du släpper grekiskan och kan tänka dig att gå om tredje ring, kommer du att få mycket höga betyg i alla ämnen."

”Det är uteslutet, fru Levander, jag kan inte gå kvar här.”

De ser åter på varandra.

”Det finns en annan lösning,” säger Elisabeth Häggqvist, ”du kan ta studenten som privatist. Då pluggar du i din egen takt och tenterar av ett ämne i taget, sparar fyra ämnen till sista muntan och sedan är du klar.”

Märta von Drachenfels faller henne i talet:

”Ja Christina, att du helst vill bestämma allting själv, det har vi dina lärare vetat i flera år, och med den här metoden kan ingen lägga sig i dina beslut, det bör låta lockande för dig. Ingen kommer att kritisera dig, men å andra sidan kommer ingen att berömma dig heller och dina betyg som privatist kommer att hamna ett snäpp lägre än om du tar studenten i skolan, det gäller alla. Jag är säker på att du ska klara privatisten alldeles utmärkt. Jag är också säker på att den passar dig.”

Det är en sällsam upplevelse. Dessa tre damer ägnar mig all sin uppmärksamhet, all sin tid, bjuder på kaffe och behandlar mig som en riktig människa. De bryr sig om mig. Och jag känner det.

”Men hur gör man?”

Nu ler de alla tre och då gör jag det också. De menar faktiskt allvar med att hjälpa mig. Bättre sympatisörer än dessa tre respektingivande och akademiskt skolade kvinnor kan jag aldrig få.

”Nu for den lilla Fiaten,” säger Marianne Levander.

Peter har suttit utanför skolan och väntat i tre kvart utan att ana vad jag håller på med och min lärare i engelska har hela tiden vetat att det är mig han väntar på.

Vi skrattar alla fyra och Elisabeth Häggqvist uppmanar mig att tänka igenom alltsammans innan jag fattar något beslut, och att meddela Marianne Levander vad jag kommer fram till, så ska vi träffas mycket snart och göra upp planer.

Omtumlad, lycklig, nästan full i skratt småspringer jag hemåt. Utanför Augusta Jansson stannar jag och minns för en kort sekund barndomens längtan efter skatterna innanför fönstret. Efter en snabb koll i portmonnän kliver jag in och pekar ut mina val. Det blir en stor påse, den får bli inledningen till hoppet om en godare tid.

Marianne Levander meddelar redan på måndagen att vi kan träffas alla fyra hemma hos henne på Linnégatan efter skolan på fredagen påföljande vecka, om det även passar mig.

Den veckan skolkar jag inte. Det är en lättnad att slippa magknipet som åtföljer smitandet, lögnerna och skammen. En kväll skrattar jag till och med åt någon halvidiotisk historia som pappa berättar.

53.

Ein Männlein steht im Walde ganz still und stumm
es hat von lauter purpur ein Mäntlein um
sagt wer mag das Männlein sein
das da steht im Wald allein
mit dem purpurroten Mäntelein

Jag deklamerar tyska som vore jag Goethe själv och de tre damerna vid det stora köksbordet skrattar på ett sätt de inte tillåter sig i skolan. Framför mig ligget livet – bokstavligen – bakom mig, beslutet att bli privatist. Det beslutet har damerna, när de väl förstått att jag vill göra detta, redan fattat åt mig. Välviljan runt bordet är så stor att jag skulle kunna flytta in hos Marianne Levander om hon sa att det krävdes.

Konceptet är som följer: Abiturienten studerar ett ämne i taget på egen hand i hemmiljö, på bibliotek eller där hon trivs bäst, därefter anmäler hon sig till tentamen vid den skola som för året tilldelats detta uppdrag, vilket är Sveaplans läroverk. Godkänd tentamen betyder godkänt ämne i studentexamen.

Ämne för ämne ska betas av och fyra ämnen sparas till sluttentan som pågår under en vecka med muntliga förhör, skrivningarna klaras av innan. Veckans sista dag beslutar förhörsledare och censorer vilka som visat tillräcklig mognad och kunskap att bära vit mössa och resultatet anslås i årets skola, på vars trappa utsläppet av lyckliga studenter sker vid fastställd tidpunkt.

"Engelska och franska kan du tentera direkt, där har du varit färdig länge," säger Elisabeth Häggqvist och Marianne Levander håller med och fortsätter:

"Om du läser in fjärde rings litteraturhistoria i höst, kan du tentera svenska och skriva uppsats senast i december. Då är du klar med tre ämnen före jul."

"Latin är din svaga punkt," säger Märta von Drachenfels "så det sparar du till sist för att få så lång studietid som möjligt och, följande är mitt förslag."

"Tyska är ditt andra språk och därför är det skriftliga provet frivilligt. Du ska självklart skriva tyska, eftersom du kan det, men spara tyska till sista stund för det är ett av dina bästa ämnen, och det bör du få visa upp samtidigt med latinet, som kanske inte går bra. Överbetyg i tre levande språk kan kompensera ett eventuellt underbetyg i latin."

Jag lyssnar på mina lärare och vilka planer och förhoppningar de har på mig men mest av allt hör jag att de tror på mig och jag känner att jag är beredd att göra vad som helst för att inte svika dem.

De ger mig en bunt stilar – engelska, franska och tyska – att träna på. Märta von Drachenfels säger att jag inte ska ta mer än någon enstaka tysk stil före jul.

"Håll i gång lite lätt så du inte glömmer, och kör hårt från februari."

Vi dricker kaffe och äter wienerbröd och Elisabeth Häggvist säger åt mig att inte dra mig för att deklamera Pyramus och Thisbe på latinmuntan om jag får chansen, för här gäller det att imponera och det gäller även muntan i svenska. "Och där har du mycket att välja på."

"Tror Fru Häggqvist att censorn skulle gilla Hjalmar Gullberg:"

> *En fågel är din fot i mina händer*
> *ja, mina händer minns dig utantill*
> *vad de berättar är din kropps legender*

Elisabeth Häggqvist avbryter: "Han kommer att minnas dig länge... Jag vet inte om jag vill rekommendera den."

"Jo!" tjuter Märta von Drachenfels. "Ursäkta men det var det roligaste jag har hört... Nej, jag måste tänka efter... kanske inte ändå, men roligt var det!"

"För att göra en sammanfattning av dagen," säger Marianne Levander, "tycker jag att vi har kommit fram till flera bra beslut beträffande dina studier, det mesta är avklarat; vad gäller skolan är det bara att anmäla att du slutar, så får du ett avgångsbetyg och därmed är Nya Elementar historia för dig. Du har berättat för oss att din situation hemma inte är den bästa, och om du vill så kan jag, som är den enda av oss som ännu är din lärare, kontakta dina föräldrar och underrätta dem om vad vi har kokat ihop här idag."

"Det vore jättebra om fru Levander vill tala med mamma, pappa är inte rätt person att diskutera studier med."

"Då säger vi så."

"Vad ska du göra i sommar, Christina?" frågar Elisabeth Häggqvist.

"Jag hoppas få åka till Frankrike för att lära mig att tala franska ordentligt och så tänker jag läsa Strindberg – det är väl August med Å han heter i förnamn? – för honom har Lange ännu inte presenterat för oss, och så vill jag så väldigt gärna ha roligt."

54.

Allons enfants de la Patrie
Le jour de gloire est arrivé !
Contre nous de la tyrannie
L'étendard sanglant est levé ....

Aux armes, citoyens! Formez vos bataillons!
Marchons, marchons....
La Marseillaise

Mamma accepterar mitt beslut att från hösten studera hemifrån med målsättningen att ta studenten som privatist våren 1956. Marianne Levanders telefonsamtal har effekt. Mamma kan inte ifrågasätta ett proffs med Marianne Levanders myndighetsutstrålning: *Christinas förmåga sträcker sig längre än till en studentexamen.*

Pappa är, såvitt jag vet, endast underrättad om mina planer och finner för gott att tiga. Det gör han rätt i.

"Hur har du tänkt att tillbringa sommaren," frågar mamma och eftersom jag under inga omständigheter vill vara på Tyresö och tvingas umgås med mina föräldrar och Britta och Harald, svarar jag: "Resa till Frankrike – om jag får."

Visst får jag! Så skönt för dem alla, utom för Wictor som jag förblir god vän med.

En vecka i Paris för att studera sevärdheterna, därefter raskt till Bretagne och de små orterna St Servan, St Malo.

Mamma överlämnar tågbiljetterna till mig och jag sätter mig ner för att studera dem närmare och lära mig datum och tider utantill. Avresedag från Stockholm är den 19 juni 1955 kl. 18.55.

Peter och jag gör en biltur till Saltsjöbaden veckan före min avresa. Seglingarna har kört igång och Wictor är där med sin båt för att tävla. Peter parkerar bilen och vi går på de slingrande promenadstigarna utmed vattnet. Många människor är i rörelse och alla är där för seglingarna.

Plötsligt står vi ansikte mot ansikte med mina föräldrar. Vi stannar, pappa kastar ilskna blickar mot oss, kör ut armbågarna för att markera att vi ska flytta på oss och därefter lämnar han oss med långa, bestämda steg. Mamma blir kvar, ler besvärat och säger något obegripligt och följer sedan sin make i spåren.

Jag skulle kunna gråta, om jag inte slutat med det.

Peter och jag tappar intresset för seglingarna och åker hem. Jag hatar mina föräldrar hela vägen in till stan.

Jag funderar på pappas omöjliga sätt och kommer fram till att det sannolikt inte är bara Peter och jag som behandlas brutalt och hänsynslöst av honom, det borde rimligen finnas fler som får oväntade smällar. Det borde betyda att en hel del människor avskyr honom och har förlorat respekten för honom. Trots att jag är arg på honom är det en obehaglig tanke. Någonstans vill jag att pappa ska vara respektabel.

Jag är bjuden på middag hos familjen Wendeberg och föreslår Peter att vi ska dra upp detta till diskussion under middagen. Peter är först ovillig eftersom han vill att vi ska ha trevligt, men han ger sig för han håller med om att Ivar är den ende som kan ge ett klokt svar.

Under middagen håller Ivar ett litet tal. Han önskar mig en lugn och vilsam sommar i Bretagne, där jag får samla krafter till nästa års fullmatade studieprogram. Hem till dem på Narvavägen är jag alltid välkommen.

Jag tackar, rörd och samtidigt skamsen, för jag har förstår att de förväntar sig mycket mer av mig, än vad jag någonsin kan ge dem.

Beträffande pappa säger Ivar:

"Du har berättat att din farfar Viktor dog av ilska vid 52 års ålder, så även han tycks ha haft ett högt tempo i blodomloppet. För det är ett högt spel med sitt hjärta han spelar, Eric. Men jag är säker på att det inte finns någonting vi kan göra för att hjälpa honom. Kom det ihåg, det är han och bara han som behöver förstå sitt predikament."

Det vore nåt det, om jag gav pappa en hjärtattack. Tanken går inte att hålla fast. Men det gör Ivars ord.

*

19 juni. Mamma och pappa har rest till Tyresö. Ingen av dem har önskat mig lycklig resa. Jag har endast fått en generös slant franc i en stor plånbok. En snabb genomräkning ger svaret att pengarna ska räcka hela sommaren. Underförstått är att pengarna endast ska användas till husrum hos de familjer mamma har kontaktat.

Jag tvättar, stryker och packar hela dagen och lyckas fylla två stora resväskor. Böcker, lexikon, block med gamla vansinnigt viktiga anteckningar tar stor plats, men det spelar ingen roll, det är tåget som ska dra lasset, inte jag. Jag är febrigt laddad inför denna resa, känslan är att nu har vändningen kommit. Nu blir jag fri.

Och med det kommer tanken att kanske behöver jag inte komma hem? Kanske träffar jag människor som vill behålla mig? Kanske behöver jag inte ta studenten? Kanske blir mitt liv, när sommaren är över, något helt annat?

Jag ska bo inackorderad i en familj som hette *de Boismenu* under en vecka och därefter resa vidare till en liten ort i Bretagne. Jag funderar på familjenamnet, betyder det *Skogsmiddag*, men då borde de heta *Menu de Bois!*

Hur som helst har jag för avsikt att lära mig att tala god franska med konjunktiv och allt det besvärliga, hur vet jag inte ännu, det får omständigheterna avgöra. Jag är 18 år, snart är jag ensam i Paris, jag är helvetes lycklig, det räcker.

Tåget är internationellt, där finns skyltar på flera språk och det är annorlunda inrett, stolarna är större och djupare. Låt oss säga att det märks att det inte är på väg till Markaryd.

Stinsen ropar att det är dags och jag går ombord och finner ett fönster. Peter kommer fram och ger mig en röd ros.

"Den rosen är från mig till dig."

"Tusen tack, ha det så bra, vi skriver!"

Familjen Skogsmiddag, som bor på Rue Schaeffer i sextonde arrondissementet, består av Monsieur et Madame de Boismenu och en blyg dotter i femtonårsåldern, som sällan talar. De har ytterligare en inackordering, en sextioårig amerikanska, som heter Mrs Phyllis, som jag genast börjar tala engelska med tills Mme de Boismenu avbryter:

"Mes dames, ici on parle francais, pas d´anglais, pas de suédois, compris!"

Alltså, franska är enda tillåtna språk, ingen engelska, ingen svenska.

Mrs Phyllis och jag kommer genast bra överens, hon talar hygglig franska men vill lära sig mer och hon vill ut i Paris och studera monumenten. Det liknar mina önskemål och vi bestämmer att från och med nu heter hon Mme Philomène och jag heter Mlle Cri-Cri. Philomène är en förfranskning av Phyllis och Cri-Cri ska vi säga ofta för att träna på ett franskt skorrande r.

Mme Philomène är en bildad dam, väl inläst på den franska kulturen. Vi avverkar Versailles, Notre Dame, Jeu de Paume, Sacre Coeur, Louvren, Montmartre och vi talar nästan enbart franska med varandra och med alla kypare som serverar espresso, jus d´orange, vin blanc och Noilly Prat till Mme Philomène mot slutat av eftermiddagen.

Jag bidrar med mina kunskaper i fransk historia och Mme Philomène blir särskilt intresserad av kärlekshistorien mellan Marie Antoinette och den vackre svenske greven Axel von Fersen och hur han försökte rädda den kungliga familjens liv från den blodtörstiga pöbeln genom att smuggla ut dem från Versailles. Mme Philomène gapar av sorg och medlidande, då jag förmedlar att giljotinen avslutar historien.

55.

La Roche aux Mouettes, Måsklippan, är ett brant berg som reser sig över den bretonska Saint Malo-bukten, högst upp på berget ligger ett stort mörkbrunt hus, sannolikt byggt 1880 – 1890-tal, skräckinjagande fult, liknar mest Biologiska muséet nedanför Skansen. Det visar sig vara lika mörkbrunt och fult även på insidan. Här ska jag vara inackorderad de närmaste fem veckorna.

Husets ägare heter Mlle de Kergariou med stark betoning på *de*, vilket jag relativt snart blir upplyst om. Hos henne bor understundom hennes väninna Mme Martin, née de Bussièrre med lika stark betoning på *de*. Damerna är av obestämd ålder, sannolikt 55 – 60 år, men deras klädsel är så ålderdomlig att jag till en början tror att de är minst 75 år.

Deras vida kjolar, grå eller bruna, slutar i höjd med ankeln, blusarna är vita eller ljusgrå med stora kragar och garnerade med spetsar eller rosetter av sidenband. Över axlarna ligger oftast en virkad sjal. Jag har inte ens sett Tant Tekla, min morfarsfars andra fru född 1864 klädd i något snarlikt shabrak.

I huset finns en man som kallas *betjänt*, han heter Pierre och till hans sysslor hör att städa, duka, servera, rensa ogräs och även tyngre trädgårdsjobb.

I köket huserar en kokerska/köksa, Julie som lagar mat och diskar, men henne ser jag aldrig. Damerna åker varje morgon ut i en ålderstigen liten Renaulten för att inhandla dagens mat och vad hushållet i övrigt kräver. Resten av dagen ägnar de huvudsakligen åt att sitta, än här, än där och att oavbrutet prata.

Jag får ett stort gammaldags rum med en smal gammaldags säng och intill ligger ett stort badrum, där det susar kraftigt i rören när man öppnar en kran. Toaletten är av högst märklig design, som kräver noggrann demonstration av Mlle de K innan jag förstår att den faktiskt fungerar på det sätt hon visat. Måtte jag komma ihåg hur! Och måtte den snart hamna på muséum!

Mlle de K orienterar mig om husets måltider, regler och vanor, säger att hon och Mme M gärna kan tänka sig att samtala med mig för att underlätta min förkovran i det franska språket och inte minst för att jag ska få insikter i goda franska vanor. Damerna vill även gärna veta hur min svenska familj lever.

Slutligen säger hon att det finns en brygga och badplats nedanför klippan och att grannarnas barn, som sannolikt är jämnåriga med mig, brukar bada där. Dit kan jag gå om jag tycker om att bada, förstås och om jag kan simma.

Samma eftermiddag träffar jag bröderna Jean-Claude och Olivier Fontaine, 19 och 18 år och en engelsk flicka, Heather 17 år, som är inackorderad för några sommarveckor i deras familj. De ligger i och badar när jag kommer ner till bryggan, simmar genast in och hälsar och när de får veta att jag bor hos Mlle de K skrattar de och frågar om min pappa är markis.

"Förlåt säger Jean-Claude, "du kom igår, så du kan ju inte veta att hon är en smula förnäm, men strunta i det för sånt spelar ingen roll numera, eller hur?"

Pojkarna är glada och trevliga och det är även lilla Heather, och vi bestämmer att vi någon kväll ska promenera in till stan, ta en espresso och gå på bio. Hela tiden lyser solen och värmer oss, där vi ligger utspretade på våra badrockar på bryggan och njuter av dagen, vattnet, varandra och alla skratt; ingen vet att jag alldeles nyss har klättrat upp ur mörkret och kylan i underjorden och att dagsljuset nådde mig först för en dryg vecka sedan i Paris.

Middagen är den godaste jag någonsin har ätit. Mina kunskaper om mat och matlagning är högst begränsade, men jag känner att det är fisk och skaldjur med en underbar sås, och att det är gratinerat. Jag skulle gärna ta om två gånger men avstår för att inte framstå som ouppfostrad.

Nästa morgon väcks jag av Pierre som försynt knackar på min dörr och meddelar att badet är klart.

"Le bain est près."

Trots att jag känner mig en smula frågande, stiger jag upp och går in i badrummet och visst, badkaret är fyllt med sannolikt exakt 37 gradigt vatten. Jag har aldrig börjat dagen med varmbad, men kliver ändå i och det är rätt skönt. Damerna vill förstås vara säkra på att jag håller mig ren och jag har lovat mig själv att vara snäll och lydig denna sommar och inte säga emot – om det inte blir absolut nödvändigt.

Efter frukost önskar Mlle de K och Mme M ha en pratstund med mig, om det passar och jag anvisas en korgstol i deras salong och man är mycket angelägen om att jag ska sitta bekvämt för det är jag väl van vid. Jag tiger tills frågorna blir lite lättare att besvara.

Min familj, hur ser den ut, var bor vi och hur, vilken sorts skola går jag i och är det meningen att jag ska ta ´le baccalaureat´ eller är det en skola för flickor. Vad gör min far hela dagarna? Slutligen: Hur kommer det sig att jag har bott hos M et Mme de Boismenu i Paris?

Jag berättar om Styrmansgatan, Tyresö, mina syskon, min skola och ja, jag ska ta ´le bac´- studenten alltså och min far ägnar dagarna åt sitt företag.

"Det betyder alltså att din far arbetar?" undrar Mlle de K.

" Ja, självklart, det gör väl praktiskt taget alla friska vuxna människor."

"Utom de som har gamla pengar," piper Mme M och fortsätter, "familjens efternamn Forss tyder inte på att ni tillhör noblessen, och därför undrar vi hur ni har fått adressen till M de Boismenu."

Nu börjar jag förstå, vad Jean-Claude har menat, när han frågade om min far är markis och jag blir full i skratt men lyckas behärska mig, innan jag ger damerna mer detaljerade svar.

"Så här är det," säger jag, "min mamma känner till en svensk-fransk förening som förmedlar kontakter mellan svenska familjer, som vill skicka sina döttrar och söner till respektabla franska familjer, som har behov av extra inkomster och sålunda hamnar jag hos M de Boismenu. Där är även en amerikansk dam inackorderad och vi betalade samma veckoavgift. Genom samma förmedling hamnar jag här på La Roche aux Mouettes."

Damerna är en smula störda men fortsätter oförtrutet.

"Vad är det för företag din far har?"

"Ett byggnadsföretag som bygger bostadshus och kontorshus, skolor och industrifastigheter i Stockholm och som förvaltar fastigheter för egen räkning."

"Och din mamma, vad gör hon?"

"Detsamma som många kvinnor gjort i generationer, organiserar och ansvarar för hem, man, barn, och personal, är värdinna och chef för en hel del representation."

Mlle de K vill veta mer.

"Christina, vad vet du om familjens bakgrund?"

"Det mesta, tror jag. Mme M har redan påpekat att familjen inte förefaller att ha adligt ursprung. I Sverige fanns för mycket länge sedan fyra stånd: adel, präster, borgare och bönder, numera har vi en riksdag som inte räknar ståndstillhörighet, vi är på god väg mot jämställdhet och jag som tillhör den borgerliga delen av befolkningen har vänner ur samtliga dessa fyra gamla grupper. Min fars farfarsfar var soldat och vi har spårat hans förfäder till mitten av 1600-talet, alltså Louis XIV-s tid, då Sverige var en stormakt och inblandat i de stora krigen i Europa. Man kan väl föreställa sig att era och mina förfäder möttes någon gång på ett av den tidens otaliga slagfält.

Generationerna före min far var driftiga jordägande bönder, som tidigt startade företag, mejeri, byggverksamhet och mycket annat. Redan då lades grunden till den gamla släktens välstånd och ekonomiska oberoende."

Mlle de K har fått nog av mitt oglamorösa ursprung och inflikar att hon har en svensk god vän.

"Vad heter han?" frågar jag artigt.

"de Sparr," svarar hon.

"Det är inget svenskt namn," invänder jag.

"Det stavas Sparre," säger hon försiktigt.

"Jaså Sparre," säger jag med ordentligt uttal av sista stavelsen, "ja, den familjen hette ursprungligen Siggesson, innan de adlades, tror jag."

Jag har ingenting emot släkten Sparre, vill bara väcka damerna ur deras malätna drömmar om ett samhälle före franska revolutionen.

56

"I morgon, Christina, serveras lunchen en timme senare än vanligt för vi får gäster som kommer resande från Paris. Det är greve de Bussière med familj och en adelsfamilj från trakten som kommer och jag skulle uppskatta om du vill vara vänlig att inte klä dig i byxor, varken långa eller korta utan i en proper klänning."

"Självklart, Mlle de K," svarar jag så underdånigt jag kan och jag ser redan fram emot detta tillfälle att få vistas under samma tak som så historiskt förfinade personer.

Proper klänning borde inte vara min finaste, vilket är en rosa sidenklänning, klänning nummer två är i ljusgul bomull med små vita fjärilar i mönstret, ärmlös med inte alltför djup urringning och med vid kjol. Varken för mycket eller för litet, klädsam till min solbränna, kommer att passa utmärkt. Ska försöka komma ihåg att kamma mig också strax före lunchen. Mlle de K har nästan skrämt upp mig.

Det är den 7 juli, klockan är tio minuter i två, damerna och jag har samlats i salongen, uppklädda och utstyrda. Jag har fått låna ett strykjärn av Pierre på morgonen, så klänningen ser helt ny ut; Mamma skulle antagligen ha sagt att jag gör ett välskött intryck. När hon uttrycker sig så brukar jag känna mig fullständigt obetydlig, nästan osynlig och då tycker jag inte om henne. Den stora spegeln i mitt sovrum har emellertid sagt mig att jag har vissa möjligheter att bli snyggast på det här partyt.

> *...utmed väggarna sitter tant vid tant*
> *i gult och gredelint och annat grant*
> G. Fröding

Damerna är som sagt utstyrda; till den vanliga utstyrseln har idag lagts lockade frisyrer, som tyder på papiljotter under natten; därtill har båda prytt sig med stora smycken, vars glitter dock inte förefaller härstamma från briljanter, och spetsarna över respektive barm är särdeles generösa.

Här skulle man kunna rimma på nervösa för det är vad de båda damerna är, och efteråt förundras jag över det för den mest högättade gästen är faktiskt ingen annan än Mme Ms egen bror.

Först anländer adelsfamiljen från trakten, ett stillsamt vänligt par i 60-årsåldern, som konverserar artigt med alla – även mig – och berömmer Pierres blomsterarrangemang i vaser och gigantiska keramikskålar på bord och golv.

När nästa taxi levererar sina passagerare, startar en veritabel storm av hälsningsanföranden, kindkyssar, välkomnande och presentationer; damerna talar i munnen på varandra, överröstar varandra, tystnar och börjar om på nytt och jag lyckas så småningom höra hur greven presenteras för de lokala gästerna och därpå följer grevens äldste son, som Mlle de K kallar ´den blivande greven´ och hans unga hustru ´den blivande grevinnan´, och sist av alla kommer den yngre sonen.

> *...runt omkring mig trängdes stadens crême*
> *i all sin prakt provinsiellt förnäm*
> G. Fröding

Gästerna går runt och hälsar och Mlle de K följer med och introducerar; yngre sonen får introducera sig själv utan värdinnans hjälp och när han når mig, som står sist i raden, kan jag inte låta bli att med dämpad röst fråga:

"Och du, är du den blivande baronen?"

Jag tror inte att någon annan hör vad jag säger, men han hör, det ser jag på hans läppar som stramar till om ett knappt märkbart leende, och jag ser hur det blänker i hans mörkblå ögon.

"Jag heter Étienne."

"Jag heter Christina."

Han förflyttar sig i rummet tills han åter befinner sig bakom sin familj.

Lunchen är ganska märklig, placeringen obegriplig. Etienne sitter på en kortsida, jag sitter på den andra kortsidan, han har mannen i det lokala paret på sin ena sida och jag har damen i det lokala paret på min ena sida. Vi har mycket snart sagt vad vi har att säga varandra, därefter tiger vi för ingen annan talar med oss. Så snart jag ser upp från min tallrik, möter mina ögon Etiennes, naturligtvis, vi sitter ju i det raka blickfånget; jag får tvinga mig att låtsas lyssna på Mlle de K, som babblar värre än någonsin och såvitt jag förstår om i stort sett ingenting.

När jag tittar rakt fram igen ser jag att Etienne småskrattar och misstänker att det är åt mig . Kanske har jag gjort en olämplig min när jag lyssnar på Mlle de K, det vore faktiskt egendomligt om jag inte gjort det.

Äntligen kommer efterrätten in och till den serveras ett osmakligt sött vin, som jag inte kan dricka. Pierre som serverar, frågar om jag önskar något annat och jag ber om vatten. Strax därpå ser jag hur Etienne lyfter sitt vattenglas mot mig, men jag vågar inte lyfta mitt mot honom.

Kaffe serveras på terrassen, alla dricker utom jag, Etienne tänder en pipa och går undan en bit för att inte störa någon med röken, när han passerar mig säger han "kom vi tar en promenad" och naturligtvis följer jag med.

När vi har kommit utom hörhåll för de övriga lunchgästerna, börjar Etienne att skratta.

"Vad skrattar du åt?"

"Dig Christina, du har svårt att dölja vad du tänker. Jag ägnade en stor del av lunchen åt att läsa av dina reaktioner i både ansikte och kropp. Det var mycket roande."

"Kropp?"

"Glöm kropp, om du vill, det räcker så bra att studera ditt minspel."

Jag har ingenting att svara, har ingenting att säga alls, jag har verkligen försökt att uppföra mig så väluppfostrat jag kan, jag vet inte vad jag har gjort, som är så uppenbart roligt eller löjligt kanske.

"Jag tror inte att jag förstår dig, det kan bero på att ditt språk inte är mitt, eller också är det något i min nordiska karaktär, som du inte förstår. Gud ska veta att fransmän och nordbor är olika både utvändigt och invändigt, om man nu ska blanda in Gud. Där har vi ännu en olikhet, du är katolik, jag är protestant och jag har inte varit i kyrkan sedan min konfirmation och inte tänker jag gå dit heller förrän jag måste."

"Jag har visst sårat dig, Christina, och det har aldrig varit min avsikt. Jag ber dig om förlåtelse, kan du glömma vad det än är, som gjort dig ledsen. Ta min hand Christina, vi måste vara vänner, det räcker med de tokar som redan finns här."

Han är vacker den här pojken och snart kan jag konstatera att han är klok också. Vi fortsätter att gå och hittar en stor sten att sitta på och där sitter vi rätt länge och studerar och utforskar varandra och redogör för vars och ens specifika läge och situation i livet.

Han är klädd i grå byxor och gråsvart kavaj, vit skjorta och svart slips. Runt ena armen sitter ett svart sorgband.

"Ditt sorgband, vem sörjer du?"

"Min mor."

"Beklagar, väldigt sorgligt att höra, när hände det?"

"Två år sedan."

"Hur länge har man sorgband i Frankrike?"

"I min familj är den allra kortaste tiden två år."

Efter denna inblick i familjen de Bussières vanor är jag tvungen att sitta tyst och smälta informationen jag fått och inse att allt inte går att förstå. Stackars pojke, tänker jag, hans far har under den timme jag haft tillfälle att observera honom knappast gett intryck av att vara den sortens pappa, som lätt ersätter en älskad och varm mamma.

"Du är precis som man föreställer sig en svensk flicka, Christina med ditt ljusblonda hår och dina ljusblå ögon och din hy är också ljus, fast du är solbränd, du är mycket olik franska flickor i din ålder."

"Jag är inte beredd att beskriva dig, Etienne, jag vet så lite, jag kan ännu inte lita på mig själv, jag ser vad jag ser, men vad det betyder, vet jag inte, vi känner ju inte varandra."

"Snart gör vi det, jag ska stanna här i tre veckor, tycker du att det verkar besvärligt?"

"Jag tycker att det kan bli bra."

57.

Under den här tiden slutar jag nästan helt att tänka på Sverige, min familj och även på Peter. Mamma och Peter skriver brev till mig, som jag naturligtvis besvarar med lämpliga beskrivningar av människorna i min närhet, naturen och omgivningarna men inte så mycket mer. Vad som händer mig i Saint Malo är mitt liv, bara mitt liv.

Människorna i detta fula, bruna hus talar en vacker, välartikulerad och grammatiskt korrekt franska; jag lyssnar och härmar, tar efter uttryck och formuleringar och ibland skriver jag ner vad som sagts för att minnas just hur det har sagts.

Etienne tycker att jag talar ganska bra men kan bli bättre, damerna tycker att jag talar slarvigt:

"På franska får man inte hoppa över några ändelser eller småord, allt måste med för att man ska anses ha en god bildning. I Frankrike är bildning synnerligen viktigt."

Varje kväll brukar jag skriva ner vad jag minns av Etiennes och mina samtal under dagen och därmed får jag med alla nya ord jag lärt mig. Mme Hilding, min lärare i franska på gymnasiet, den stränga damen, som aldrig någonsin sågs skratta, har fått en oövervinnerlig kombattant i en vacker 20-årig fransk student med mörka, mjuka lockar och glittrande mörkblå ögon och som med gallisk humor och esprit lockar mig att böja alla verb om och om igen, passé simple, konjunktiv och allt det andra.

Att bli lycklig av fransk grammatik tyder på ett stort hål i min uppfostran! Ja, det tyder även på någonting annat.

På förmiddagarna pluggar jag, framför allt svensk litteratur, det är inte särskilt kul men nödvändigt, bäst tycker jag som vanligt om lyriken. Jag älskar att läsa och helst deklamera Fröding och Karlfeldt, och deras dikter fastnar lätt i mitt minne. Någon liten strof kan jag väl försöka minnas och stila med på muntan.

Etienne tycker att det låter oerhört märkvärdigt och främmande, när jag talar svenska, och han kan absolut inte begripa hur jag har kunnat lära mig franska. Det kunde inte jag heller, innan jag träffade honom.

Etienne pluggar filosofi, som man i Frankrike på den tiden av någon anledning läste efter studenten och tenterade på hösten. Han kämpar med det på morgnarna men anförtror mig att det enda han vill är att ta sitt skissblock och gå ut och jaga motiv utmed kusten.

Efter lunch sticker vi båda raka vägen nedför berget mot stränderna och havet och när Etienne hittat ett lockande motiv, slår vi oss ner i gräset eller sanden eller på någon klippa, där man kan sitta och blicka ut över engelska kanalen, som mest liknar ett hav med stora fartyg som glider förbi långt utanför kusten och med många små segelbåtar, som guppar i Saint Malobukten.

Innan vi går hemifrån brukar Etienne kolla i lokaltidningen tiderna för ebb och flod; vissa motiv försvinner helt enkelt vid flod. Han tecknar snabbt och av hans skisser förstår jag att han ser mycket mer än jag och det är djupt fascinerande att sitta bredvid honom och se Bretagnes kust förflyttad till det stora skissblocket.

Han pratar, medan han ritar och jag svarar fåordigt för att inte störa honom, ibland pratar han inte och då lägger jag mig ner i gräset och studerar de vackra franska molnen på den vackra franska himlen och dess skönhet speglas på mig. Framför allt är jag lycklig över att ha hamnat på denna strand, där jag blivit välkomnad av detta underbara franska land.

Det händer att vi talar om *les vielles filles, de gamla flickorna,* som Etienne kallar dem.

"Har du tittat på fotografiet som står på flygeln?" frågar han mig en dag.

"Det går inte att se, eftersom det alltid står vänt mot väggen."

"Christine, ta tillfället i akt när de gamla flickorna sitter på terrassen och pratar som utsvultna papegojor, smyg runt flygeln och ta dig en titt på fotografiet som Mlle de Kergariou är så rädd om. Sedan kan du berätta för mig vad du tycker."

Etienne skrattade åt min förvånade min: "Din förvåning idag är nog ingenting jämfört med den totala häpnad som kommer att speglas i dina uppspärrade blå ögon, när du har sett hennes hemlighet.

Direkt efter frukosten morgonen därpå åker damerna iväg i den gamla bilen för att handla och kvick som en iller smyger jag runt flygeln för att stilla min nyfikenhet. Porträttet föreställer en allvarlig man i uniform – jag skräms liksom miljoner människor före mig har skrämts av den uniformen. Mannen var nazist, han hade dödskallar på kragen, han tillhörde tydligen Gestapo, vad gjorde hans porträtt på en ogift fransk kvinnas flygel 10 år efter andra världskriget? En hedersplats som tyder på att kärlek är inblandat.

Jag flydde till mina böcker, slet åt mig Ett drömspel, som jag aldrig fattat någonting av och sprang ut i trädgården och satte mig på en sten. Kände mig en smula illamående, Mlle de Kergariou hade tydligen haft en affär med fienden och om folk fått veta det, hade de rakat av henne håret och gett henne stryk på torget, det visste jag, de kanske till och med hade dödat henne. Detta måste jag få tala om med Etienne.

Han log lite, när han fick syn på mig.

"Christine, du har varit och tittat på fotot, eller hur?"

"Ja Etienne, kan du vara snäll och förklara, det är ju hemskt. Kan du vara snäll och sätta dig ner här hos mig?"

"När tyskarna ockuperade den här delen av landet, tog de detta hus, La Roche aux Mouettes i beslag för några officerares räkning men de lät Mlle de Kergariou och Pierre bo kvar för att sköta hushåll och laga mat åt dem. Mer behöver jag väl inte säga?"

"Jo, lite mer Etienne, att hon blev förälskad i en fiendesoldat är illa nog, men hur kom det sig att hon inte blev straffad, eller blev hon det?"

"Vi vet inte, vi kom inte hit förrän 1946 och pappa har aldrig berättat för mig."

"Jag har aldrig gillat henne speciellt mycket, men nu ogillar jag henne riktigt rejält."

"Christine, människorna hade det svårt under kriget, ditt Sverige skonades och då kan det vara svårt att förstå; jag upplevde somligt som jag helst vill glömma och pappa och min bror har berättat saker som gör det lättare att förlåta människors handlingar. Jag förstår att det kommer att ta tid innan din förvåning och ditt ogillande minskar."

58.

En förmiddag då vi som vanligt sitter nere vid vattnet, säger Etienne, efter att ha suttit tyst en lång stund, att vi inte kan träffas mer.

"Skall du resa hem till Paris?" frågar jag förvånat, du ska ju stanna här i tre veckor."

"Det här är en besvärlig historia," säger han. "Du kommer kanske inte att förstå, eller ens förlåta, men min far har förbjudit mig att umgås med dig i fortsättningen."

Etienne ser intensivt på mig och jag ser lika intensivt på honom, för innerst inne är jag säker på att jag måste ha hört fel eller missförstått någonting väsentligt. Han lägger handen över min mun och småler lite.

"Du blev visst väldigt häpen, du tappade nästan hakan. Själv är jag inte förvånad, jag har väntat mig att far skulle säga ifrån, han brukar göra det när jag börjar röra mig i egna cirklar. Han antydde detta redan den dagen vi kom, då du och jag genast lämnade gänget med sina kaffekoppar och stack ut på en egen promenad. Jag hoppades att han skulle vara lite mindre sträng på mitt sommarlov."

"Du måste nog förklara vilken smittsam sjukdom jag lider av, som tydligen kan förstöra ditt liv. Jag har redan räknat ut det, men jag måste absolut få höra dig säga det, så att jag är säker på att det mest absurda faktiskt kan ske i *la douce France*, som påstår sig vara mer frihetsälskande än något annat land."

Jag fylls av en känsla, som jag väl känner igen, hopplösheten som bestämmer allting, det gör lite ont i halsen och jag sväljer och sväljer. Etienne lägger armen om mig och jag lutar huvudet mot hans axel.

"Säg det nu, viskar jag."

"Tu es mon petit amour."

"Nej, jag är inte din flicka, säg vad du måste säga."

"Jag får endast umgås med flickor, som tillhör någon välkänd fransk adelssläkt, det betyder att en utländsk icke adlig flicka är omöjlig för min far att acceptera. Han har en grundmurat konservativ läggning."

"Jag trodde att trycket hade lättat en smula efter revolutionen 1789, det är i alla fall vad vi får lära oss i svenska skolor. Jag vill inte säga något ofördelaktigt om din far, men jag tycker synd om dig. När ska du få bli vuxen nog att bestämma själv?"

"Jag vet inte, snart hoppas jag. Du och jag ses i alla fall vid måltiderna, och vi får väl försöka tala med varandra när tillfälle ges. Jag är ledsen, Christina, mycket ledsen."

Vi sitter tysta. Så duktigt av greven att ta ifrån oss den glädje vi ger varandra.

"Nu ska du få veta, din far har gjort ett stort misstag, mig kan man verkligen inte avfärda som en icke adlig utländsk flicka, tvärtom jag är *Christina de Suède,* bättre kan det inte bli. Etienne skrattar lågt och kysser mig kärleksfullt.

"Och jag förblir din *Etienne de France."*

Klockan närmar sig lunchdags och vi går hemåt hand i hand. Jag har mycket svårt att ta till mig det Etienne har sagt, men det svåraste är att begripa att han är så hårt hållen och dirigerad av sin far att han... och plötsligt upptäcker jag likheterna. Jag har suttit i samma båt och jag är faktiskt Peter just nu. Det här måste jag tänka igenom ordentligt och på något sätt måste Etienne och jag få tillfälle att tala med varandra igen. Om inte, så är det lika bra att jag åker hem till Sverige.

Lunchbordet är dukat, Mlle de K, Mme M och greven i egen hög person sitter på terrassen och inväntar tydligen vår ankomst. Mlle de K reser sig och kommer emot oss.

"Christina, jag vill berätta att jag har ordnat med en förändring, en förändring som jag tror ska bli en förbättring för dig. Du ska få flytta till en miljö, som jag tror kommer att passa just dig mycket bättre än mitt konventionella hus. Du kanske inte har träffat damen i det vita huset ett par hundra meter österut, Mlle Feuchère, en konstnärinna och förtjusande person. Hon vill mycket gärna träffa dig och hon blir förtjust om du accepterar att bo hos henne."

Jag blir mållös för andra gången denna förmiddag men jag kommer ihåg att inte gapa den här gången. Jag ser att Etienne har ställt sig en bit bortom gruppen på terrassen, ingen tittar på honom, alla tittar på mig. Jag borde rimligen titta på Mlle de K eftersom hon talar till mig, men jag ser bara på greven, och jag tänker att han antagligen är mycket nöjd med hur väl hans strategi för att befria sin yngste son från en ofrälse utländsk flicka visar sig fungera.

"Jag förmodar att jag ska gå upp och packa mina kläder och böcker," säger jag och vänder mig halvt om för att gå, men Mlle de K hejdar mig och säger med sin sötaste röst:

"Nej, Christina, det behöver du inte göra. Pierre har redan packat alla dina tillhörigheter och burit över dina kappsäckar till Mlle Feuchère.

Ingen rör sig, ingen säger någonting, detta är en planerad avrättning. Jag drar efter andan och ser med växande häpnad och ilska på Mlle de K.

"Så Pierre har packat mina saker," jag låter meningen hänga i luften en lång stund, Pierre har alltså beordrats av er, Mlle de K att tömma min garderob och mina byrålådor på mina kläder, mina intima ägodelar – så utomordentligt olämpligt, så sällsynt respektlöst. Men - jag är inte förvånad - adelskapet har uppenbarligen sina brister och svagheter, jag har redan tidigare upptäckt att det inte alltid överensstämmer med gott omdöme och god uppfostran."

Mlle de K rör sig inte och gör heller ingen ansats att säga någonting mer.

Greven och hans syster sitter orörliga bredvid varandra i en gammal korgsoffa, jag förstår, de hade inte väntat sig en uppkäftig kommentar från mig, Etienne står stilla någon meter bakom sin far och faster och ett milt leende har spritt sig över hans ansikte. Alla ser rakt på mig och jag flyttar mig en smula, så att jag kan betrakta dem alla samtidigt.

"Etienne, du är den ende i det här sällskapet som är värd min sympati. Au revoir, mon cher ami."

Jag är rädd, som vanligt, när jag gjort något otillåtet, förnärmat en vuxen person, flera vuxna personer. Eftersom jag själv är av kvinnligt kön och alls inte vuxen får jag ju inte göra det. MEN, jag säger bara det, jag är exceptionellt nöjd med mig själv för jag känner att den här gången har jag gjort rätt. De har behandlat mig som en vissen björnloka bland kungsliljorna och det tänker jag aldrig acceptera.

Därefter vänder jag ryggen åt de utslitna gamla klenoderna och går med bestämda steg mot ytterdörren, vilken jag med knapp nöd undviker att smälla igen efter mig.

59.

Jag går mot det vita huset, jag har aldrig varit där, jag känner inte människorna som bor där, men å andra sidan detsamma var ju fallet när jag anlände till La Roche aux Mouettes. Egentligen skulle jag vilja gråta för så här förödmjukad har jag inte blivit på mycket länge, men jag avskyr att gråta och jag vill vara stark när jag kommer till Mlle Feuchère.

Det är ett ganska bedårande litet hus, inte så litet kanske annat än i jämförelse med den bruna dödens boning, som jag hittills vistats i. Man måste ha hört att jag närmade mig för plötsligt står två damer framför mig med leende anleten, en ca 70 år gammal dam, mycket vacker, brunbränd, vithårig, klädd i vit blus och vita byxor fläckiga av målarfärg.

"Välkommen Christina, jag är Mlle Feuchère och jag är glad att se dig här att rentav ha fått vara med och rädda dig från den hemska draken. Det här är min bästa vän, Billy, hon är från Amerika, men det har hon glömt, så vi talar alla franska och det har jag fått veta att du också gör."

Billy är i 40-årsåldern, stor och välnärd och med ett skrattande ansikte med svarta sneda ögon. Hon verkar ha lite svårt att gå, håller sig gärna i ryggstödet på en trädgårdsstol, eller i en vägg.

Jag skakar hand med dem båda, jag känner mig redan bättre till mods, Billy rentav klappar mig på ryggen och undrar på engelska om jag helst vill skjuta hela gänget i grannhuset.

"Nej inte alla," svarar jag på franska, "en vill jag gärna ha kvar."

"Det har vi redan räknat ut, Christina," säger Mlle F, *il est beau garcon mais si noble, si noble*" den vackre pojken men så adlig och förnäm. Kom in, Christina och känn dig välkommen; innan vi går vidare vill jag veta, om du föredrar att flytta tillbaka till de gamla flickorna och deras kavaljerer eller om du kan tänka dig att dela hushåll med Billy och mig och vår hushållerska Janine."

"Jag stannar gärna här, tack Mlle Feuchère."

"Bon, först av allt ska du bo här hos Billy och mig då vill jag att du kallar mig för Francoise, så blir livet enklare för oss alla. Därefter tror jag att du kastades ut utan att ha fått lunch, kan du då tänka dig lite kallskuret på en tallrik, bröd och ost, ett glas vin tror jag du behöver, och när du har ätit vill jag gärna höra detaljerna ur detta drama. Billy och jag står knappt ut med att vänta.

Denna förtjusande varelse, så nätt och smal och full av charm!

Janine kommer ut på terrassen med en bricka med mat och vin, vi hälsar och jag äter med god aptit, bättre än jag trodde mig ha. Så oerhört märkvärdigt upp och ner livet går för närvarande, sorg och glädje om vartannat, kärlek och förödmjukelse.

När jag har ätit upp och även druckit ur vinet, är Francoise snabb att be om en kortfattad redogörelse för vad som hänt. Jag ger henne den utan förfining.

"Vad tycker du och Etienne om varandra?" frågar Billy.

"Billy, fy skäms, så frågar man inte, titta flickstackarn rodnar ju, oh, la la, cést lámour nést ce pas?

Jag skrattar.

"Etienne är mycket trevlig."

"*Jaså!*" skriker Francoise, "*Etienne är mycket trevlig!* jag tror knappast att det är därför som greven har beordrat tanterna att kasta ut dig. I

Frankrike brukar vi inte blanda ihop känslor som amour med trivsel eller trevnad. Etienne får alltså inte umgås med dig?" säger Francoise.

"Nej, jag är så ruskigt oadlig," säger jag och dricker mer vin.

"Tror du att det är något annat, de har emot dig?"

"Tanterna ja, de avskyr när jag uppträder i byxor, både korta och långa och de ogillar, när jag föreslår att våra förfäder, adliga som oadliga, säkert träffades i flera av de stora bataljer som utkämpades i Europa under framför allt 1600-talet."

Francoise och Billy skrattar ohejdat.

"Faktiskt konstigt att de behöll dig så pass länge, men att du åkte ut nu är klart, Etienne, det är ju en riktig skymf."

"Lugn nu Billy, nu ska vi göra upp taktiken, vi behöver inte ens berätta för Christina, du kära vän kommer att upptäcka att Billy och jag är dina vänner."

Vinet är mycket gott och jag förstår plötsligt varför jag känner igen mig i situationen. Mina tre lärare i Stockholm som inget hellre ville än att visa Lange att hennes program inte alltid är det rätta.

Eftermiddagen rullar på, Francoise visar runt mig i sitt trivsamma hus, jag får ett fint litet rum åt väster, där jag kan se havet och berget, där Etienne och jag brukar klättra upp och ner för att hitta bästa platserna för att få vara ifred. Egentligen förstår jag inte så mycket, tänker jag, jag kanske inte behöver göra det heller, de vet så mycket och det är uppenbart att de vill mig väl.

Francoise, Billy och jag äter en god middag i Francoises trädgård, vi serverar oss själva, ingen Pierre eller kokerska, Janine sätter fram maten säger bara: cest servi och så försvinner hon. När vi ätit klart, dukar Billy och jag av, sedan sitter vi en stund till och dricker vin, jag blandar ut mitt med vatten, för jag är inte så van. Den natten sover jag mycket djupt.

På morgonen möter jag Francoise vid ett dukat frukostbord i trädgården. Där finns allt jag kan önska mig, te, gott bröd, ost, marmelad och en blid sol som lyser, och vi sitter under en orange markis.

"Sovit gott, ma petite Christine?"

"Oui, oui, merci Francoise."

"Bra, Billy är och handlar, nu passar du och jag på att tala med varandra."

"Alltså, jag vill berätta för dig om Billy nu, när hon inte är här. Du har sett att hon har vissa svårigheter att gå, du ska få veta vad det är så behöver du aldrig fråga.

Jag hittade henne i New York för tjugo år sedan, då var hennes fötter så förstörda sedan de lindats på urgammalt kinesiskt vis att hon knappt kunde gå alls. Det kallades för lotusfötter och i Kina ansågs det vara mycket fint. Jag såg henne på gatan och ropade på henne, hon hade en bror som använde henne som prostituerad. Jag lyckades få in henne i min taxi och vi åkte raka vägen till franska ambassaden. På väg dit berättar hon att hennes far, som var kines, tycker att det är mycket bra att böja flickors fötter bakåt under fotsulan, för då sticker de inte, ha ha ha...

Det tog mig nästan ett helt år att övertyga amerikanska myndigheter om att jag vill flickan allt väl, låya operera hennes fötter bland annat och befria henne från far och bror som enbart använder henne som prostituerad inkomstkälla.

Billy är min bästa vän, hon är annorlunda som du säkert kan förstå, men ingen i min närhet gör Billy illa, det förstår du säkert. Hon har opererats ett antal gånger såväl i Amerika som i Frankrike, mer går inte att göra, men hon är nöjd nu, hon kan ju gå, som du har sett."

Det är den sorgligaste historia jag någonsin hört, men samtidigt är Billy en mycket glad människa. Jag börjar förstå att det lilla jag hittills upplevt av världen är som ett sandkorn i öknen, jag undrar hur man ska bära sig åt för att få så mycket klokskap och kännedom som möjligt och helst så fort som möjligt. Jag känner mycket starkt både för Francoise och för stackars Billy.

På eftermiddagen sitter vi alla tre på terrassen och pratar framför allt om trakten kring St Malo – St Servan och Francoise föreslår att vi ska göra några utflykter för att jag ska få se de vackra omgivningarna, och det låter mycket lockande

"Vad säger du, Christine, skulle det inte vara trevligt om Etienne kom hit och åt lunch med oss en dag, han vill naturligtvis träffa dig igen."

"Jo, det skulle vara trevligt, men han får nog inte komma hit, är jag rädd."

"Jag ser fram emot att tala med greven om den saken," småler Francoise, "det ska vi nog ordna."

Kvällen blir lik den föregående, en god måltid som avslutas med vin och frukt på terrassen och mycket skratt från Billys sida så snart adelsdamerna råkar nämnas.

"Jag har inte mycket till övers för amerikaner och deras seder och bruk, men de vet i alla fall inte vad adel är och för det får de ett plus i kanten."

"De har mer bekymmer med sin egen så kallade underklass, de mörkhyade stackarna som de gör sitt bästa för att plåga livet ur," invänder Francoise, "jag vill veta hur ni har det i Sverige, har ni överklass och underklass eller är ni neutrala över hela linjen?"

"Vi har absolut klasskillnader, vi har fattiga och rika, men vi har länge styrts av ett parti som drivs av att alla ska ha lika rättigheter. Jag sympatiserar på visst sätt med den tanken och längre har jag inte kommit, jag har inte rösträtt ännu och jag har inte haft tid att tänka färdigt om politik."

"Sverige beskrivs ofta som ett socialistiskt land, tror du att det är det?" frågar Billy.

"Vi är inte kommunister, om det är det du menar, det finns ett litet kommunistiskt parti, men de har just inget inflytande."

"Kan du tänka dig att ägna dig åt politik, Christina?"

"Aldrig, Francoise, jag hoppas att livet ska ge mig roligare alternativ."

"Jag tror att du kommer att få det också, för du svarar nästan aldrig som man har trott.

60.

Francoise ser ut att må mycket bra redan tidigt på morgonen, då vi alla tre träffas i köket.

"Kära flickor, idag ska vi ha roligt, vi ska faktiskt ha en helt underbar dag, servera er vad ni behöver för en delikat frukost, så ses vi på terrassen om en stund.

Billy och jag sitter och äter, när Francoise kommer ut till oss.

"Vilken härlig dag, hur ska det vara med en liten tur ner till hamnen i St Malo och en stor tallrik musslor till lunch, de har verkligen fantastiska skaldjur där – Christina kanske inte har ätit musslor, men jag kan försäkra dig att det är en himmelsk njutning, som du sent kommer att glömma, och omgivningarna är mycket speciella, det kan jag lova dig och närheten till havet tycker du om, har jag förstått.

Vad säger ni, flickor, känner ni er mogna för en utflykt?"

Både Billy och jag anar att Francoise har ett dolt kort, en egen agenda rentav, men vad gör väl det, hon är på ett strålande humör och hon smittar oss, så vi måste skratta.

"Gå och klä er snyggt nu, sminka och kamma er, jag vill ha riktigt fina damer med mig idag. Kvart över ett åker vi.

Klänning ok, men inte smink, solbrännan duger, Billy är jättesnygg i en svart solklänning och Francoise slår oss med hästlängder i en vit kreation (utan fläckar av målarfärg) och ett långt rött korallhalsband.

Vi packar in oss i Francoises lilla Citroen, som jag misstänker rullade omkring i Bretagne redan före kriget. Jag får baksätet för mig själv, vad som är kvar av det, vill säga, klädseln är antagligen sedan länge utsliten, jag sitter på ett par urblekta trädgårdskuddar, som placerats ovanpå vad som förefaller vara en liten bänk. Har inte suttit i ett lustigare fordon sedan jag senast var på Gröna Lund.

Etienne och jag har promenerat nere i hamnen flera gånger, men jag har inte lagt märke till de restauranger som ligger där, vi brukade titta på båtarna och havet som sköljer in mot piren och de långa bryggorna, men nu parkerar Francoise sin antika lilla bil och pekar ut restauranten, där gästerna skuggas av knallblå parasoller.

Innan vi går in, vänder sig Francoise till oss och säger: "Ni står stilla tillsammans, ni säger inte ett ord och framför allt, ni hälsar inte på någon, förstått?

Francoise gör entré med oss som tigande svans, hon byter några ord med hovmästaren som pekar ut ett bord nära vattnet, därefter vänder hon sig in mot den ganska fullsatta restauranten och med ett förtjust utrop tar hon några snabba steg mot ett bord i närheten.

"Nej, men se, här sitter grannar och vänner, Mlle de K, Mme M, M de B och den unge Etienne, så trevligt att få hälsa på er alla, det var så länge sedan. Trots att vi är så nära grannar ses vi ju alldeles för sällan."

Herrarna de Bussierre reser sig upp, när Francoise anmäler sin ankomst, damerna sitter självklart kvar, alla tiger, greven har sin servett i handen och det ger honom ett smålöjligt uttryck. Billy och jag står tysta och orörliga. Francoise tar sats igen:

"Jag får erkänna att det är särskilt roligt att få träffa Etienne, jag vet att du är konstnär och du vet säkert att även jag tecknar och målar, det skulle verkligen vara roligt att få se några av dina skapelser och jag ska gärna visa dig min ateljé och vad jag har gjort. Vad vore livet, om man inte fick ägna sig åt sitt konstnärskap och visa resultatet för andra människor?"

Francoise talar till samtliga fyra personer vid bordet och hon vänder sig mot damerna, söker deras blickar och ler mot dem som om hon har behov deras medhåll.

Några mer svårflirtade gamla flickor än dessa bredstjärtade notabiliteter torde ha varit svårt att uppbringa i Bretagne, så hon vänder sig i stället med all sin charm mot Etienne.

"Säg, Etienne det skulle glädja mig så oerhört, om du ville besöka mig och få se min ateljé, du tar förstås med dig ditt stora skissblock, så att jag får njuta av din konst, kan jag få räkna med ett besök av dig?"

"Tack," svarar Etienne med ganska svag röst, "det skulle vara mycket angenämt."

"Utmärkt," avslutar Francoise, "Då är du välkommen i morgon kl 12, så äter vi en enkel lunch kl 13. Bra, då är det avtalat."

Nu tar Francoise ett par steg tillbaka, greven släpper servetten på bordet och ser ut som om han tänker sätta sig ner, men Francoise ångrar sig tydligen och stiger tillbaka närmare bordet.

"Innan jag går bör jag naturligtvis växla några ord med damerna också, det vore ju oartigt annars och då vill jag passa på att tacka så mycket för att jag har fått glädjen att ha Christina under mitt tak. En mer strålande representant för sin åldersgrupp har jag svårt att tänka mig. Bildad, intelligent, väluppfostrad och humoristisk också – det kan ju behövas i många trista sammanhang – och jag vill gärna accentuera just intelligensen, den är framträdande och det kommer inte att förvåna mig om någon av hennes framtida ättlingar rentav gör sig förtjänt av ett Nobelpris. Önskar så att jag hade en son som kunde bjuda in henne till min familj. Oj, nu har jag pratat länge. Au revoir messieurs dames!"

Vi följer Francoise i hälarna när hon går mot vårt bord, där hovmästaren står och ler rent yrkesmässigt och drar ut stolen åt den dam som mycket klart manifesterar sig som värdinnan. Jag placeras med ryggen mot det högadliga bordet, varifrån man lyckligtvis inte kan avlyssna vårt samtal. Billys kommentarer är bitvis av sådan art att jag knappt kan skriva ner dem, dessutom är hon så full i skratt att både Francoise och jag fruktar att hon ska spricka, hennes kinder är illröda och uppblåsta, hon ser ut som om hon har hållit andan för länge och det har hon nog också gjort.

"Luta dig ner under bordet och frusta ut innan du exploderar, "uppmanar Francoise iskallt och tar henne om nacken och trycker ner henne.

"Ge henne en servett, Christina, jag håller fast henne tills det är klart."

Jag ger henne servetten och strax därpå kommer explosionen, den låter som tidernas värsta nysning eller snarare som en koordinerad nysning från en hel teaterpublik. Hovmästaren kommer ilande och frågar om någon är sjuk.

"Nej, bara lite snuvig," kontrar Francoise och viftar bort honom.

Francoise beställer musslor åt oss alla tre, hon har rätt, de är himmelskt goda, som tur är tycker även Billy det och så länge hon äter talar hon inte. Vi dricker ett vitt vin och Francoise beställer in ytterligare en flaska och i höjd med den börjar vi skratta alla tre.

"Jag kommer aldrig att glömma grevens servett," säger jag och så skrattar vi igen så att tårarna rinner.

"Dessa gamla flickor med sina virkade kragar, hur kul har greven och Etienne tillsammans med dem?" undrar Billy.

"Här handlar det inte om att ha kul, här handlar det om att få personer i omgivningen att förstå att ättlingar till Louis XVI sitter på sina adliga stjärtar vid bordet intill," dundrar Francoise.

Ett sådant yttrande ger Billy ytterligare ett nysningsanfall.

"Ma chère Francoise," säger jag, "jag vill tacka dig för din praktfulla föreställning, som var avsedd att lyfta upp mig ur den grop som de grävt åt mig. Men som genom ditt strategiska scenario fick till resultat att greven och hans damer föll baklänges i sin egen grop. Det var en enastående scen, som jag beundrar dig djupt för, och jag har svårt att tänka mig att de drabbade någonsin kommer att glömma denna soliga julidag. Det enda som bekymrar mig är hur Etienne kommer att reagera, han blev ju vittne till l éxecution," avrättningen

"Ma chère Christine, låt mig berömma dig för ditt sätt att behandla franska språket, bravo, denna sommar har redan gjort underverk med din förståelse av oss *galliska ättlingar*, och bekymra dig inte om Etienne, är det bara det minsta krut i honom så skrattar han åt min lilla teater när han är ensam. Vi får väl se, om han kommer i morgon, eller om de har försett honom med bojor. Sörj ej morgondagen, låt oss skratta ännu mer framför allt åt tanterna, som hade planerat allt så bra, när de slängde ut Christina men fick svar på tal redan då – jag älskade vad du sa till dem! – och det bör även en ännu oförstörd ung man ha gjort. Ska vi ha en tredje flaska, flickor fast då får vi be om ett rep för att dra hem bilen?"

"Vi tar den tredje flaskan hemma," säger Billy, äntligen ett klokt ord från henne.

På hemvägen i bilen frågar jag Francoise, hur hon kunde veta att grannarna skulle äta lunch på den restauranten.

"Enkelt, chère Christine, jag skickade in Janine i morse för att diskutera ett recept med deras kokerska Julie – det är inte ovanligt att vi byter sådana tjänster med varandra – och då fick hon veta att herrskapet skulle inta sin lunch på det fina stället. Mlle de K tycker mycket om att skryta för sin personal. Julie var endast glad åt att bli ledig.

Dagen därpå är jag orolig att Etienne inte ska komma, jag går trädgårdsgången fram och tillbaka för att möta honom och han kommer. Ingen ser oss, tror jag, han böjer sig fram och kysser mig och jag håller fast honom och frågar: "Är du arg?"

"Nej, jag är inte arg."

"Du menar att det är andra som är arga?"

"De två gamla flickorna är rasande, kunde de hämta polis skulle de göra det." Etienne skrattar, "Så synd att din matmor har gått förlorad för teatern, det var en magnifik föreställning att avnjuta och att minnas."

"Din pappa, då, är han arg?"

"Antagligen, jag har inte talat med honom om gårdagen."

"Försökte han inte övertala dig att inte gå hit?"

"Nej."

"Ville du gå hit idag?"

"Jag ville träffa dig."

"Jag är glad att du kom.

Jag följer Etienne in till Francoises ateljé.

"Bonjour Francoise, här är vår vän och granne Etienne," säger jag.

"Etienne, är mycket välkommen, kom in i min atelje. Christine, du och Billy får göra vad ni vill under en bra stund, men lämna oss i fred."

Därmed drar hon in honom i sin konstnärsateljé och stänger dörren om dem. Själv traskar jag ut till Billy, som inte tycker om att vara ensam.

"Kom Christine, jag tycker faktiskt att både du och jag är värda ett glas vin redan nu före lunchen, om man betänker vad vi gick igenom igår, visst är hon otrolig på att skapa situationer, Francoise, och det behövs aldrig mer än en skådespelare – hon själv – och aldrig är det någon som säger emot eller försöker stoppa henne. Du har säkert förstått att jag älskar henne högt och rent, elle est magnifique, visst är hon, här får du ett glas vitt vin. Så vacker han är, den unge mannen! Älskar du honom?"

"Billy, Billy, jag har bara känt honom en mycket kort tid, jag har inte hunnit börja älska honom, men jag är en smula förtjust."

Billy skrattar som åt en riktigt god historia.

"Jag har hört talas om att människor från Sverige sällan använder fler ord än absolut nödvändigt, är det så?"

"Nej, det är inte så."

"Just nu visade du att det är så, kära Christine! Så bra att du bor hos oss nu, det betyder att du och din älskade vän kan träffas hur mycket ni vill, för greven och de gamla flickorna har inte längre kontroll på dig. Jag tror inte att greven är så särdeles skarpsinnig, som han själv inbillar sig och tanternas fattningsgåvor är svåra att bringa i dagen, så dem låtsas vi inte om; Etienne tar med sig sitt skissblock och går ut vart han vill, när han vill och du, lilla Christine går ut och träffar honom när och var ni vill, och Francoise och jag vi bara vänder oss var och en i sin säng ännu ett varv och somnar om. Visst låter det helt lysande, bara du inte blir välsignad, om du nu vet vad det betyder på franska - gravid förstås - det hoppas jag verkligen att han tänker på, den vackre pojken, men å andra sidan vore det rätt roligt att få se grevens reaktion på resultatet av den förbjudna relationen mellan dig, Christine och hans yngste son Etienne. Har du tänkt på att om hans äldste son skulle omkomma, dö eller vad man nu ska kalla det, då blir Etienne greve och du blir grevinna. Har du inte tänkt på det, Christine?"

"Nej, det har jag inte tänkt på."

Det är klart att jag skrattar, samtidigt som jag finner hela situationen både rörande och roande och jag förstår att Francoise och Billy har diskuterat alla möjligheter och varianter både framlänges och baklänges och kommit till den slutsats, som Billy just presenterat. De vill mig väl och de vill Etienne väl. Någon annan vill de inte väl i den här härvan av högvälboren antik förnämitet, vilken man gör bäst i att skratta åt, såsom bröderna Jean-Claude och Olivier gör, och säkert även deras föräldrar, men för den som drabbats av förälskelse, högst ovetande om frälsets egna magsår och de mediciner som i sekler nyttjats för att hålla blodet mörkblått, för den är inget annat att göra än att antingen be om ursäkt om hon stört eller att ta för sig av vad som finns tillgängligt.

Ja, jag tänker ta för mig, om Etienne, enligt Billys funderingar, har lust att vara tillgänglig för mig även i fortsättningen. Han framstår som den klarast lysande stjärnan på den ljupblå himlen över Bretagne!

61.

"Så du tänker sitta här hemma och studera som du själv tycker utan någon som talar om för dig, hur du ska göra? Det har jag mycket svårt att föreställa mig hur du ska klara av."

"Mamma får väl vänta och se, hur det kommer att gå, jag börjar i morgon kl 9.00 och jag tänker sitta i den stora gröna plyschfåtöljen i vardagsrummet. Där är bra ljus från fönstret och från belysningen över bokhyllorna. Dessutom sitter aldrig någon i det hörnet så jag kommer inte att vara i vägen varken för mamma eller någon annan. Jag tar mig frukost själv i köket, så det behöver Laura inte tänka på."

Jag har noga valt ut denna plats; förutom den sanslöst bekväma fåtöljen, som man kan sitta i på otaliga sätt och två lagom stora bord – ett för att skriva på och det andra för att belamra med böcker och papper – ger platsen mig även utsikten mot Oscarskyrkan och Skansen. Om jag får lust kan jag gå ut på balkongen och då ser jag ända ner till Strandvägen. Till en början ska jag förbereda mig på att inom en månad ta studenten i engelska och därefter franska från detta hörn.

Trots Marianne Levanders berömmande ord tror alltså inte mamma på mig, men stoppa mig tänker hon inte och det tänker knappast pappa heller. Men jag har inte råd med ett enda misslyckande för då spricker det tajta schemat.

62.

Engelska

Elisabeth Häggqvist har sagt att det brukar finnas åtminstone ett uppsatsämne vid sidan av det vanliga skriftliga provet i engelska och hon har uppmanat mig att ta det vanliga provet, om det inte är ett uppsatsämne som gör mig galen av lycka.

Uppsatsämnet är: Man of the year 1955.

Under året som gått har jag följt den engelska prinsessan Margarets sorgliga kärlekshistoria med den stilige översten Peter Townsend och upprörts över att hon i egenskap av drottning Elisabeths syster icke ens får fundera på en framtid med en lågättad och frånskild man. Drottningen lägger ansvaret för beslutet i händerna på ärkebiskopen av Canterbury, eftersom hon inte vill bli osams med lillsyrran, och ärkebiskopen säger naturligtvis nej.

Ett oemotståndligt uppsatsämne för den som på synnerligen kort avstånd haft möjlighet att studera aristokratins omänskliga regelverk.

Titeln ´Man of the year´ får de tu älskande och den elaka ärkebiskopen dela på och jag är nöjd med mig själv när jag lämnar in uppsatsen till vakthavande lärare i Sveaplans läroverk.

En vecka senare ringer en för mig helt okänd person, presenterar sig som lektor Abelson och säger att han just läst min uppsats och vill ställa ett par frågor. Han undrar till en början om jag har känt till uppsatsämnet i förväg.

Jag svarar ett högt ”Va! Hur då känt till?”

”Ja, fröken Forss har ju så mångordigt och initierat behandlat ett ämne som nästan i sin helhet har undgått mig, så jag måste fråga om ni har någon särskild kunskapskälla – släktskap eller dylikt – som rör dessa personer. Ert sätt att hantera engelska språket tyder ju också på att ni vistats mycket i landet.”

”Nej, jag är inte släkt med engelska kungahuset, såvitt jag vet och inte heller med överste Townsend. Jag har läst tidningsartiklar om dem under lång tid – det är allt. Ja, förresten sommaren 1952 bodde jag åtta veckor hos en engelsk familj i staden Ryde på Isle of Wight."

"Jaha, tack, det är svar på mina frågor och vi ses om ett par dagar för det muntliga förhöret. Jag vill säga redan nu att uppsatsen förtjänar ett så kallat överbetyg. Adjö, fröken Forss."

Lektor i engelska språket och håller sig inte à jour med vad som försiggår i Buckingham Palace och dess environger! Jag säger då det.

Muntan går också bra, för att glädja lektorn reciterar jag Shakespeares sonett nummer arton:

Shall I compare thee to a summers day
thou art more lovely and more temperate
Rough winds do shake the darling buds of May...
and summer´s lease has all too short a date

Han ser rätt nöjd ut, lektorn och det är jag med.

*

Framgången med lektor Abelson är en riktig energikick. Jag kör direkt igång med franskan, skriver några stilar om dagen, läser högt och översätter högt, drar grammatiken framlänges och baklänges och hela tiden sitter Etienne bredvid mig och svarar och skrattar och frågar hur jag stavar till allt och ingenting. Jag talar bara franska och det är honom – mitt franska hjärta – jag talar till. Nu höjs svårighetsgraden kontinuerligt, men med hjälp av min blåblodige greveättling Etienne tror jag att franskan kan forcera nästa hinder om en månad. Bien sur!

Och i ett ljuvt minne seglar Etienne och jag slutligen i mjuka atlantiska vågor över St Malo bukten och jag går iland med ett fint studentbetyg i franska, både muntligt och skriftligt.

*

Nästa station heter Svenska språket och litteraturen, skriftligt och muntligt.

Mamma och jag får under denna tid en viss gemenskap för klockan tolv varje dag ropar Laura ut att lunchen är serverad och det blir en oväntad resa, för mamma har uppenbarligen insett att det jag ägnar mig åt är arbete av allvarlig art. I stället för att komma ner på förmiddagen och sätta sig i sin egen karmstol i vardagsrummet, stannar hon i sitt sovrum, där hon kan ägna tid åt sin planering och sina telefonkontakter. Jag förstår, hon vill inte störa mig och mina studier och det sätter jag stort värde på.

Vad Britta gör kan jag inte helt klara ut för jag tror att hon går på en hushållsskola och så är det Barlock, där hon aldrig blir riktigt klar, men det tillkommer ännu en sysselsättning, som tilltalar henne mer och som slår ut alla tidigare. Harald och Britta har nämligen beslutat att gifta sig nästkommande vår och ett sådant beslut sätter i gång en hel flod av verksamheter för den blivande bruden och även hennes moder. Det förekommer att Britta kommer hem och äter lunch med mamma och mig, men att mamma därefter tvingar in Britta i matsalen för att ge mig lugn och studiero...

Sluta aldrig att förvånas!

63.

Farbror Ivar och jag diskuterar liberalism. Familjen Wendeberg är folkpartister och Ivar förklarar sin syn på liberalism och berättar om partiets väg från alkoholförbud och närhet till frireligiösa församlingar till dagens politik i opposition mot socialdemokratins anknytning till LO. Arbetarnas tvångsanslutning till det socialdemokratiska partiet anser han är en rent kommunistisk åtgärd som står i starkt motsatsförhållande till Folkpartiets frihetssträvande.

I min jungfrukammare har jag funderat på just frihet och ordet liberalism. Självklart känner jag till ´liberté, egalité, fraternité, det är ju både franska språket och franska revolutionen, men just liberté känns viktigt. Liberté = frihet, det är vad jag strävar efter, människans rätt till sig själv, slaveriets död; Egalité = jämlikhet, ingen styr mig, vi samarbetar alla mot samma mål; Fraternité = vi är alla bröder med samma värde, respekt käre bror. Jag behöver inte fler ord för att förklara och definiera min livsfilosofi, om man nu kan ha en sådan vid nitton års ålder, det är i alla fall den jag har och tänker behålla så länge som möjligt.

Dessa tankar berättar jag för Ivar, som blir tankfull innan han berättar att han vuxit upp i en troende familj och att han behållit en del av föräldrarnas övertygelse.

"Den ger mig styrka," säger han, "och det är enbart med styrka som man klarar av livet. Jag är kyrkvärd i Oscars församling nu och det är tack vare mina föräldrar, som gav mig tron. Du får inte mycket tro av dina föräldrar, du." säger han. Närmare än så kommer han inte att kritisera mina föräldrar, och det är jag tacksam för. Allt som rör dem är så känsligt att jag knappt själv kan ta i det.

Jag tycker mycket om Ivar och jag älskar naturligtvis hans lugna sätt att hantera min pappa. Siri – även vi blir du – är nämndeman och mycket förtjust i sina uppgifter i domstolen; hur vi än försöker, Peter och jag kan vi aldrig lura ur henne några skandalösa historier ur hennes dömande verksamhet. Hon bara skrattar och breder nya smörgåsar och ställer fram för att få oss att tiga.

Familjen Wendeberg är mycket empatisk och lugn, jag tror de sover gott om natten; jag beklagar den oro min familjs intrång på deras territorium åsamkat dem, men de ger mig styrka, särskilt farbror Ivar och tant Siri. Efter en kväll hos dem är jag lugn och hoppfull och mår fysiskt bra. Hemma har jag ofta ont i magen av ängslan att något ska hända eller att någon ska uttala sig så dumt att jag tvingas säga emot. Gud ska veta att jag sannerligen inte är oskyldig till somliga av de skärmytslingar som drar som tromber genom vår välstädade bostad, men... Jag ska försöka förklara, gränsen går när de hånar eller trampar på mig, då blir vi löjliga allihopa: mamma och Britta som ilskna getingar, pappa som en skitförbannad krokodil och jag, det lilla, lilla lejonet, som ännu saknar både klor och tänder, men morra kan det och morrar gör jag.

64.

Ylva, en av mina flickvänner från skolan har gift sig och fått barn och det är i mina ögon utomordentligt sensationellt för att inte säga ofattbart. Hon är visserligen ett år äldre än jag, men när jag besöker henne och hennes man Holger och stiger in i hallen i deras våning, ser jag att Ylva har förkläde på sig och inte är riktigt lika fint friserad som hon brukar vara. Barnskrik hörs och Ylva springer iväg medan jag väntar i hallen, den ser ut som hallen hemma hos Ylvas föräldrar, det är samma slags möbler och saker. Efter en kort stund kommer hon tillbaka med en oerhört liten bebis i famnen – ett så litet barn har jag aldrig sett – vad förväntas jag säga, tror jag säger ungefär ´så söt´ och då kommer Holger och ber mig stiga in.

Deras vardagsrum är möblerat som hos vuxna människor, ungefär som hos Holgers föräldrar, och jag känner mig som en tioåring på en barnförbjuden film. Jag förstår att de vill ha uppskattande och beundrande kommentarer från mig; antagligen får jag ur mig någonting, för de drar runt mig till sängkammare, barnkammare, kök och serveringsrum och sedan får jag slå mig ner och Ylva serverar te och bullar på teakbordet framför den nya soffan. Jag ser att de är mycket nöjda, antagligen lyckliga med ett nyfött litet barn och ett helt nytt liv på gång där de fattar alla beslut själva utan påverkan av sina föräldrar.

1955 är Ylva hemmafru och mamma, jag är ännu skolflicka i min gröna plyschfåtölj.

65.

En söndag följer jag med mamma och pappa till Tyresö, det är så länge sedan jag var där och jag längtade till alla mina ställen, Lilla stugan, stora Eken, bryggan; det blir en ganska härlig söndag, för Faster och Farbror Gunnar är också där. Vädret är soligt och fint och vi tar först en riktigt lång promenad, sedan sitter vi inne hos oss och dricker kaffe och pappa och Faster talar om sitt gamla Skärblacka i Östergötland. Jag tänker som hastigast att allt kanske ändå inte är förlorat, men jag slår bort det. Önsketänkande utan förankring i verkligheten.

Innan Faster och Farbror Gunnar går tillbaka till sitt hus frågar Faster mig vad det är för ärr jag har fått på kinderna.

"Stora fula finnar," ljuger jag som vanligt.

Faster granskar mig tvivlande.

"Hur du än har fått dem, tycker jag att du ska låta plastikkirurgen Bo Genberg ta en titt på dem. Jag är säker på att han kan ta bort dem."

Jag funderar länge på vad Faster säger och jag kollar noggrant i badrumsspegeln hur ärren ser ut. De är fula, jag erkänner det men jag tror att de har haft önskad effekt för ingen i familjen har kommenterat dem sedan de blev ärr.

Bra, jag har blivit ful – precis som jag önskade.

66.

Etienne dyker ofta upp i mina tankar när jag går och lägger mig i min jungfrukammare. Jag planerar att söka upp honom nästa sommar, när allt är över, skriva ett brev först förstås och vänta på att han ber mig komma till Paris och sedan... sedan somnar jag.

Och nästa dag är alla mina tankar inställda på Den Svenska Litteraturen som jag ska lära mig allt om och därefter visa upp mina kunskaper för en nöjd tentator i början på december. Uppsats ska jag också skriva men det kräver ingen övning, det kräver bara ett ämne som inspirerar.

Min jungfrukammare, som till en början förefallit mig så liten och otrivsam, har förändrats sedan jag först ockuperade den. Jag har burit ut en del prylar som jag inte har större användning för, bland annat en symaskin som någon stackars sömmerska i forntiden har suttit och trampat på. Med hjälp av Wictor har jag lyckats att baxa ut den till hissen och därifrån fick den åka upp till vindsförrådet.

Ytterligare några ålderdomliga saker får gå samma väg och in bär jag i stället en skön liten fåtölj, som jag helt sonika tillägnar mig från Brittas och mitt före detta gemensamma sovrum. Vad hon ska säga om det ger jag fullständigt fan i, jag behöver den bättre än hon. De storblommiga gardinerna tar jag ner, rullgardiner räcker bra för mig. Och på vinden hittar jag ett par ålderdomligt festliga lampor som därmed blir mina.

Min lilla jungfrukammare fem trappor upp på Styrmansgatan har blivit som ett rum under Paris takåsar, *sous les toits de Paris.* Genom fönstret har jag utsikt över två gårdar och Grevgatans slitna gårdshus. Om kvällarna hörs ibland musik och koppartaken lyser gröna när fullmånen parkerar sig över Östermalms polisstation och delar med sig av sitt varma sken över våra kvarter, stjärnorna är nära, blinkar och blänker i stuprören av plåt.

Bonne nuit, Etienne, mon amant, mon amour!

Laura, som ser vad som pågår i huset, har tagit för vana att koka te och bre tre smörgåsar åt mig varje morgon. Det spelar ingen roll att jag påstår att jag kan själv, Laura vet vem som är bäst på hantering av mat och lyssnar inte på mig. Nästa morgon står tebrickan dukad igen.

Jag läser och läser och börjar betvivla att jag nästa år kommer att ha kraft att fortsätta läsa litteraturhistoria på Stockholms Högskola. Kanske gör jag det enbart för att reta Lange, det gemena stycket, som inför klassen uttalat att jag och litteratur inte har några beröringspunkter. Som så ofta går jag på trots, och det är inget fel på den elden, som Strindberg skulle säga. Men ibland när lågan mattas undrar jag om inte Langes verkan gått djupare, att den elaka människan försökt underminera mitt alltid så starka intresse att läsa. Hon ska inte lyckas, det lovar jag mig. Jobbet fram till tentan i december ska jag klara, därefter väntar helt nya ämnen, tack och lov.

67.

Den svenska studentuppsatsen bjuder på en oväntad och snudd på komisk överraskning. Det stora ämnet är Hjalmar Bergman och hans verk och anknytning till Bergslagen. Jag blir full i skratt, när jag läser det, har Lange varit inkopplad, nej naturligtvis inte.

Jag inser att jag står inför ett val: att skriva vad jag själv tycker om Hjalmar Bergman eller vad Lange sagt. Jag väljer det senare. Trots allt vet Lange mer än jag, och vad viktigare är, hennes intresse för Hjalmar Bergman är mycket större än mitt, därför finns där mycket mer att ösa ur.

Langes föreläsningar har handlat om mycket mer än hans litterära förmåga; mina gymnasiekamrater och jag har fått veta en hel del om hans kärleksliv och preferenser, och vilka som varit hans partners; vi har även bibringats kunskap om hans alkoholvanor och hans relation till den berömde skådespelaren Gösta Ekman, jag vet så mycket om denne man att jag förstår att jag måste gå försiktigt fram, när jag formulerar mig i min studentuppsats.

Så istället för att skriva om min kärlek för *Markurells i Wadköping* skriver jag att *Farmor och Vår herre* sannolikt är hans mest betydelsefulla verk. Som knorr på alltihop lägger jag till att *Markurells i Wadköping* är av en väsentligt lättare kaliber, älskad av mindre bildade personer.

När jag lämnar in studentuppsatsen känns det inte som att jag sålt ut mig själv. Tvärt om. Det känns som jag fattat ett viktigt beslut: att inte gå emot strömmen bara för att man kan. Och kan man tänka sig, jag får litet a på uppsatsen och samma betyg på muntan. Det du, lilla Dagmar! Tror jag ska skicka ett fult julkort till dig. Kanske.

68.

 "Men snälla nå´n," ropar Faster som aldrig varit rädd att överrösta en församling, "Christina har ju alldeles på egen hand tagit nästan en halv studentexamen och med enbart överbetyg. Och inte ett ord har ni sagt, vad är det här, Eric och Maggie?"

Det är julafton på Tyresö och Fasters utrop väcker oro och svårigheter att svara och samtidigt hålla masken och både mamma och pappa blir uppenbart besvärade.

"Ja, säger mamma, "vi vet ju inte hur det går på slutet, i vår alltså."

"Vad har det med saken att göra, hur det går i vår, hon har fixat nästan hälften på egen hand, för ni har väl inte hjälpt henne, kan jag tro. Bryr ni er inte om er dotter Christina, handlar det bara om att gifta bort Britta? Begriper ni inte att det krävs mycket arbete att ta studenten, i synnerhet alldeles ensam, och det gör Christina och ni berättar ingenting. Jag skäms för er räkning och det kan ni gott komma ihåg att jag sa."

Nu försöker pappa resa sig ur fåtöljen och starta striden, men mamma ger honom en rejäl smäll på armen och säger direkt till Faster:
"Kära Margareta, vi är väl medvetna om vilket fint arbete Christina har gjort och vi hoppas naturligtvis att det ska gå bra även i fortsättningen."

"Jag har sällan sett någon som behöver mer sympati och stöd än Christina, ni får nog försöka övertyga mig bättre om er entusiasm för henne och hennes val av framtid."

Pappa tiger, han tittar varken på Faster eller mig, mamma börjar duka av kaffekoppar, Gunnar tänder sin pipa, Britta hittar en Damernas Värld och bläddrar frenetiskt, Wictor och Christer har skitkul med varsin bil som kör ikapp i matsalen. Faster tar min hand och säger så högt som möjligt.

"Gunnar och jag stöder dig, Christina."

Faster har på sitt högst egna sätt förstått att det föreligger en djup konflikt i familjen, inte bara någon dissonans, nej ett helvetes elände, där man inte kan yttra sig utan att någonting exploderar.

Jag betraktar mina föräldrar, mamma försöker fortsätta att springa med koppar men både koppar och fat har tagit slut, pappa hämtar en flaska whisky och två glas, häller upp åt sig och Gunnar. De skålar, mamma kommer och frågar om Faster vill ha något, men innan hon hunnit öppna munnen, säger jag att jag tycker att det skulle vara gott med ett glas vin.

"Vin?" säger mamma, "Jag tror att det finns en öppnad flaska rödvin i köket, vill du ha det?"

"Jag hämtar det, mamma," säger jag, "Faster kanske också vill ha?"

"Gärna," säger Faster.

Faster och jag får varsitt glas rödvin, vi höjer dem och säger "Skål" och mamma instämmer med en liten cognac. Under resten av kvällen, som hinner bli natt förklarar jag för Faster hur mitt program ser ut och var de starka respektive de svaga punkterna finns. Gunnar lyssnar också, delar sina synpunkter med oss och deltar i vårt samtal, medan pappa intresserar sig för Wictors och Christers bilar.

Det snöar lätt på juldagens morgon, Caprice och jag tar en sväng runt tomten och njuter av vädret och skönheten. Eken är vit, det är ovanligt, men det varar inte så länge, solen bryter fram och det gnistrar i den tunna isen nära land och runt bryggans kant där vi sätter oss, Caprice och jag; där kommer lyckan igen. Lyckan kommer kanske inte så ofta genom människor, men en liten tax som söker kärlek och värme genom att klättra upp i mattes famn en glimmande juldagsmorgon behöver inga ord för att beskriva vad lycka är.

69.

"Använde du sax eller nål?" säger plastikkirurgen Bo Genberg, som om det är den självklaraste saken i världen, innan han spricker upp i ett skälmskt leende.

"Stoppnål." säger jag och undrar om det ändå var rätt beslut att gå hit.

"Vem var du arg på?"

"Mamma och min syster som jämt säger att jag är ful."

"Tyckte du att din operation gjorde dig snyggare?"

"Nej fulare."
"Slutade de reta dig då?"
"Ja."
"Är du beredd på att bli snygg och retad igen?"
"Ja."
Plastikkirurgen Bo Grenberg är en rolig figur – som inte kan låta bli att säga lustigheter till sina patienter – och han opererar mig ett par veckor senare. Vänster kind slipar han fri från spåren av min desperation. I höger kind är han tvungen att skära bort en liten flik och sy ihop resterna helt osynligt. Jag känner mig mycket tacksam mot Faster och Dr Bo.

70.

1956-02-02 har Eugene O'Neills pjäs "Lång dags färd mot natt" världspremiär på Dramaten i Stockholm. Pjäsen, som handlar om författarens svåra familjesituation, är omskriven redan före premiären, den intresserar mig mycket och Farbror Ivar skaffar biljetter till premiären åt Peter och mig. Vi sitter på andra eller tredje bänk på parkett och detta kommer att bli hela mitt livs största teaterupplevelse.

Lars Hansson, Inga Tidblad, Ulf Palme, Jarl Kulle, Catrin Westerlund är skådespelarna som gör teater till oförglömlig verklighet.

I mellanakten får jag syn på mamma och en av hennes väninnor, som har platser ett par bänkar bakom oss, men till min förskräckelse vänder de sig bort tydligen för att slippa hälsa på oss. Peter ler uppmuntrande mot mig, när även han observerar denna flagranta ovänlighet; en ganska outhärdlig smäll på käften, som jag inte har trott mamma om.

Varken mamma eller jag berör någonsin detta pinsamma möte, pjäsen kan vi aldrig diskutera, och det är synd för ur den finns åtskilligt att dra lärdom av i synnerhet för föräldrar.

71.

Ungefär en timme om dygnet vistas jag tillsammans med mina föräldrar och syskon om vardagarna. Återstående tjugotvå eller tjugotre timmar njuter jag mitt eget sällskap och vad mina studier har att erbjuda. Efter middagen och den lilla stund då föräldrarna dricker kaffe och vi umgås helt familjärt, läser Wictor läxor, jag pluggar i min jungfrukammare, Britta tvättar strumpor och talar i telefon, pappa läser kvällstidningen som tidigare hette *Allehanda,* mamma ägnar sig åt smärre husmorssysslor – sorterar hattnålar och städar handskfacket i hallen. Vid tiotiden har de flesta dragit sig tillbaka, jag går ut i köket, kokar en kopp choklad och brer tre limpsmörgåsar med riddarost och smyger tyst in i vardagsrummet och sjunker ner i den stora gröna plyschfåtöljen, där jag redan placerat den bok jag tänker läsa i kväll.

Tala om dagens bästa stund! Det är bara Caprice och jag och i bästa fall månen som seglar omkring utanför fönstren och sneglar in lite nyfiket. Det är rofyllt så här dags, det går att tänka ostört, sitta med fötterna uppe i stolen, doppa limpan i chokladen, sörpla lite, bjuda Caprice på en bit då och då. Jag förstår att hon älskar mig.

Alla böcker jag läser är noggrant utvalda, vilket inte gör dem omistliga, somliga är skräp – för mig alltså – såsom Selmas Jerusalem och då brukar jag ha en reservbok. I franska har vi en lärobok som heter *Le petit prince av Antoine de Saint-Exypéry.* Han var pilot och han dödades på ett uppdrag under kriget, då tyskarna sköt ner hans plan. Så sorgligt att han dog medan han ännu var ganska ung.

Jag har lånat hem boken i svensk översättning, jag gillar den bångstyrige lille prinsen som från stjärnan där han bor berättar för människorna hur världen ser ut från hans himlaperspektiv.

Det välbekanta rum där jag sitter är sig inte likt när det tömts på människor. Jag sitter i det bortersta hörnet med utsikt över alla ytor, allt är orörligt, dött. Mamma och pappa vet ingenting om de människor jag har mött under flera år och som jag känner mycket bättre än alla här i huset och i skolan. Francoise Sagan och Ernest Hemingway är kanske de allra viktigaste, nej det är den vackra Harriet Löwenhjelm, som dog så ensam, hon var säkert bästa vän med den stackars fattiga Edith Södergran som också dog ung.

Victoria Benedictsson gifte sig med fel man men han var säkert bra mycket bättre än den danske surbärsskit som fick skåda henne i det kära långärmade nattlinnet. Han gjorde mig till karlhatare i flera dagar och Victoria till min modigaste vän. Hon skar sig inte i handleden, hon skar av halspulsådern, föll i golvet från sin säng och dog och jag hatar honom som sagt var.

Nu ska jag duka ett bord och bjuda mina vänner på kräftor och brännvin. En vit hårdmanglad duk av tjock damast täcker bordet och når ända ner till det bonade golvets breda plankor. Stora tallrikar, små knivar, munblåsta glas och handduksstora servetter, smörkrukor och korgar med bröd.

August Strindberg knackar på dörren, Hjalmar Söderberg öppnar, herrarna bockar sig för varandra, Bo Bergman kliver in tyst och försynt, hälsar på kollegan Gustaf Fröding och Elin Wägner som tränger sig in bland herrarna. Dan Andersson är också här.

Jag vinkar till Antoine och Francoise, "kom sitt tillsammans, ni talar samma språk."

"Mais qu´est-ce que c´est, des écrevisses?" Antoine ryggar tillbaka.

"Ja det är svenska flodkräftor, gott!"

"What the hell is that, swedish crabs?"undrar Ernest som just satt sig bredvid Francoise.

"Try to be polite, mr Hemingway, youll like it," fräser Francoise till allas förvåning.

Bo Bergman och Hjalmar Söderberg tar hand om småflickorna Harriet och Edith och Dan Andersson som inte känner någon söker sig till dem. Gustaf Fröding sätter sig utan att be om lov bredvid August som blir mycket irriterad men värre skall det bli, för nu ansluter även Victoria och Elin.

Georg Brandes kommer just in genom dörren, ingen låtsas om honom så han sätter sig på en stol i hallen.

Från den gröna plyschfåtöljen betraktar jag det litterära gästabudet där diskussionens vågor går höga; lockad av de höga rösterna tittar Briljante Georg in och vill gärna vara med, men då ryter Ernest de fulaste ord han känner vilket får Georg att fly ända ut i farstun och Francoise skrattar högt. Hjalle häller först upp en snaps till Victoria som absolut behöver den och därefter till de övriga. Dan tar upp en sång som alla kan och sjunger med:

Omkring tiggarn från Luossa satt allt folket i en ring

Två servitriser i ankellånga förkläden och med vita krusade band om håret bär in stora fat med nykokta kräftor och buteljer med pilsner och brännvin och ut bär de tomma fat och buteljer. Det doftar dill och kräftspad kring det nedspillda bordet, gästerna äter, skrålar och sjunger. I salens motsatta hörn sitter en objuden gäst i pappas fåtölj och glor.

Det är *Gubben,* pantlånaren på Storgatan som ingen vill kännas vid men som alla känner. Gösta Gustav-Jansson vet att *Gubben kommer* när det ska bli fest för då vill han se hur folket gör av med sina pengar. Pengar är *Gubbens* enda vurm, ett intresse han delar med alla och alla går till honom med sin klocka, med cykeln, dammsugaren och familjens klenoder. Stampen tar emot allt i sitt vidöppna gap och slukar de ynkans torftiga ägodelar vi så löjligt hängt fast vid; slutligen sväljer han oss, *Gubben,* det är hans värv. Ingen undgår honom, han är omutlig, han är döden själv.

72.

"Mamma fyller femtio den 19 mars och Britta gifter sig den 30 maj. Kära nån, detta blir ett år att minnas och mycket att fira." säger pappa från fåtöljen i vardagsrummet.

"Ni ser ingen anledning att ta med i beräkningen att jag eventuellt tar studenten i juni?" säger jag.

"Men snälla Christina, vad ska vi tro om dina studier, det är ju inte likt något annat det du gör, det går ju inte att planera," säger mamma som alltid ogillar det irreguljära.

Jag har fått nog och reser mig upp och ställer mig mitt i vardagsrummet.

"Jag orkar egentligen inte prata med er, jag har redan sagt allt, så nu säger jag detta en gång för alla.

"Risken är stor att jag underkänns på latinskrivningen, möjligheten är stor att jag lyckas imponera på latinmuntan. Jag räknar dock med underkänt i latin. Det betyder att min enda möjlighet att få mössan är överbetyg i övriga språk och gärna i filosofi och historia med. Alltså måste jag jobba stenhårt i tyska och frivilligt skriva studentskrivningen, som jag inte behöver skriva eftersom tyska är mitt andra språk.

Ba eller AB i tyska tar mig ett steg närmare mössan. Filosofi, det kan gå hur som helst, historia är ett av mina stora intressen, men där gäller samma sak, beror ju på vad man frågar mig om. Jag märker att ni knappt lyssnar och det är inget nytt, jag är van vid ert ointresse. Jag kan inte säga att jag är förvånad, men jag är härdad. På er har jag inga förväntningar. Nu går jag in till mig, jag orkar inte med fler idiotiska diskussioner kring brudparets matsalsmöbler."

Nästa dag bultar Britta och Harald på min dörr och där står de med ett gammalt bord och Britta – helt affekterad - påstår att det måste undan före lysningsmottagningen för det är så fult. Undan betyder in i min jungfrukammare, den enda lilla vrå som ännu unnas mig.

Jag tillåter mig att skratta åt det löjliga förslaget.

"Att hiva det över balkongräcket verkar mer praktiskt. Annars finns det ett förråd på vinden! Här ska ingenting in."

När dörren stängts, är friden där, men blotta vetskapen att de tycker att jag är så lite värd att man kan trycka in oanvändbara möbler i ett rum som är så litet att jag har vissa svårigheter att röra mig i det, gör mig förbannad.

Egentligen saknar jag ord att beskriva hur jag mår och hur saker och ting utvecklas på Styrmansgatan. Det enda som kan beskrivas som viktigt är allt som rör Brittas och Haralds bröllop, men det är av en sådan magnitud att det ta mig fan inte lönar sig att sticka upp och föreslå gröt och ägg till frukost.

Det går heller inte längre att sitta i Gröna Plysch för vardagsrummet är för jämnan ockuperat av Britta och hennes tygprover.

73.

Brittas och Haralds bröllop, ja kära någon; jag har varit med mamma på Holmbloms och de har plockat fram det allra bästa de har på lager; för som en alldeles särskild överraskning kommer beskedet att Britta vill att jag, hennes enda lillasyster också ska vara hennes enda brudtärna. Ibland staplas överraskningarna på varandra.

Visst ska jag hålla hennes brudbukett, för det är det enda en tärna gör. Jag ska hålla tal också och tacka dem så innerligt hjärtligt för att de har godheten att ge mig en sådan fin present som eget sovrum.

*

Värken i magen har ökat den senaste tiden; jag ska snart skriva latin och tyska, och jag pluggar latin. Egentligen är jag rätt bra på att översätta någorlunda så där, men det räcker ju inte. Man måste visa att man har uppfattat de grammatiska finesserna och det har jag absolut inte gjort.

Jag är inte nervös för tyskan; vårt hembiträde brukar köpa Hamburger Abentblatt och Frankfurter Allgemeine och jag ber alltid att få låna dem när Irmgard är klar med dem och jag läser dem högt med skorrande r och känner mig jättetysk.

Filosofi, ja käre värld, där kan samtalet komma att utvecklas åt många håll, eller snarare vilket håll som helst. Jag räknar med att sitta och bläddra i fyra böcker under en veckas tid och memorera så gott som möjligt.

Historia är jag beredd att diskutera när som helst, men det räcker inte. Jag behöver mer detaljkunskap, men jag tror att det liksom i filosofin mest handlar om att prata och prata mycket. Jag är ju inläst på rubbet. Ibland vaknar jag på natten och undrar vad hon hette, Gustav Vasas tredje fru, och när jag är beredd att somna om igen tänker jag att han var nog fan bara gift två gånger.

*

Jag skriver latin och får underkänt.

Jag skriver tyska och får överbetyg.

Nu närmar sig den allra sista veckan, då alla muntorna ska gå av stapeln, för mig är alla muntorna latin, tyska, filosofi och historia.

Jag läser filosofi och känner att jag har tappat intresset helt och hållet. Jag läser historia och känner att jag kan alltsammans, ingen idé att repetera. Jag läser latin och inser att jag gillar den latinska poesin – det är ingen nyhet – men det blir du inte student på.

Jag har fått några piller av min doktor på Ersta sjukhus, dem kan jag ta om jag får ont. Jag har ont varje dag, jag tar ett nu och ett i morgon. Ont i magen alltså.

*

Sista veckan är här. Alla muntor i alla ämnen ska göras under en vecka. Mina fyra ämnen har man lyckats trycka ihop på tre dagar, onsdag, torsdag, fredag.
Onsdag kl. 9.00 latin; torsdag kl. 10.00 tyska, fredag kl. 9.00 filosofi, fredag kl. 13.00 historia.
Bröllopet är den 30 maj
Mina muntor är veckan efter.

74.

Jag antar att jag inte slipper att berätta om bröllopet. Låt mig säga som så här: Bröllopet fyller sin funktion, de två omöjliga människorna blir gifta; prästen är snygg... så om man liksom jag inte vill lyssna på honom kan man åtminstone titta på honom.

Oscarskyrkan är vår församlingskyrka och därför måste man gifta sig där, det säger pappa. Jag är inte så säker på det, men jag säger inte emot. Det är ju inte jag som ska gifta mig.

Middagen är på Hasselbacken, solen skiner som aldrig förr och på den stora terrassen retar damerna varandra så gott de förmår med sina kreationer. Såsom student in spe får jag för ovanlighetens skull viss uppmärksamhet. Och jag får tillstånd att lämna festen före brudparet - någon måste gå ut med Caprice, säger jag – men det har Irmgard redan lovat mig att hon ska göra. Hon och jag är de enda som tänker på en liten tax denna stora dag.

Nästa morgon är jag uppe tidigt för att cykla till Bonito och då sover resten av familjen, ja de som är kvar, alltså. Britta har ju flyttat. Det betyder att jag planerar att flytta tillbaka till mitt gamla sovrum och det ska ingen kunna ändra på, även om mamma faktiskt gör ett försök.

"Men om Britta och Harald kommer hit igen, då måste de ju få bo här."

"Även om Britta inte längre är jungfru så kan hon och Harald gott bo i jungfrukammaren. Det här är mitt rum."

75.

Måndag och tisdag ägnar jag åt att bläddra i alla böcker jag har i mina fyra ämnen. Allt jag läser förefaller nytt och obekant, ibland stannar jag upp och ruskar på mig för att försäkra mig om att jag inte sover eller har svimmat eller dött. Det har jag inte, därför fortsätter jag men på tisdagseftermiddagen somnar jag i alla fall och det är skönt. Gröna plysch fungerar lika bra som madrass, matplats och pulpet.

Det är alldeles tyst omkring mig, inte en människa hörs av, när jag går ut i köket hittar jag Irmgard, som just avslutat någon slags matlagning.

"Habe ich dich gestört, liebe Christina?"

"Nej, du har inte stört mig, tala svenska människa, jag ska tenta tyska i morgon, jag står inte ut längre med vare sig levande eller döda språk, tacka vet jag svenska, det är varken det ena eller andra."

"Ja, ja Du bist ein lustiger Mensch, Mittag um 6 Uhr, Eltern und Wictor."

Visst är jag en rolig människa, middag med föräldrar och lillebror. Så enastående kul.

Middagen är lugn och stillsam, jag observerar en ny hänsynsfullhet mot mig som jag tacksamt tar emot. Vi talar mest om bröllopet, som alla är nöjda med, brudparet har ringt och tackat och därefter gett sig ut på bröllopsresa inom Sverige.

Jag tar ett magpiller innan jag somnar, Irmgard ska väcka mig klockan 7.00.

*

Onsdag klockan 9.00.
Latinets tentator och censor är naturligtvis två helt okända personer men de förefaller sympatiska, talar vänligt om min icke godkända skrivning och jag låter dem kvickt veta att jag aldrig gått i första ring och det finner tentatorn vara en god anledning att inte klara provet. När han startar med

att ställa frågor om poesin, tar jag tag i ämnet som jag planerat, reciterar och jämför och ler åt lustigheter jag kommer ihåg och han ler också och så fortsätter det. Till slut säger han:

"Det är synd att det inte finns två betyg i latin, skriftligt och muntligt för i så fall skulle jag ge Fröken Forss godkänt i det muntliga, ett Ba kanske. Det skriftliga är underkänt, det har vi redan konstaterat, det kan inte uppvägas av detta förhör, men jag hoppas att det finns bra betyg i andra ämnen. Slutligen, det är roligt att höra Pyramus och Thisbe med så vacker rytm i hexametern. Lycka till!"

Kl 10.00 sitter jag åter i gröna plysch och äter frukost, det känns ganska bra, det har ju blivit ungefär som jag trott, inte som jag önskat men hur ofta inträffar det. Nu är jag ledig ett dygn och jag har inte en tanke på att plugga tyska, jag kan det jag kan. Nu tänker jag läsa gårdagens Svenska Dagblad, det kanske händer någonting ute i världen också, inte bara på Östermalm.

Mamma kommer ner från sin våning, klädd, sminkad och elegant och hon vill veta hur det har gått och jag berättar att även om det har gått bra är jag inte närmare mössan.

"Christina, nu har du en paus till i morgon förmiddag, hur skulle det vara om vi går ner till Holmbloms och försökte hitta en snygg vit klänning åt dig och dessutom måste vi faktiskt köpa dig en studentmössa. Förr eller senare ska den komma till användning."

Mamma och jag får en fin promenad genom stan, det är länge sedan vi gått tillsammans någonstans och vi småpratar på det sätt som mor och dotter gör när de är goda vänner och ute i ett angenämt ärende. Vi passerar en affär med hattar och mössor på Grev Turegatan, mamma drar in mig och beställer fram studentmössorna. De har lagts undan för säsongen, man känner inte till att privatisternas examen återstår. Jag får min mössa i en påse, mamma betalar och ler hjärtligt mot mig.

"Såja," säger hon, det blir nog bra det här ska du se."
Jag bär påsen som den dyrgrip den är, jag tänker aldrig släppa den.

På Holmbloms ger mamma de order som krävs och mycket snart har Fru Holm plockat fram vad som kan passa ur den vita kollektionen. Det tar mig inte lång stund att hitta en ärmlös klänning i tunt siden med klockad kjol och rund urringning, smalt skärp och en kort kavaj.

"Jag behöver inte prova någonting annat, detta är perfekt, den behöver kanske läggas upp."

"Ja, säger mamma, "Fru Hoby, den måste vara klar fredag eftermiddag."

"Självklart, säger Fru Hoby, jag hämtar en sömmerska direkt, som kan nåla upp den."

Sömmerskan kommer, alla pratar i munnen på varandra, jag klappar sömmerskan på axeln: "Du, vi bryr oss inte om vad de pratar, det är jag som ska ha klänningen, vi tar den längd, som passar mig," och plötsligt skrattar alla i stället och jag förstår att all den nervositet som mamma och jag burit med oss har smittat av sig på de andra damerna.

"Vad har du för skor?" frågar mamma när vi är ute på gatan.

"Tofflor och träskor."

"Nu går vi till NK, de har största sortimentet."

Det går lika snabbt som på Holmbloms, jag hittar direkt ett par vita sandaletter med inte alltför hög klack, smala remmar och en glittrande sten som prydnad på lilltån.

Mamma betalar, jag tackar ödmjukast och får ännu en påse att bära.

"Har du strumpor?" frågar mamma.

*

Torsdag kl 10.00 sitter jag i en korridor i Östra Real och väntar på tentator i tyska och hans censor. I likhet med sina kollegor i latin är de vänliga och tillmötesgående.

Tentator är nöjd med att jag frivilligt har skrivit tyska och han talar om att det gör inte många. Han ställer frågor på tyska och jag svarar på samma språk.

"Hur kommer det sig att Fröken Forss gärna skriver tyska, har ni släkt i Tyskland, eller är det någon annan orsak?"

"Vi har faktiskt släkt i Tyskland, min morfars kusin som bor i Hamburg, och som vi träffar varje år, men språket har jag framför allt lärt av tyska flickor som kommit hit efter kriget för att arbeta hos svenska familjer. De senaste fem åren har vi haft flera tyska flickor boende hos oss och de har varit till stor hjälp. Min lärare i tyska, Märta von Drachenfels är nöjd med hur mitt uttal förbättrats."

"Jag ser av betygen att Fröken Forss är intresserad av språk, har ni andra intressen eller hobbies?"

"Ja, jag har en hund, en liten tax och henne har jag roligt med varje dag, vi leker och pratar..."

"Pratar ni, vad för språk pratar ni?"

"Die Hundesprache, naturlich."

Jag blir glad åt hans leende och jag förstår att förhöret är över och att han är nöjd.

*

Fredag kl 9.00 sitter jag återigen på en bänk på bottenvåningen i Östra Real. Jag har vaknat av mig själv redan vi sextiden med en svår huvudvärk, den låter sig avhjälpas ungefär till hälften av en Magnecyl, alltså tar jag en Magnecyl till. Så mycket har jag aldrig tidigare tagit, men idag finns inte plats för huvudvärk.

Tentator och censor anländer och vi intar ett klassrum för förhöret. Tentator pratar hela tiden, och jag hänger inte riktigt med, så efter en stund är jag tvungen att fråga:

"Förlåt, jag uppfattade inte riktigt, ställer magistern en fråga?"

"Ja, det gör jag, jag upprepar den nu. Vill Fröken Forss vara vänlig att redogöra för Kants kategoriska imperativ."

Ja, det vill jag gärna, men det står ganska stilla i huvudet på mig just då, jag gör som jag brukar när jag är osäker, jag pratar tills hjärnan hänger med och efter en stund har jag greppat Kants tankar om moraliska skyldigheter och jag halkar visst in på hans hypotetiska imperativ också och hans tankar om brott och straff, när magistern avbryter mig.

"Det var en lång utläggning, inte riktigt svar på min fråga, men om jag ska vara vänlig och det ska jag väl vara en dag som denna, visar Fröken Forss god kunskap om Kant. Vi går över till Voltaire och Montesquieu och deras idéer om staten. Varsågod."

Nu är jag vaknare och ämnet lättare och vi pratar rätt länge magistern och jag om franskt filosofiskt inflytande på Europas utveckling. Efter det halkar han in på ett ämne jag inte begriper, det säger jag också och då ler han.

Tentor ser på censor, som nickar och jag tänker att där rök den studenten.

"Det där var både ärligt och modigt, Fröken Forss har bestämt tagit till sig av Kants imperativ. Jag är nöjd ändå, ingen kan allt. Jag sätter ett Ba."

Det är en rätt stor besvikelse, jag tror mig vara värd ett högt betyg i detta pratämne, men det är jag inte, åtminstone inte denna dag, och nu kan det vara så illa att allt står och faller med tentan i historia. Skärp dig nu, Christina, du har fel! Det är bara betygen i språk som kan kompensera ditt tjusiga C i latin.

Jag är hemma kl. 10.00, går raka vägen in och lägger mig på min säng. Mamma kommer in och vill ha en lägesrapport och jag ber henne väcka mig halv tolv. Jag försöker somna men huvudvärken har kommit tillbaka, inte fullt så stark som i morse men jag blir väldigt irriterad av att telefonen ringer mest hela tiden och så hör jag Brittas röst också.

Jag kan inte ligga kvar i sängen och jag vågar inte ta ännu en Magnecyl. Jag är nog bara lite trött, det har ju varit ganska arbetsamt ett bra tag, funderar på om jag ska äta lite, klockan är 11.00, jag kan inte sova, jag har ont i skallen, jag har en tenta kvar, historia kl. 13.00. Historia har aldrig varit minsta problem, tvärtom ett av mina bästa ämnen.

Jag går upp, ingen idé att ligga här, jag går ut i vardagsrummet. Där sitter mamma, Britta och Faster, som reser sig när jag kommer in.

"Hur mår du, lilla gumman, du ser lite blek ut."

"Jag har haft ont i huvudet ända sedan i morse, det vill inte riktigt ge sig, vet inte vad det är."

"Brukar du ha ont i huvudet?" frågade Faster.

"Nej, det har inte hänt många gånger."

När jag vaknar ligger jag på golvet, Britta håller mina ben högt upp i luften och Faster tar pulsen på mig.

"Känns det bättre?" frågar Faster.

"Jag tror det," säger jag, men det tror jag inte alls. "Kan jag få komma upp, jag mår så illa, jag måste ut i badrummet."

Faster och Britta drar upp mig och hjälper mig ut till halltoaletten, där jag kräks upp det mesta jag ätit det senaste dygnet. Någon baddar min panna med en kall och våt handduk och efter en stund är det över och de hjälper mig tillbaka till en stol i vardagsrummet. Där ser jag att mamma är mycket orolig.

"Vad är klockan?" frågar jag.

"Halv tolv," säger mamma, "din nästa tenta är kl 13.00."

"Det är alldeles för tidigt för dig," säger Faster, "du måste få skjuta på den."

Jag reser mig och går till kökstelefonen, ringer till Peter och ger honom läget. Han svarar direkt att han åker till skolan och ber om en timmes anstånd med tentan. Jag tackar och säger att om de inte går med på det så kommer jag kl 13.00.

Efter en halvtimme ringer Peter.

"Du har fått en timmes respit, kl 14.00 ska du vara där. De började med att fråga om det är nervositet du lider av och då svarade jag att den svagheten finns inte hos den här flickan, vad det handlar om är välkända kvinnliga besvär, som låter sig botas på en timme."

"Tusen tack, Peter, det är jättesnällt av dig, jag ringer när jag kommer hem."

"Det behövs inte, jag hämtar dig tio i två och kör dig till skolan, ok."

"Ok."

Damerna sitter tysta i vardagsrummet och till min förvåning ser jag att mamma har tårar i ögonen. Jag berättar, hur Peter har förklarat min svaghet och då säger mamma med stark betoning på varje stavelse att "så skulle jag också ha sagt."

Jag går in och duschar, letar fram rena kläder, lyckas inte få håret helt torrt, men vad spelar det för roll. En kopp te, in igen till damerna, tacka för hjälpen.

Faster vill tala och gör det.

"Det du har gått igenom det senaste året är förklaringen till din svaghet idag. Människan når inte hur långt som helst och du har presterat över dina normala krafter och då spricker det plötsligt. Det typiska är att det inte är nervositet för en svår tenta – historia är ju ett stort intresse för dig, alltså har du ingenting att vara rädd för, men krafterna är slut. Nu ska du strax iväg på din sista studentmunta och sedan, Christina, ska du raka vägen hem och vila dig, lova mig det!"

"Jag lovar, Faster, tusen tack igen för hjälpen."

Peter hämtar mig och skrattar lite åt mig, när han ser att mitt hår är vått.

"Nu är de nyfikna på dig, gubbarna. Gubbar vet ju ingenting om kvinnliga besvär, och de kommer inte att förstå varför ditt hår är vått eller hur de ska bete sig nu. Lycka till, jag hämtar dig om trekvart."

Peter har rätt, de är nyfikna men diskreta. Två män i övre medelåldern, som gör vad de kan för att låtsas om ingenting.

"Fröken Forss, hoppas att det var tillräckligt med en extra timme, ja så bra, då sätter vi i gång. Jag tänkte att vi kan börja med Gustav III och hans tid. Vill Fröken Forss att jag ställer frågor eller vill ni tala själv?"

"Jag talar hemskt gärna själv, jag kan börja med barnet Gustav och fortsätta genom hela hans liv, hans äktenskap, hans son Gustav IV Adolf, hur han introducerade teater i Stockholm på Bollhuset, hur han på nuvarande Gustav Adolfs Torg låter bygga ett vackert operahus, som man dessvärre rev vid 1800-talets slut. Haga slott, teatern i Drottningholm. Jag kan tala om hans politik, hans statskupper, hur han gör sig enväldig och hatad framför allt av adeln men får böndernas gillande ... och naturligtvis om mordet på maskeradbalen på Operan..."

Tentatorn går in några gånger och avbryter mig, ställer frågor och till slut tror jag att vi lämnar G III för Gustav II Adolf och hans långa krig och naturligtvis för min favorit, drottning Kristina. Jag hade kunnat prata till midsommar.

"Bra!" säger han plötsligt och så högt att jag nästan hoppar till. "Det förefaller inte vara några större fel på Fröken Forss nerver, men det har ju pojkvännen redan försäkrat oss om. Inga större luckor i historiekunskaperna heller, såvitt jag kan bedöma. Jag ser att här finns ett C i latin, men det finns bra betyg i andra språk, jag bedömer detta förhör till ett AB och önskar lycka till."

Peter väntar utanför skolan,

"Ok," säger jag "nu måste jag hem och sova, i morgon kl. 13.00 sätter de upp en lista innanför porten på vilka som klarat sig och kl. 15.00 rusar studenterna ut."

"Jag går dit," säger Peter, "och det gör säkert en eller ett par från din familj också, vad som än händer så ses vi i morgon. Sov gott!"

Jag sover i elva timmar, minns inte så mycket, telefonen ringer hela förmiddagen, jag duschar och klär mig i badrock. Sålunda skrudad sitter jag i vardagsrummet och väntar tillsammans med mamma, som ideligen bläddrar framlänges och baklänges i sista numret av IDUN. Jag tänker att om jag kör, tar jag tåget till Paris och Etienne. Vi kan älska varandra i hans rum på Avenue Raymond Poincaré hela sommaren för att reta hans grevlige fader. Tänk så lyckliga vi skulle vara, eller också kan vi resa och hälsa på de gamla flickorna i St Malo. Vilken fars! Min fantasi har inget slut.

Pappa har underrättat mamma redan på morgonen att ingen annan behöver tänka på att kolla listan i skolan för det ska han göra. Så där sitter vi, mamma och jag, dricker te, äter kanelbullar, mamma svarar i telefon ideligen, alla är så nyfikna, vi pratar inte så mycket med varandra. När jag går ut i köket möter jag två servitriser i svarta klänningar och vita förkläden och jag frågar mamma, vad de gör här.

"Strunt i det du." säger hon. "Ska du inte gå in och torka håret nu, klockan är tolv."

Jag torkar håret och tänker att i morgon ska jag rida Bonito och vi ska byta bana, vi ska rida norrut i Lill-Jansskogen, jag vill visa honom den. Sedan tar jag på mig badrocken igen och går in och sätter mig hos mamma i vardagsrummet. Vi tiger först och sedan talar mamma om vädret och säger att hon gläder sig åt dessa soliga dagar, först på Brittas bröllop och så nu just idag och så tystnar hon, och jag undrar vad hon tänker.

Nu hör vi hissen komma till vår våning och ytterdörren öppnas, vi sitter orörliga, när pappa kommer inrusande och ropar:

"Christina har klarat sig, Christina har klarat sig!" och han sluter mig i sin jättelika björnfamn och tårarna rinner nerför hans kinder.

"Du har klarat dig, min duktiga, duktiga flicka, det finns ingen som du, vår egen Christina!"

Mamma ber att få vara med om kramandet och gärna det, gärna det. Pappa berättar att när han kom till Östra Real var Faster redan där men ingen lista fanns uppsatt. Så Faster gick genast och frågade en vaktmästare om man kan få veta om Christina Forss möjligen har klarat sig, och då säger han att visst, Christina Forss har klarat sig, det vet han för han har sett listan. Här faller de forsska syskonen varandra om halsen och skrattar och gråter för sådana är deras östgötska vanor vid glädje och sorg.

Nu tar pappa bilen och kör ner till Bohlins (silver, guld och juveler) och begär fram en studentkäpp med silverknopp. De liksom mössorna är undanställda men plockas kvickt fram. Så när pappa stormar in i vårt vardagsrum har han en käpp i handen, men det märker ingen av oss förrän efter en lång stund.

När jag går in i mitt rum för att klä mig för denna livets bästa fest, undrar jag om det är något fel på mig. Borde jag inte ropa, hojta, skrika *jag är bäst, jag är bäst* eller något annat ogenomtänkt? Inte vet jag, jag saknar den erfarenheten, men jag säger till mig själv, Christina, det här är bara ditt, det kan ingen ta ifrån dig.

Jag sminkar mig lite grann, jag är så rysligt blek, men klänningen har en svag rosa nyans som ger lyster åt hela mig. Jag är kortklippt och det är lätt att trycka ner mössan på huvudet, bara lite lugg utanför.

Medan jag är upptagen av att beundra mitt yttre hör jag ljud, som jag har svårt att identifiera, så när jag är färdigklädd går jag ut i kök och vardagsrum.

Skivorna ligger i matsalsbordet, dukar läggs på, stora brickor med nyputsade glas och assietter, och jag förstår att mamma har beställt och ordnat allt som kan behövas för en studentmottagning av bättre sort.

Kära mamma, så svårt du har att vanligen visa den värme som finns inom dig, så glad och tacksam är jag nu för vad du gjort för mig!

Pappa kör mig till Östra Real, allt känns så overkligt, jag kan inte ens luta mig bakåt mot ryggstödet och mössan håller jag i ett krampaktigt grepp, som om jag är rädd att någon ska ta den ifrån mig, att allt som pågår bara är en av mina önskedrömmar, som hållit mig vid liv under så lång tid.

Utanför skolan har dekorerade fordon av flera slag samlats – inte har jag tänkt på det heller, hur jag ska forslas hem alltså, för det fall att *lyckan står mig bi*. Min hjärna har blivit förminskad till en liten, liten boll, som bara kan hantera vad som avhandlas i Gröna Plysch.

Inne i skolan samlas alla godkända studenter, flickor och damer i vita klänningar, unga och något äldre män i mörka kostymer, nästan alla med ett halvt saligt flin klistrat från öra till öra. I aulan håller rektor ett vackert framtidstal och, gratulerar oss till i somliga fall helt enastående prestationer:

"Privatisterna är studenternas A-lag", säger han och jag vet inte om jag ska jubla eller gråta.

Äntligen är klockan slagen, vi släpps ut, damerna springer först, männen strax efter och vi har blivit tillsagda att stanna på trappan och sjunga studentsången, som ska ledas av en van sångare.

Skolgården är fylld av människor, där är skyltar med namn, förstorade bilder på småbarn, ballonger, flaggor, blommor, det är ett liv och ett kiv och jag ser många jag känner. Så sjunger vi och då, först då kommer känslan äntligen ifatt mig. Det är klart nu, du har gjort det! *Din olydiga, talanglösa, emanciperade dumfan...*

Sjung om studentens lyckliga dar, låtom oss fröjdas i ungdomens vår,
än klappar hjärtat med friska slag och den ljusnande framtid är vår
inga stormar än i våra sinnen bo, hoppet är vår vän och vi dess löften tro
när vi knyta förbund i den lund där de härliga lagrarna gro,
där de härliga lagrarna gro.
HURRA!

Pappa kan inte behärska sig, han kommer springande mot mig mitt i sången för att kramas och så glad som han ser ut har han säkert inte gjort sedan Wictor föddes.

Jag omringas av mormor, Faster, Gunnar, kusiner, vänner, Peter, före detta pojkvänner, mamma, Britta, Wictor, pappa, vänners föräldrar, föräldrars vänner, somliga herrar med gulnade studentmössor på kala hjässor, blommor hängs i bastsnören om min hals, doften är bedövande och plötsligt lyfts jag upp av starka, manliga armar, kjolen flyger och jag skrattar högt, det är mycket roligt.

Skylten, där mitt namn står, har Wictors flickvän dekorerat med stora glittrande glaspärlor, så att den ser ut som en kristallkrona, mycket tjusigt

På Karlavägen utanför Östra Real står en stor lastbil parkerad, på dörrarna har Wictor målat *FORSS & DOTTER*. (Till vardags brukar det stå Forss & Son) Ut från förarplatsen hoppar pappas kusin Åke Forss, vinkar och ropar grattis till mig.

Så fint allting är, det är så varmt att mormor har tagit av sig dräktjackan, för solen gassar ihärdigt denna dag och nu börjar lastbilsflaket fyllas av släkt och vänner.

Alla sjunger när Åke kör Karlavägen runt Karlaplan, Narvavägen ner, Strandvägen fram mot Styrmansgatan och backen upp till vårt kvarter. De starka männen bär mig uppför alla trapporna ända till femte våningen, där mamma och pappa står och tar emot och matsal och vardagsrum fylls av glada människor.

Matsalsbordet är dukat med sandwichar, sallader och godis i glada färger, pain riche, kex och ostar, tårtor och kakor; kaffe, vin, vatten, läsk...

Det är studentfest för första gången hos familjen Forss och alla är mycket glada.

Siri och Ivar dyker upp och Peter och jag ringar in dem, så att de ska känna sig välkomna i drakens grotta.

Pappa håller tal, gratulerar mig, önskar alla hjärtligt välkomna och sedan fortsätter kramandet och pussandet. Jag får många presenter, ett guldarmband av mamma och pappa, en lillfingersring med en ljusblå akvamarin av Peter, ett armband med lysande mörkbruna bärnstenar av Wictor, ett halsband av mormor och morfar och högar med böcker.

Tusen tack alla kära vänner!

Blommorna jag haft hängande om halsen sätts i vatten och pryder alla tillgängliga ytor. Till slut får jag sitta ner bredvid mormor med en assiett med godsaker på och ett glas vitt vin framför mig, mormor och jag skålar.

"Christina, du är den första studenten bland våra barnbarn, jag gläder mig mycket för din skull och morfar och jag ger dig våra hjärtligaste gratulationer. Han är lite småkrank, gubben just idag, men ni ses nog på din födelsedag."

Hon är bedårande och näpen, min lilla mormor Hildur och hon ler så kärt mot mig denna dag.

När mottagningen går mot sitt slut, har jag gjort upp med alla vänner att de är välkomna tillbaka vid niotiden för att dansa och äta mer goda saker.

För familjens del handlar det om att gå ut och äta en riktigt festlig middag och eftersom pappa är den som bestämmer har han beställt bord på Hasselbacken. Den krogen har skött sig på bröllopet och då finns det ingen anledning att gå någon annanstans. Sill på måndag, sill på tisdag....

Föräldrar, barn, det nygifta paret, Faster och Gunnar, ännu en gång på Hasselbacken med ett glas champagne på den ännu solbelysta altanen. Pappa har märkligt nog bjudit in Peter, men han har tackat nej, sagt att han gärna kommer tillbaka senare. Båda herrarna är säkert lika nöjda med det.

"Du ska ha mössan på dig hela kvällen, säger pappa, "det är viktigt att alla får veta att du har tagit studenten."

Mössan sitter bra där den sitter, damer får ha hatt inomhus, så ok då, för en gångs skull.

Faster är orolig för hur jag egentligen mår, jag säger som sanningen är att jag antagligen är totalt slut, men lyckligtvis är det över nu, jag tänker inte göra ett skapande grand mer än att rida min älskade Bonito nästan varje dag och i morgon börjar Ryttarolympiaden och den tänker jag också ägna några timmar och längre än så har jag inte tänkt. Det tycker Faster är bra och det tycker jag med.

Det blir en glad middag, ända tills mamma vid kaffet meddelar nyheten att hennes syster Alma med make Bengt ska skiljas, därför att han har blivit kär i riksdagskvinnan Irma Åker Wadeberg.

"Nä nu är fan lös," ryter Faster, samtidigt som hon i ilskan reser sig upp och lyckas välta två glas Geisweiler, "den jävla knölen, hur understår han sig? Ska de gifta sig också och vad säger Alma, hon har väl sagt att det blir dyrt, det är det minsta hon ska säga. Irma Åker, somliga kvinnor förstår inte vare sig sitt eget eller andras bästa och hon ska sitta i riksdagen! Folkpartist förstås! Ingen stil! Hon borde sparkas ut. Gift är hon också."

Glasen är utbytta och fyllda på nytt, pappa skrattar åt Faster, vi andra är fascinerade av att vara mitt i hetluften från morbror Bengts amorösa äventyr och Fasters vulkanutbrott. Ingen kvinna kan vara mera pappas syster än hon.

"Hon vill gifta om sig men Bengt vill inte," avslöjar mamma.

"Jag ska försöka hålla mig lugn," säger Faster, "men jag har svårt att förstå varför han vill skiljas, om han inte vill gifta om sig."

"Alma säger att hon tvingar honom, säger mamma.

"Ursäkta, säger Faster, "får han inte pippa henne, så länge han är gift?"

Nu ingriper Gunnar och ber Faster att ta det lite tystare, "Vi får ta det här när vi kommer hem." Vid det här laget håller de nygifta, Britta och Harald på att skratta ihjäl sig, det är de ensamma om vid bordet. Jag tycker att det är förskräckligt, Irma Åker har varit på besök på Tyresö tillsammans med sin man och jag har inte funnit någonting sympatiskt hos henne. Mycket dominerande särskilt mot damerna. Jag känner mig ledsen, moster Almas och morbror Bengts dotter är min nära och kära vän och kusin.

Pappa annonserar att klockan är halv åtta och att vi borde förbereda oss på hemfärd.

"Christinas studentfest fortsätter på Styrmansgatan om en halvtimme."

Till min glädje följer Faster och Gunnar med hem till oss, Faster behöver unga trevliga människor omkring sig, hon måste få skratta igen, säger Gunnar.

Wictor sköter radiogrammofonen och musiken, folk börjar komma och snart trängs vi på dansgolvet, Christer V, Almas dotter och fler och fler och jag dansar med alla, känns det som, till och med min svåger och pappa förstås och två av Peters kusiner och flera av mina vänner från flickskolan och flera av Peters pojkvänner, som jag lärt känna under de två senaste åren.

Jag dansar med Peter.

"Är du trött" frågar han.

"Jag vet inte, jag har tappat känseln, tror jag, vad är klockan?"

"Snart 12, ska vi sticka ut på Djurgården?"

"Ja, men vi äter någonting först."

Vid 12-tiden tar alla sig en smörgås i köket, eller en tårtbit eller någonting av alla goda rester som mamma förmått Irmgard att duka fram. Man dricker öl, vin och vatten och därefter far ett skrålande sällskap i små och stora bilar ut till Eldhs staty av Gunnar Wennerberg på Djurgården.

Detta är viktigt, det gäller att dela sin studentexamen med Wennerberg och när alla gluntar har samlats runt statyn frågar jag vem som tror sig kunna placera just min mössa på skaldens huvud och så kastar jag upp mössan så högt jag kan i luften. Den fångas av Axel Leo, den vanvettigt attraktive unge man, som jag redan för ett par år sedan gärna hade velat ägna mig åt, om han blott för ett ögonblick hade lagt märke till mig

Axel sätter min mössa på sin egen mörka kalufs och påbörjar klättringen, det ser livsfarligt ut, Wennerberg har slitits ner under årens lopp, varje studentexamen har tagit hårt på honom, men jag är mest nervös för Axels skull att han ska halka eller ramla, göra sig illa. Axel är uppe, han placerar min mössa på skaldens huvud och alla hurrar och börjar sjunga studentsången, jag går för att möta Axel, när han glider ner sista biten, hoppar och landar intill mig.

"Axel, tack för att du kom till min student och för att du klättrade så fint."

"Du är en speciell flicka, Christina, synd att du är upptagen men du vet var jag finns."

Så kysser han mig och ger mig ett oemotståndligt leende som under normala omständigheter skulle ha hållit mig vaken hela natten.

Nu tackar jag alla, som har haft godheten att *gifta bort* mig med Wennerberg och samtidigt deklarerar jag att eftersom jag råkar vara yngst i gruppen, så när som på min lillebror, så måste jag nog hem och sova nu. Alltså startar vi avskedet med kramar och alla de sorters vänskaps- och kärleksbetygelser som hör en stund som denna till.

En halvtimme senare landar jag fullständigt utmattad i sängen.

Jag har klarat det.

Jag har tagit studenten.

76.

Pappa väcker mig den 16 juni 1956.

"God morgon, studenten, klä på dig, ät lite, sedan åker mamma, du och jag ut och tittar på vad hästarna i Ryttarolympiadens fälttävlan gör. Glöm inte att ta på dig mössan."

Jag måste ärligt erkänna att jag ännu inte är i form att avgöra vad som är bra eller dåligt i dessa hårda hästtävlingar, jag ser flera hästar störta i gyttjan och jag förstår att detta i vissa delar är ungefär lika obehagligt som tjurfäktning. När vi har tillbringat tre timmar vid staket och avspärrningar och blivit nerstänkta med lera, säger jag ifrån att jag vill åka hem.

När vi sätter oss i bilen, frågar pappa, om det är något särskilt.

"Nej, inte direkt utom att jag tycker synd om hästarna, pappa kan väl köra Valhallavägen hem, var snäll och stanna vid A1, jag vill gärna visa er någonting fint."

Vi går över gården mot stallet och när jag öppnar dörren, blir jag extra glad för där inne står Stallmästare Lindeblad och pratar med en hästägare.

"Christina," säger Stallmästaren och betraktar mina föräldrar, som tittar tillbaka.

"Det här är min mamma och pappa och det här är Stallmästare Lindeblad, som har lärt mig rida."

Pappa sträcker fram handen och där är två karlar som granskar varandra ända in på hårremmen. Mamma får också hälsa.

"Den här dottern ni har borde ha en egen häst, hon förstår det här med hästar."

"Det är roligt att höra, ja, vi har hört talas om Stallmästare Lindeblad under många år."

"Liten, smal och lätt, men hästarna förstår vad hon säger. Tystlåten är hon, har aldrig klagat, inte ens när hennes favoriter har slaktats. Har bara kastats av en gång inomhus, men då höll hon fast i tyglarna, duktig, säger jag."

Stallmästaren låter nästan lite förbannad, så jag smyger in bredvid honom och frågar om Bonito är inne.

"Visst," säger han."

Mamma, pappa och jag går mot Bonitos box och när han får syn på mig, gnäggar han. Pappa skrattar och kommer närmare för att titta och mamma kommer också.

Jag öppnar boxen och går in och Bonito kommer och ställer sig intill mig med mulen på min axel och när jag klappar honom på bringan småkuttrar han.

"Hur har du fått honom så här? " undrar pappa.

"Vi gillar varandra."

"Det är en ganska stor häst, är han inte för stor för dig?"

"Han är precis lagom för mig, dessutom är han klok och underbar att rida."

"Hur gammal är han?"

"Elva år."

"Vem äger honom?"

"Jag vet inte."

"Han är mycket vacker."

"Han är den vackraste och klokaste häst jag någonsin träffat på."

Stallmästaren kommer och granskar oss.

"Har Bonito fått godkänt?"

"Absolut," säger pappa, "Är han till salu?"

"Nej tyvärr," säger stallmästaren, "Ägaren är i USA och har inte kunnat bestämma sig."

"Är det en prisfråga?" undrar pappa.

"Jag tror inte det, det lär finnas en dotter som gärna vill ha honom."

"Det finns en till här," säger pappa, men jag skulle gärna vilja veta om det finns möjligheter att ta upp förhandlingar om Bonito, har Stallmästaren möjlighet att ta reda på det, både ett eventuellt pris och övriga villkor?"

"Jag ska försöka ta reda på det."

Pappa tar fram ett visitkort och lämnar över till Stallmästaren. "Ring mig gärna även om det inte går att få något besked just nu."

*

Bonito är mörkt brun, nästan svart, med lång svart man, en lång svart nästan yvig svans och ett vackert vitt tecken i pannan och inget mer. Hur man kan älska en häst, och hur kan en klok och vacker häst återgälda de känslorna? Det kärleksmysteriet lever jag i varje dag. För jag rider Bonito nästan varje morgon och jag lovar honom nästan heligt att komma tillbaka så fort jag kan.

Jag har fått ett särskilt kort av Stallmästaren, som ger mig tillstånd att rida Bonito och en annan häst när jag vill. Jag har älskat Stallmästare Lindeblad sedan jag var tio år och den kärleken ser inte ut att vissna. Frågan är om den inte är lite besvarad. När jag vid middagen berättar om kortet som stallmästaren gett mig säger pappa något förbluffande.

"Christina, oavsett om vi kommer att kunna köpa Bonito eller inte så kan du få rida precis så mycket du vill, jag har öppnat ett bankkonto åt dig som du kan använda för privata ändamål. Där tar du ut de pengar du behöver för just sådant som ridning. Pengarna är dina, inte mina, alltså du gör med dem vad du vill."

"Tack så mycket, pappa!" Tänk om du ändå hade gjort detta för två år sedan. Då hade vi kanske varit vänner nu... säger jag inte, utan jag fortsätter tala om den i sammanhanget ofarliga ridningen.

Mamma sitter och ler under pappas och mitt samtal och till slut säger hon:

"Du förstår Christina, Britta fick också ett bankkonto, innan hon gifte sig."

77.

Bonito gnäggar när jag kommer in i stallet och jag gnäggar tillbaka. Killarna som jobbar där skrattar åt oss och en av dem undrar om jag är häst eller om Bonito är människa.

"Både ock, vi har just förlovat oss, vi är lyckliga", säger jag till honom.

Sedan första dagen jag träffade Bonito har mycket hänt. Först ställs han in i en spilta, som han är alldeles för stor för, och det ser Stallmästaren lika bra som jag, så innan jag säger något ger Stallmästaren order om att han ska flyttas till den största boxen i stallet. Bonito blir mycket lyckligare där och det är också därför han gnäggar så ivrigt när han får syn på mig. Jag är också del i hans bättre liv.

Varje måndag och torsdag sedan jag fyllt tio år har jag kommit till hästarna, världens snällaste och samtidigt mest spännande djur, som ofattbart nog gör som jag vill. Att få andas in lukten av dem, av deras foder, av läder, av stallet och höra ljudet av hovar i trav och galopp. Det är här jag hör hemma – bland djuren. Bland människorna var det alltid något fel på mig. Något som ska rättas till. Aldrig sov jag så djupt som måndags- och torsdagsnätter.

Jag rider Bonito varje morgon och nu bryr han sig inte längre om spårvagnarna på Valhallavägen och Narvavägen. Vi skrittar lugnt ner mot Djurgårdsbron och ibland är det någon bekant som vinkar till mig. Vi får vara ute i två timmar, om vi tar det lite lugnt och jag sitter ofta av på något tilltalande ställe, sätter mig i gräset och låter Bonito beta intill mig.

En god vän till Peter och även till mig, Christer V, som är en duktig ryttare och som jag ridit tillsammans med tidigare, ringer och frågar om jag vill rida med honom någon morgon. Vi stämmer träff på en liten hopp- och galoppbana på Djurgården.

Jag har aldrig hoppat med Bonito, men det bör knappast vara några svårigheter, stor och stark som han är. Vi börjar med låga hinder och det går bra, så vi höjer, det är fortfarande inga problem, så vi höjer igen. Christer hoppar först och sedan kommer Bonito och jag; plötsligt ligger jag på marken och över mig står Bonito med huvudet sänkt. Christer står bredvid och ser helt skräckslagen ut.

"Hur mår du?" säger han samtidigt som jag sätter mig upp och tar tag i Bonitos tygel som Christer håller.

"Vad var det som hände?" frågar jag, "jag tror jag mår bra, hur mår Bonito?"

"Honom är det nog inget fel på, han är bara lika orolig som jag över hur du mår. Jag vet inte vad som hände, men jag tror att det var några fåglar som irriterade honom, jag såg honom göra ett märkligt krumsprång och där ligger du i sanden, men det märkligaste är att Bonito inte sprang hem till stallet, som en normal häst skulle ha gjort, han vände och stack tillbaka till dig, du ser ju själv, där står han med tyglarna hängande över dig. Är han någon slags cirkushäst?"

"Snälla Christer, jag har berättat för dig att detta är en märkvärdig häst, nu har du sett det själv, vad tycker du?

"Herregud," säger Christer, "rider du hem, eller ska jag fixa en taxi?"

"Fixa en taxi åt Bonito, han kanske är chockad?"

När vi sakta skrittar hemåt frågar Christer mig hur Peter och jag har tänkt oss vår framtid. Jag bestämmer mig för att säga som det är.

78.

Efteråt verkar konflikter alltid så löjliga. Det är i varje fall vad jag tänker om den fantastiska vänligheten att pappa har haft godheten att ta Peter i hand på studentmottagningen.

Tyvärr misstänker jag att Peter nu tror att allt är över – det borde det i och för sig vara – men så enkel att slutföra är inte en flerårig konflikt. Det gäller ju inte bara Peter och pappa, det gäller ju mig också och mamma och dessvärre även Britta och Harald och i sanningens namn en hel del andra människor också. Siri och Ivar först och främst, Faster och Gunnar, flera av mammas väninnor som sannolikt blivit inblandade mot sin vilja.

Jag ligger i min säng, som numera är placerad i mitt ursprungliga stora sovrum med utsikt mot Oscarskyrkan och Skansen, det rum som numera är mitt – bara en sådan vinst! – och jag tänker att jag är en fri människa.

Frågan är om de andra ser mig som det, nu när jag alltså gjort det som så många betraktat som en omöjlighet för mig. Hämndfantasier om att sparka ner dem som tänkt så i Nybroviken, som jag kan se från balkongen utanför sovrummet, blandas med mera dystra tankar.

Sanningen att säga så vet jag inte hur jag mår. Jag är visserligen mycket lycklig och stolt, men jag har varken lust att skratta eller gråta, jag har ingen förmåga att reagera längre, jag sitter fast i de senaste årens kris, trots att jag vet att jag antagligen har gjort mig lös från patriarkatet.

Är det tid jag behöver, tid att vänja mig vid ett helt nytt liv? Kanske. Fortfarande går jag med frukostbrickan till min mjuka, välkomnande Gröna Plyschfåtölj. På sätt och vis tackar jag den för ovärderlig hjälp under de nio månader som var min studentgraviditet. Den ser så ensam ut, sedan alla mina böcker, lexikon, block och pennor städats undan, men den förblir min egen bästa sittplats även i fortsättningen.

Jag tänker ganska ofta på vad som är viktigt för mig. Hur konstigt det än kan låta, den gröna plyschfåtöljen är viktig för mig. Och jag upprepar ganska ofta för mig själv: Bästa Christina, du har tagit studenten, men vad ska du göra åt det då? Vänja dig vid att vara fri? Vänja dig vid att mamma och pappa har slutat bråka med dig? – Kräver inte det att jag blir en annan människa? Betyder det inte att jag inte duger som jag är, att jag måste ändra på mig igen?

Jag har inga svar på den frågan.

Det märks på Peter och det märks på hans föräldrar, de har nog alla trott att sedan jag rott hem mössan ska alla problem vara ur världen. Och hur gärna jag än skulle vilja säga att det är så kan jag det inte. Jag kan heller inte säga att allt är kvar, men bara en smula förändrat.

Och att resonera med mig själv om så här knepiga saker kan jag inte heller. Så jag säger till mig själv:

Christina, det är över nu, försök att gå vidare, var glad och tacksam över dina vänner, kriget är slut, dra ett streck över hela skiten.

Jag försöker men jag kan inte.

En vecka efter studenten bjuder Peter ut mig på middag. Han vill att vi ska klä oss fint och fira ordentligt. Bord på Hasselbacken, vilket är en liten lustighet, där har ju Brittas och Haralds bröllopsmiddag serverats. OK, säger jag, jag tar min studentklänning. Efteråt förstår jag varför Peter har valt just Hasselbacken, han vill att den restauranten ska bli viktig även för oss.

Vi äter en god middag och vi har trevligt, Peter är en mycket underhållande person, när han är på det humöret och vi dansar och det är lika roligt varje gång för han är en utomordentlig dansör. Och vi dricker champagne, jag uppfattar detta som att det är Peters sätt att hylla mig för det sista årets hårda arbete, som också har gett bästa tänkbara resultat. Han är stolt och det är jag med.

Slutligen halkar vi in på framtiden, det enda samtalsämne som vi inte berört under åren som gått.

"I september räknar jag med att tentera processrätt, det är mitt sista ämne och då blir jag klar med min jur. kand." säger Peter

"Det är ju toppen," håller jag med, "Vad gör du då?"

"Söker ting, förstås, det är ju nödvändigt för att gå vidare."

"Var får du ting, tror du, norra Norrland eller? Förlåt, dåligt skämt."

"Jag kan nog få ting i mellersta Sverige, det beror helt på i vilka domstolar det finns en ledig plats för en tingsnotarie just då."

"Vi får vänta och se," ler jag.

"Christina, jag vill att vi förlovar oss nu. Vi har äntligen kommit till slutet på den här besvärliga tiden och jag kan inte tänka mig att dela livet med någon annan än dig. Säger du ja?"

Min haka faller mot bröstet, detta har jag absolut inte väntat mig. Jag är ännu inte tjugo år, sedan en vecka är jag nybakad student, mitt liv har inte ens börjat och jag vet inte hur jag vill att det ska börja, men jag är övertygad om jag inte har lust att krypa in i en ny bur, sedan jag just sluppit ur den förra.

"Men snälla Peter, vad blir bättre av att vi förlovar oss?" När jag säger det, vet jag redan att allt blir mycket sämre, om vi gör det."

"Jag vet inte", säger han, "men jag tror att det vore bra, och det ska tala om för alla människor, vad vi vill."

"Att förlova sig handlar väl bara om vad två människor vill, inte om hur viktigt det är att berätta det för alla andra?"

"Så du säger nej?"

"Jag säger nej."

Tystnaden mellan oss överröstar musiken, alla ljud drunknar i vågorna av ett enda ord. Jag märker att jag sitter och håller andan och blåser plötsligt ut så lågan på bordets stearinljus fladdrar till. Peter ser stel ut, han sitter och stirrar ner på ingenting, när han lyfter blicken mot mig ser jag att han bleknat.

"Vill du dansa?"

"Nej, jag tycker att det är dags att gå hem."

Vi promenerar hem i den varma natten, jag tror att vi båda vet vad som har hänt den här kvällen. Efter dessa två år och två månaders oerhört händelserika tid tillsammans står vi vid skiljestenen, jag vet inte vad jag vill – Peter har varit min gode, trofaste vän – men den tid vi haft tillsammans är på väg att förändras och Peters frieri tyder på att den förändring han vill ha är långt ifrån det nya liv som fyller min fantasi.

När vi står utanför min port och jag tackar honom så varmt jag kan, ber jag honom att få tänka igenom hela min nya situation.

"Jag är inte klar med den, jag går bara omkring och är ledig, jag har ännu inte haft ett enda allvarligt samtal med mamma eller pappa om hur det har varit och hur det ska bli. Jag vet bara vad jag tidigare sagt, att jag vill läsa litteraturhistoria på Högskolan. Jag har svårt att fatta beslut för närvarande och det kanske beror på att jag är rädd för att fatta fel beslut.

På min födelsedag den 23 juli har vi fest på Tyresö och jag hoppas att du vill komma, det är närmaste släkten, närmaste vännerna, du har nog träffat dem alla och då kanske jag vet mer om mig själv och hur jag vill ha det. Tack för en jättefin kväll, Peter."

Jag kan inte sova den kvällen, jag kan inte ens gå och lägga mig. Mamma och pappa är på Tyresö, jag sitter i gröna plysch, funderar och dricker te; djupt inne i min hjärna formerar sig de små arméerna, de som ska utkämpa de sista striderna. Jag radar upp vad jag har, min vilja, mina betyg, mina rättigheter, min längtan, min framtid.

Jag hittar inte några motsvarande negativ, det enda som finns är pappas eventuella ovilja, som jag ännu inte vet om den förändrats av att jag nått det mål han inte trott på. Men pappas ovilja bygger på hans okunskap, han har aldrig sett ett universitet från insidan, det måste vi ordna, han kommer antagligen att svimma av imponerad glädje.

Förlovning, nej, det ligger långt bort.

80.

För bara några dagar sedan har jag trott att efter studenten ska jag inte ha någonting annat att tänka på än vad jag ska äta till frukost för att starta en ny dag allra bäst. Så fel det är, bekymmer och glädjeämnen och överraskningar och problem står formligen och köar för att få sina lösningar i min komplicerade tillvaro.

Att finnas till är både rörigt och smärtblandat men mest av allt förvirrande. Svårast är naturligtvis Peter och hans önskan att bli brudgum och möjligen hans föräldrars att bli svärföräldrar. Som nummer två kommer Bonito och det problemet kan jag inte lösa, endast invänta okända människors beslut. Nummer tre är ännu inte viktigt: läsa litteratur eller franska? Jag beslutar mig att trycka undan alla tankar och leva i nuet och se hur saker och ting spelar ut sig.

Och se där: Jag hamnar genast i händelsernas centrum.

Mamma frågar om jag i samband med det kungliga statsbesöket från Storbritannien är intresserad av att gå på Operan tillsammans med Drottning Elizabeth och hennes syster Prinsessan Margaret. Mamma själv och hennes väninna Greta W ska gå. Gala på hög nivå, alltså. Det betyder tärnklänning, halsband och glitter...

Egentligen är jag naturligtvis inte intresserad men jag inser att jag är skyldig Margaret att ställa upp, hon har genom att avstå från sin stora kärlek Peter Townsend medverkat till mitt goda betyg i engelska, och det är följderna av det som vi ännu är i färd med att fira.

De engelska damerna ser ut precis som på alla bilder: väldigt engelska och med kolossala gnistrande huvudprydnader – på något sätt en smula overkligt – och på operascenen pågår ett drama, som jag inte får grepp om och musiken känner jag inte igen, trots att jag varit på operan många gånger.

När det är över är mamma och Greta fullständigt exalterade, nästan som små flickor bakom fasaden av värld, och vill inte gå hem utan fortsätta direkt till Riche för att ta en drink. Jag följer med och berättar historien om min engelska uppsats, som mamma inte har hört. Greta tycker att det är underbart att tänka på att ryktet ska ha spridit sig bland censorerna att jag är befryndad med huset Windsor.

Så absurt livet kan gestalta sig. Jag som efter studenten skulle bli fri, sitter i tärnklänning på Riche med mamma och Greta. Och det allra konstigaste, att jag faktiskt tycker om det.

81.

Jag ringer Elisabeth Häggqvist och berättar att jag klarat studenten, det har hon sett i tidningen, och Märta von Drachenfels, Marianne Levander och hon har skålat per telefon och önskat mig lycka till.

"Fortsätt Christina, du har klarat en svår uppgift och det betyder att du kan klara fler. Det är den egna viljan som sätter gränser. Jag önskar dig allt gott, glöm inte Emily Dickinson, hon passar dig så bra."

"Tusen tack, kära fru Häggqvist."

Jag är ganska rörd efter vårt samtal, de fortsätter att bry sig om mig.

Det är en skön uppgift att tala med min älskade lärare, nu har jag ytterligare en uppgift, som jag absolut inte vet hur jag ska klara av på ett rimligt sätt. Jag har blivit bjuden på middag hos familjen Wendeberg och jag är lite orolig.

Det har jag anledning att vara för Peter har avslöjat att de även har bjudit in äldste sonen Rolf och hans väninna Erika, som är ny i familjen. Rolf har jag träffat tidigare, han är en avbild av Ivar och mycket angenäm, däremot har ingen av oss träffat Erika.

Siri har dukat upp en festlig middag, vi är alla finklädda, jag i studentklänningen, Ivar håller tal, gratulerar mig till studenten och hälsar Erika välkommen i familjen, det är en smula tidigt, de är inte ens förlovade. Det är inte Peter och jag heller och Ivar säger att Christina är vi ju vana vid och jag märker att detta blir värre och värre och därför agerar jag husa, dukar av och är allmänt tjänstvillig, därmed slipper jag fler familjära kommentarer.

Rolf och Erika bryter upp tidigt för Erika har ett litet barn därhemma med en barnvakt, så när de tackar för den underbara kvällen gör jag detsamma. Peter följer mig hem.

Det är sista gången jag träffar Siri och Ivar.

82.

Sommaren går, jag delar min tid mellan Tyresö och Bonito; Britta och Harald har installerat sig i Lilla Stugan, Harald pendlar till stan och sitt jobb på ett försäkringsbolag, Wictor seglar; på helgerna följer alla som kan med på turer med pappas motorbåt. Peter pluggar hårt, han har bestämt sig för att klara processrätten i början på september, vi träffas som hastigast i stan och äter lunch ett par gånger. Det är tydligt att mina känslor har förändrats.

I min ensamhet på Tyresö tänker jag på hela den långa tiden med Peter och hur omtänksam han varit mot mig. Jag undrar, när känslorna förändrades, från smickrande uppvaktning till familjär trygghet. Hur jag skulle ha burit mig åt om pappa inte hade visat en sådan stark motvilja mot Peter, när skulle jag ha lämnat honom? För det står klart, jag skulle ha lämnat honom. Slutligen svarar jag på alla frågor: Peters och mitt förhållande hade tagit slut efter högst några månader om pappa hållit sig i bakgrunden.

Det känns både befriande och skrämmande att konstatera att pappas inflytande går så djupt att han inte bara direkt utan även indirekt bestämmer vem jag umgås med. Hela jag är i kamp med hans ålderdomliga auktoritet.

Alltihop är trots.

Mamma och pappa gör ett kardinalfel när de vill ha bort mig från Sverige till pension i Schweiz eller motsvarande kvinnofängelse för att fjärma mig från denne i deras tycke olämplige unge man. De har aldrig hört talas om att barn inte säger ja och amen till sina föräldrar och de kan inte hantera det. De förstår ingenting om trots. De förstår inte att ett barn kan vara så djävulskt olydig som jag är och de frågar heller inte varför jag är det. Det är det största felet de gör, att inte för ett ögonblick försöka förstå vad som pågår inom mig, inte ett samtal, inte ens enstaka frågor ställer de för att göra sig en föreställning om vad jag egentligen vill och om det till äventyrs skulle kunna vara lämpligt och tillåtet. Det enda de lyckas tänka ut är att jag är underbegåvad och dum.

Jag undrar hur många föräldrar som gör samma misstag.

Jag vet att jag förvärrat min situation genom att aldrig hålla tyst och att alltid svara på pappas oacceptabla inlägg i diskussioner. Visst har jag retat gallfeber på honom, och sannolikt är det ren tur att han inte fått en fatal hjärnblödning när det pågick som värst.

Om allt detta har tagit mig lång tid att förstå så är ändå det allra konstigaste utvecklingen sedan jag tagit studenten. Mina hittills så svårhanterliga föräldrar har förvandlats till mjuka små degklumpar som jag kan forma till småfranska eller kanelbullar – jag vet knappt om jag ska skratta eller gråta, men jag är tacksam för friden.

83.

Mamma, pappa och jag diskuterar vilken form vi ska ge min 20-årsdag. Lunch eller middag, stort svep eller familjärt? Den stora skillnaden är att jag nu faktiskt har något att säga till om, att min röst räknas som likvärdig. Jag vet inte för vem det är mest ovant, men jag vet att jag vet precis hur jag vill ha det.

Lunch för cirka tjugo personer, då kan folk köra hem innan det blir kväll, och de vi eventuellt vill ha kvar, stannar. Gående bord, gravad lax, jordgubbs-eller hallontårta och allt det andra som mamma kan.

Det börjar bra: solen skiner, Faster och Gunnar kommer först, Caprice skäller som vanligt på kusin Christer, mamma och pappa är värdfolk, Britta och Harald är nygifta som bara den och Peter kommer i sin Fiat med en originalutgåva av Fröding. Det är inte bara nästan för mycket, det är för mycket, men tusen tack. Sedan anländer alla de andra: Claes o Greta, Göran, pojkvän i en länge sedan svunnen ungdom, nu seglarvän till Wictor; mormor och morfar, gudföräldrarna Elsa och Kjell och käre farbror Jocke.

Drinkar tar vi på altanen och när den gravade laxen serveras höjs tonläget. Det kan mamma! Och när det äntligen blir dags för efterrätt, känner jag mig – trots all den dysterhet jag hemligt går och bär på – rent salig. Plötsligt älskar jag både jordgubbar och hallon och vispgrädde över allt på jorden, och nu håller pappa tal igen, för säkerhets skull både till Britta och mig, och alla applåderar och bär sig åt och jag dricker vitt vin, mycket och gott, nästan lika gott som i St Malo, jo, jag är lycklig.

Till slut hjälps alla unga människor åt att duka av och ta in kaffe och cognac och annat stärkande, Britta och jag laddar diskmaskinen och pappa tar fram cigarrer till morfar och Jocke.

Folk slår sig ner i vardagsrummets soffor och fåtöljer, somliga sitter på altanen och njuter av eftermiddagens sol, stimmet är högt, min gudfar Kjell utmanar som vanligt till polsk riksdag, det är lika komiskt varje gång, det är alltid någon som inte begriper det roliga i Kjells utmaningar och blir förbannad. Britta, Harald, Claes, Greta och Peter sitter vid det långa gråa bordet i vardagsrummet och diskuterar – vad annat än ungdomliga äktenskap?

Morfar går ut på furstubron, det finns en bänk där som han gillar att ockupera i ensamhet efter en god måltid. Alla dörrar står öppna, om han lyssnar tillräckligt bra, kan han följa samtalen inomhus samtidigt som han får bolma på sin kubanska cigarr.

Kaffe, tårta, vin, allt står framdukat på matsalsbordet, alla har varit gäster många gånger i detta hus och går utan tvekan och serverar sig själva vid behov. Det är rörelse i rummen och ibland höjs rösterna.

Min gudmor Elsa drar i mig och vill veta vad jag ska göra i framtiden, orkar jag verkligen läsa mer efter det här tunga året. Jag kanske hellre vill göra som Britta och gifta mig...

"Christina ska inte gifta sig än på många år, hon har helt andra planer, hon ska göra akademisk karriär," kvittrar mamma högre än en koltrast om våren, "med hennes betyg och begåvning vore det synd och skam att försvinna i ett äktenskap."

Så där har jag aldrig hört henne tala, det har nog ingen annan heller, för det blir ganska tyst, men så småningom bryter sorlet igenom igen och jag reser mig för att gå och prata med mina jämnåriga.

Just då mitt i kaffet stiger Peter upp och ställer sig vid stora soffgruppen i vardagsrummet för att hålla tal, men vad han egentligen vill ha sagt, är det nog ingen som begriper, han talar inte ens med sin vanliga röst, det är i alla händelser inte ett gratulationstal till mig, jag tycker att det är ett förvirrat och obehagligt tal, han ser heller inte glad ut och jag erkänner att jag blir förbannad.

Jag struntar i honom för tillfället och går till ungdomsbordet för att få lite respons, men kort därefter hör jag från furstubron:

"Vad säger du, pojk? Är du oförskämd, va?"

Ganska svagt hör jag Peters röst:

"Du gubbjävel är orsaken till allt helvete här, det är du som har uppfostrat Maggie till vad hon är, det är inte Eric som är värst, det är hon och nu tar din jävla dotter ifrån mig Christina också. Åk hem, gubbfan, med din käring och tänk på vad du gjort, du har förstört mitt liv."

Det är alla kategorier och utan konkurrens det värsta jag någonsin hört, jag tar två långa steg ut på furstubron, får tag i Peters arm och väser ilsket:

"Vad i glödheta håller du på med? Skäms du inte att tala till min morfar på det sättet? Be omedelbart om ursäkt, nu när jag står här, vill jag höra dig göra detta. Nu, säger jag."

Peter tiger, morfar tittar med oförstående ögon på oss båda.

"Tänker du fortsätta att tiga, Peter? Skäms du inte själv, kan jag tala om att jag skäms över dig. Försvinn härifrån!"

Medan jag talar, knuffar jag ner honom från furstubron, och när vi är nere på gräsmattan ryter jag:

"Din bil står utanför staketet, gå dit och försvinn! Jag står kvar tills jag vet att du har åkt."

Peter försvinner. Jag går tillbaka till morfar och talar om hur förskräckligt ledsen jag är, ber återigen om förlåtelse för den gräsliga knölen.

"Såja", säger morfar "jag tror inte att vi behöver se honom här igen, Christina, värre har jag varit med om. Det är bra att vara med om sådant här, det lär man sig av, vet du flicka!"

84.

Den 24 juli vaknar jag i mitt rum på Tyresö. Här har jag bott sedan jag var fyra år, nu är jag tjugo år. Idag ska livet börja, men innan dess har jag något att ta i tu med.

Jag ringer till Peter, meddelar att jag kommer till stan klockan två och om det passar kan han komma upp på Styrmansgatan då.

Prick klockan 14.00 ringer Peter på porttelefonen. Han är blek och ser i sanningens namn rätt förstörd ut. Jag ber honom sätta sig och han sjunker ner i soffan.

”Minns du vad du sa i ditt tal igår?”

”Jag sa att det bästa är när dotterns mamma håller tyst.”

”Är du inte riktigt klok?”

”Det tror jag nog.”

”Kan du då redogöra för hur du igår - utan någon position i min familj - och i närvaro av min närmaste släkt och käraste vänner kan anse dig lämpad och kvalificerad att angripa min morfar.”

”Jag ser ingen anledning att ta tillbaka någonting av det jag sa.”

”Tycker du verkligen att min morfar är rätt person att ge sig på, när du blir förbannad på mamma?”

”Det är han som har gjort henne till vad hon är.”

”Är du från vettet, tror du att du knyter mig närmare dig med sådana här totalkvaddade dumheter?”

”Vad då dumheter? Jag vill bara en enda sak, gifta mig med dig och leva med dig hela livet. Vad är det för fel med det?”

”Har du en enda gång funderat på vad jag vill?”

”Jag trodde att du ville samma sak som jag.”

”Du om någon borde veta att jag har slitit mig sönder och samman för att ta studenten och få studera på högskolan. Hur kan du vara så okänslig? Vad är det för fel på dig? Jag vill inte gifta mig, varken med dig eller någon annan. Ingen ska tala om för mig vad jag ska göra eller tänka. Jag tänker själv besluta när det är dags att gifta mig, få barn eller inte gifta mig och inte få barn. Din examen är viktig för dig, för den ska du leva av resten av livet, men min examen ägnar du inte en tanke, den är totalt oviktig, den tror du inte ska försörja någon.

Vad har det tagit åt dig? Tror du att du kan bära dig åt som en stor skit i mitt hem och bli uppskattad för det? Ingen av dem som var närvarande igår och såg dig i aktion ser fram emot att någonsin träffa dig igen och det ska de slippa.”

Peter börjar säga någonting, men jag avbryter honom.

"Vet du vad Peter, vi ska avsluta detta samtal nu, vi har ingenting mer att säga varandra, jag kommer inte på lång tid att förlåta hur du bar dig åt igår. Jag vill att du går nu, det som en gång var är över, jag vill inte ha någonting mer med dig att göra."

85.

Det är lugnt och ganska avfolkat på Tyresö, Wictor har seglat till Saltsjö-Duvnäs för att delta i helgens tävlingar och de unga nygifta är i stan för diverse ärenden. Bara mamma och pappa är där och jag vet att jag, om jag vill, har ett tillfälle som kanske aldrig kommer igen.

Mamma och pappa välkomnar mig ända ute på furstubron och jag kommer genast att tänka på morfar och konflikten med Peter.

"Så roligt att se dig igen." säger mamma.

"Jag var faktiskt här i morse," säger jag.

"Hur mår Bonito?" frågar pappa

"Kunde varit sämre, en kille i stallet har flätat både hans man och svans. Han ser ut som om han ska delta i tävlingen om Sveriges vackraste häst, men han behöver inte delta i någon tävling, han är ju redan Sveriges vackraste häst."

"Hoppas att ägaren snart hör av sig," säger pappa.

Mamma och pappa går in men jag dröjer kvar och andas in högsommaren. Rosorna prunkar i minst tre färger och klematisen har redan klättrat upp till andra våningen. Eken är pampigare än någonsin, grön i alla tänkbara nyanser, från ljus som en björk om våren till mörk som en döende gran. Sjön glittrar och småbåtarna guppar i otakt, fjärden speglar himlens blå och molnen seglar så glatt omkring där uppe. Finns det en plats jag vill dö på så är det här.

Laura har lagat dillkött, som jag älskar, till efterrätt blir det melon, hallon och glass. Vi dricker öl till köttet och till efterrätten frågar jag om det finns lite vin. Pappa hittar en flaska vitt vin. Jag häller upp ett glas, utan alkohol kommer jag inte att klara detta.

Efter middagen sjunker mamma och pappa ner i var sin stor fåtölj, på ett litet bord mellan dem står kaffekoppar och små cognacsglas. Jag sätter mig i soffan och lyfter upp Caprice i mitt knä.

"Ni har säkert gissat att jag har gjort slut med Peter. Men det jag vill tala om är mina två sista gymnasieår. Vad jag har att säga är inte vackert, och om pappa inte är beredd att lyssna, flyttar jag hemifrån i morgon."

Jag försöker att tala med obruten stämma men märker att jag stakar mig för att jag är så upprörd. När jag väl säger orden jag tänkt på så länge till dem de är menade för är det som att maskineriet börjar skaka. Men det lägger sig när jag kommit igång och övertrycket lättat.

"Jag är tjugo år nu, sista gången pappa slog mig var jag fjorton år, innan dess slog pappa mig många gånger utan tanke på hur en liten flicka tar skada av att misshandlas av en fullvuxen karl.

Jag slutade gråta mycket tidigt, när jag upptäckte att det inte hjälpte. Ja, det var bara några ord om den straffbara misshandeln, det.

Men den bristande respekten, den som både mamma och pappa inte bara visade, utan använde som ett medel för att trycka ner mig, vilka spår tror ni den har satt? Eller tror ni unga människor mår bra av att bli respektlöst behandlade?"

Det är absolut tyst från fåtöljerna, inte ens kaffet dricker de. Jag fortsätter.

"Du ska inte tycka något, nig och tig. Du har ingen egen vilja, du ska bara lyda. Du är en nolla, som ingen vill veta av. Du är flicka, dum, obegåvad, ointelligent och du kan aldrig ta studenten. – Allt detta har ni faktiskt sagt till mig. Ta efter din syster Britta, dig kommer det aldrig att bli något av. Tack för vad ni gjorde med mitt självförtroende, det försvann och utan självförtroende kommer ingen någonstans. Jag säger också tack till mamma som talade om för mig att jag inte var någon Fröken Sverige precis. Varför sa ni sådana saker till mig? Jag har bara hittat ett svar: Ni tycker inte om mig."

Mammas ögon smalnar, hon undviker att se på mig. Pappas mun är öppen, ögonen också men de är inte arga, mera chockerade. Det här är kvällen när mina ord kommer stå oemotsagda. Jag reser mig.

"Varför skulle jag efterlikna Britta? För att Britta inte sa emot pappa oavsett vad pappa sa. Det var lika fånigt varje gång. Wictor och jag har ofta skrattat åt ert förhållande. Britta ljög så hon kroknade och pappa svalde. Men jag skiter högtidligt i vad pappa och Britta säger till varandra. För med verkligheten eller mitt liv har det ingenting att skaffa.

Jag ville en enda sak och det var att studera och utbilda mig för att vid vuxen ålder kunna få ett intressant yrke. Smaka på det ordet: Yrke. Er dotter nummer två ville ha ett yrke. Allt ni ville var att avlägsna henne från hemmet för att slippa någon som alltid sa emot. Visst är det jobbigt med människor som säger emot – som har en egen vilja – som man inte kan köra över utan att blir en massa oljud och annat obehag. Det är synd om pappa som inte föddes in i en familj där hans vilja hade oinskränkt makt. Det måste vara väldigt jobbigt för pappa att bära en sådan börda – att inte i alla sammanhang få sin vilja igenom. Det är ju en mänsklig rättighet."

Jag har gått över alla gränser men något håller tillbaka pappa. Han har bestämt sig för att inte brusa upp. Jag ser på mamma, som undviker min blick, och jag inser att det är hon som hatar denna uppgörelse mest. Och ändå har jag bara börjat.

"Nu är det ju ingen större konst att säga emot pappa, han har ju nästan alltid fel utom när det gäller hans eget yrke. Det är nästan fascinerande att någon kan vara så full av fördomar från tidigare sekel och sakna så mycket modern kunskap att det mesta du säger måste sägas emot. Om jag säger högskola eller universitet bör du sitta tyst för du vet ingenting om varken det ena eller det andra.

Obegripligt är att mamma, som faktiskt har kunskap, sitter tyst när pappa gör sig till tolk för sina hemgjorda sanningar. Så jag har sagt emot, men några diskussioner har man inte tolererat i familjen Forss – där är det byggmästarens åsikt som gäller – rätt eller fel.

Hur vågade jag ifrågasätta er auktoritet? Därför att ni påstod att min vilja sitter i Lill-Jansskogen. Det är så absurt att man skulle kunna skratta. Men jag var ett barn och funderade länge på det och sedan sa jag till mamma att jag tycker att min vilja borde få komma tillbaka till mig och vara där jag var och ingen annanstans.

Du mamma, du borde ha försvarat mig när pappa slog mig. Det och inget annat är en moders absoluta skyldighet. För det gjorde ganska ont när pappa slog mig ska du veta, mamma."

Mammas ansikte är blekt. Pappa är kort före ett utbrott, det enda som håller honom tillbaka är mammas resta hand. De har bestämt sig för att de ska uthärda detta.

"Hur tog jag mig vidare i den här våldsbenägna atmosfären och hur lyckades jag läsa läxor? Britta lyckades som bekant inte läsa några läxor alls och hon fick ju inte ens stryk. När jag hade fyllt fjorton och hotade med polis – det borde jag ha gjort tidigare – vågade pappa inte längre slå sin fyrtioåtta kilos dotter. Det var endast rädsla som fick pappa att hålla händerna knutna utan att klippa till. Rädsla för polisen. Inte en tanke hade pappa på hur jag upplevde att få stryk av någon som var dubbelt så stor.

Men ni ska veta – båda två – att jag ändå ofta undrade, på ett barns vis, om ni tänkte på hur jag hade det, hur jag mådde. Om ni ändå brydde er om mig. Jag var ju trots allt *ert* barn. Men till slut begrep jag att ni undrade ingenting, ni hoppades bara att jag äntligen skulle lägga av. Nu, på andra sidan skärselden får jag väl lov att tacka er, för er otroliga misstro mot mig har gett mig en kraft som jag antagligen inte hade funnit annars. Titta bara på Britta, som knappt kan knyta skorna själv utan att bli tårögd av ansträngningen."

Blusen klibbar på ryggen på mig och jag märker att jag har rivit av ett nagelband så att det blöder. Men det finns ingen återvändo på ett sånt här samtal. Det är bara att säga allt och hoppas att man lever efteråt.

"Ni minns båda två hur ni ogillade att jag ville fortsätta studera efter flickskolan och att jag fortsatte att träffa Peter. Pappa är, som alla vid det här laget vet, helt enkelt dödligt svartsjuk på varje kille som uppvaktar hans döttrar. Egendomligt nog gäller det även dotter nummer två. Han har inga svårigheter att slänga ut dem, be dem dra åt helvete och förbjuda dem att återkomma. Men familjen Wendeberg tog hand om mig och utan dem hade jag kanske tagit morfinet ur mammas medicinburk. Tänk att ni var så totalt ointresserade av vad som kunde hända dotter nummer två. Var det inte så att ni hemlighet önskade att hon inte funnit där och komplicerat er annars så tjusiga tillvaro.

När er gode vän doktor Rune Frisk diagnosticerade mig med äggvita och beordrade inläggning på Ersta sjukhus kan ni aldrig föreställa er vilken semestervistelse det blev för mig. Nej varför skulle ni det, ni tänkte ju aldrig annars på om jag var lycklig eller inte, men jag var rätt lycklig hos diakonissorna och jag saknade dem, när jag friskförklarades. Pappas ord när jag kom hem – 'Erkänn att du simulerade, du har inte varit sjuk' – liknar ingenting jag någonsin ens har hört talas om att en förälder kan anklaga sitt barn för. Det är psykiskt misshandel. Att slå på den som ligger. Kanske hade det varit bättre, passat pappas fysiska läggning, om han åkt upp på Ersta sjukhus och gett mig ett par rejäla örfilar – dotter nummer två, simulanten.

Jag dog inte dagen före min student, men efteråt har jag funderat på om det inte var ganska nära. Alla mina krafter, såväl fysiska som psykiska var i det närmaste utplånade. Jag tror att det var tur att Faster var där just den dagen och tog ledningen för någon större aktivitet togs inte av mamma eller Britta.

Jag kräver i dagens läge ingenting av er, det är för sent. Om ni inte vill ha med mig att göra, så spelar det ingen roll, jag har fått löfte om ett studentrum och jag kan få studielån, så att jag klarar mig. Ni behöver inte mer bekymra er om mig. Jag har vänner som under lång tid har stöttat mig och som fortsätter med det.

Innan jag slutar för den här gången, vill jag ställa en fråga: Vad är det ni ser, när ni betraktar mig? En ful flicka som bör gömmas i en garderob? Det har ni ju redan prövat. Eller ser ni en tjugoårig flicka med blont, friskt hår, ljusblå ögon med klar, blick, smärt och välbyggd kropp, som varken behöver behå eller korsett trots mammas tjat, starka ben och förmåga att både springa och simma och köra slalom. Har ni någon annan dotter med motsvarande kvaliteter? Inte det, och ändå tyckte ni att jag inte dög.

Vad är det jag inte förstår? Det är den 27 juli 1956, jag har nått allt jag önskat hittills, jag har gjort slut med den stackars Peter, som ville gifta sig med mig. Ert exempel är på väg att övertyga mig om att äktenskap sannolikt snart har gjort sitt. Om ett par veckor skriver jag in mig på Uppsala Universitet och då börjar ett nytt liv. Alla jag därefter träffar, har samma mål som jag, en akademisk examen och det kan jag försäkra, jag ger mig inte förrän även jag har nått det målet.

När vi kan prata med varandra igen vill jag gärna få ett rakt svar på varför ni har motarbetat mig. Ni är mina föräldrar, jag har haft skäl att både älska och avsky er under min uppväxt. Nu är jag vuxen, och om vårt förhållande fram till nu har varit på era villkor så är det hädanefter på mina villkor. Det var vad jag hade att säga."

Nu ser jag att pappa sitter och torkar tårar med en stor näsduk, men jag beslutar mig för att inte låtsas om det, mamma är blek och omtumlad, men hon gråter inte.

Pappa reser sig ur fåtöljen, han vill kramas, han gråter och kramas hårt och snyftar fram det han vill ha sagt:

"Gud ska veta att du inte är lätt att ha och göra med."

"Jag vet det, pappa och det är också meningen."

"Jag visste inte att flickor kan bli på det här viset och ha sådana planer för framtiden. Jag har fått lära mig att flickor saknar förutsättningar, särskilt för högre studier och sådant, och därför ville jag få dig att slå av på takten och tänka i mer normala banor."

"Funderade ni aldrig på att fråga mig direkt vad det är jag vill göra, låta mig prata en lång stund om hur jag ser på min framtid?"

"Nej, det tror jag inte att vi gjorde, vi hade bestämt oss för att vi måste ändra på dig."

Jag har sagt allt jag har att säga och då ska man inte stanna. Så medan pappa återvänder till sin fåtölj och mamma låtsas som att detta inte har hänt släpper jag ut Caprice. Sakta fördriver sommarkvällens gråblå skymning dagens ljus. För första gången utan att fråga tar jag bilen och åker tillbaka till Stockholm. Det ska dröja tills vi ses igen.

86.

Jag tar steget från Stockholm till Upsala utan större besvär men inombords känner mig som en forskningsresande, fylld av spänning och upptäcktslusta.

Det första jag gör i Upsala är att söka upp min gamla vän Eva. Vi ska bo i samma hus, jag på första våningen, hon på tredje och hon berättar om tillvaron i huset, om studenterna som bor där, om livet på nationen och på universitetet. Hon berättar hur sex kamrater på varje våningsplan – flickor på första och tredje, pojkar på andra och fjärde – delar kök, två duschar, en telefonhytt och en *Upsala Nya Tidning*, det gäller att vara smidig och samarbetsvillig.

En dag dricker jag och Eva kaffe i V-Dalas trädgård, som vanligt i sällskap med andra studenter. Jag är ganska stum av förvåning över att denna särpräglade värld har funnits, alltid kanske utan att jag varken vetat om den eller ens hört talas om den. Det märkvärdigaste är att här står studenten på översta trappsteget, fattar sina egna beslut och underrättar omvärlden om vilka val, som ska styra hans/hennes framtid.

Allt detta fanns, när pappa jagade mig och slog mig vettlös av skräck, när jag fick lära mig att jag inte hade några rättigheter i världen och att jag heller aldrig skulle få några, dels därför att jag var av kvinnligt kön, dels obegåvad och utan förmåga att tänka och dels så allmänt olämplig och ful att jag gjorde bäst i att tiga för att inte göra mig komplett omöjlig, samtidigt som man planerade för min förflyttning till en *hysterisk* pension i Schweiz.

Allt detta fanns, men det visste de ingenting om, de kände inte till att det alltid funnits en parallell värld helt olik deras, koloniserad av annorlunda varelser ofta med höga pannor och skarp blick och preferenser avvikande från deras nedärvda. Var fanns deras nyfikenhet, lust att utforska och upptäcka? Den berövades dem sannolikt med den tidiga barndomens oförglömligt smärtsamma tuktan. Själv sitter jag här i V-Dalas trädgård med sin spirande grönska och en gul ros och funderar på varför gymnasierna inte gör reklam för universitetsstädernas utbud av undervisning, studentbostäder, och kanske det viktigaste av allt, tillfället för den osjälvständiga gymnasisten att äntligen bli fri.

Jag förstår, i synnerhet flickor bör inte placeras i denna miljö utan särskilda skäl. De som går på Hushållslärarlinjen – kallad *kyss- och förlovningskursen* – är naturligtvis undantagna. Jag träffar flera flickor som går där och de tycker att det är helt självklart att de är de mest attraktiva av alla flickor i Upsala.

Jag sover gott i mitt studentrum och jag vaknar full av nyfikenhet på den nya dagen och går till Juridiska biblioteket och lånar kurslitteratur i rättshistoria och parkerar mig i den akademiskt tysta och läshungriga salen bland många unga, rufsiga, trötta och skrynkliga, tentamenspluggande flickor och pojkar. Miljön är inspirerande, luften vibrerar av längtan efter kunskap, alla hälsar på varandra. Vi har samma mål, vi hör ihop, jag känner mig lycklig.

Jag berättar för Eva att jag planerar att köra hem för att hämta lite mer husgeråd, lakan, handdukar och annat.

”Dina föräldrar vill säkert träffa dig också och få en ordentlig beskrivning av livet i en universitetsstad,” säger Eva och jag håller med samtidigt som jag undrar hur det ska gå.

87

På Styrmansgatan möts jag av båda mina föräldrar som försiktigt frågar hur jag haft det och vad jag tycker om Upsala och jag berättar så glatt och livligt jag kan och hälsar från Eva förstås.

"Så bra att det finns någon där som du känner," säger mamma.

"Vet du vad, mamma, jag känner många där nu, alla är studenter, alla har samma villkor."

"Du kan väl inte ha blivit presenterad för så många ännu?"

"Det bästa är, att i Upsala presenterar man sig inte, där lever alla likadant, jag har nog lärt känna trettio, fyrtio pojkar och flickor på de här veckorna. Klart jag inte vet vad alla heter i efternamn, men det är det minst viktiga, tycker jag."

"Då vet du inte vilka du umgås med, Christina," mamma är lite upprörd nu.

"Nej," säger jag, "tack och lov och det är nog det absolut bästa med studentlivet."

Pappa lyssnar på vårt samtal utan att säga någonting, jag ser att han funderar och jag vet att det inte är bekymmer över de saknade presentationerna som tynger honom. Jag tänker inte fråga vad han tänker på, antagligen är det bäst att jag inte vet.

Genom att berätta att det är en del prylar jag behöver, aktiverar jag mammas bästa sida nämligen den praktiska och hon börjar nu röra sig mellan linneskåp och köksskåp och efter en halvtimme har jag packat ner tekoppar, kökskniv, bordsduk, och allt det andra som Eva föreslagit. Det är fina saker som mamma tar fram och jag säger det och då kommer det:

"Det ska synas var du kommer ifrån."

"Tack snälla mamma, det var jättesnällt." Jag bär ner kartongen i bilen och hoppas att jag inte kommer att krocka med så fina tekoppar i fören.

"Clary Bergvall fyller femtio år idag," säger mamma när jag kommer upp, "så jag ska dit och gratulera, jag har en fin blomsterkorg i serveringsrummet." Mamma skiner som en sol. Jag har redan sett att hon är klädd i en elegant klänning.

"Va kul," säger jag, "ska inte pappa med?"

”Nej,” säger pappa, ”jag känner inte gubben, Clary tillhör mammas flickvänner.”

”Ska ni inte åka till Tyresö då?”

”Det gör vi, när mamma kommer hem.”

”Jag stannar inte där så länge.”

Mamma far iväg i taxi och pappa och jag blir kvar i vardagsrummet. Jag går runt och tittar extra noga på ett nytt runt engelskt spelbord i mahogny med inläggningar som föreställer kortspelare som har hamnat i luven på varandra.

”Bordet ser ut att ha tillverkats av en riktig skojare,” säger jag till pappa som skrattar och gör en gest att vi ska sätt oss vid det med våra kaffekoppar.

Jag studerar de lustiga figurerna i bordets mitt; där står värdshusvärden med sitt förkläde och bakom honom hustrun med en vinbutelj i handen. Ett omkullslaget bord och spelkort på golvet – klöver ess och ruter nio, inte mycket att bråka om – två ilskna kombattanter med tillhyggen i händerna, en har ramlat och sitter på golvet och ytterligare tre personer som ser ut att vara upprörda.

”Christina,” säger pappa, ”det är bra att du har funnit dig tillrätta i Upsala även om jag är säker på att din vistelse där inte blir så långvarig, du har ännu under lång tid behov av mamma och mig som kan leda dig i livet, och jag ser det som en möjlighet för oss alla att få en god fortsättning här hemma.”

Välmenande meningar, som direkt tömmer mig på förmågan att tänka. Jag sitter tyst och försöker samla mig, jag har lovat mig själv att han aldrig ska rå på mig.

”Jaha, vad vill pappa att jag ska säga?”

”Jag hoppas naturligtvis att du ska säga att vi alla är riktigt goda vänner igen, att vi är en familj som bryr sig om varandra, så som det alltid har varit.”

”Det låter konstigt, vi har knappast varit en familj, där alla bryr sig om varandra, mig har ni inte brytt er särskilt mycket om, ni har mest klagat på mig.”

”Vad menar du med det Christina, jag förstår inte, här hemma har vi väl alltid varit goda vänner?”

”Om jag tar det enklaste först, mammas och Brittas klagomål på mig gick som en följetong i min tillvaro.”

”Det har jag aldrig hört talas om.”

”Nej, det var småsaker som man inte besvärade pappa med och de var enbart till för att höja Brittas status i familjen. Men har pappa glömt Tuttis och allt elände som kom av det? Har pappa glömt familjen Wendeberg? Har pappa glömt våra konflikter?”

”Christina, allt det där är över nu och det var väl inte så märkvärdigt. Vi är så glada, att du klarade skolan och sedan gick vidare till universitetet, det måste du väl veta.”

Antagligen tror han på vad han säger. Och antagligen borde jag åka härifrån.

”Pappa vet precis hur det var men tror att man kan ignorera och gå vidare med några överslätande fraser som inte betyder någonting. Ingen av er vet eller ville veta något om mig. Ni ville att jag skulle hålla tyst och göra mitt bästa för att likna Britta. Själv förstod jag aldrig vad det var jag skulle efterlikna. Var det att skvallra så mycket som möjligt på mina syskon, det var det enda hon var duktig på.”

Pappa har fått nog, det syns lång väg. Det tog bara ett par minuter att återvända till teorin att allt förstånd emanerar från honom. Men just nu vet han absolut inte hur han ska gå vidare så han reser sig och går till spritskåpet och häller upp en whisky.

Själv har jag mobiliserat en kompakt ilska. Åsikten att jag inte på länge ska inbilla mig att jag är vuxen nog att klara mig själv utan stöd av föräldrar ska han få äta upp.

”Ytterligare en vördnad som mamma och du krävt är att vi inte får dua er, nej ni tillhör en högre kast. Men från och med nu slutar jag med det, och jag säger som ni brukar göra, att vad ni tycker, bryr jag mig inte om.”

Han är arg och tar en stor klunk och snart kommer han behöva minst en whisky till och då får man anledning fråga sig vem som ska köra bilen till Tyresö? Mamma kan inte köra pappas bil av det enkla skälet att mamma helt saknar förmåga att framföra någon bil alls i trafik.

Eftersom han alltid försvarat Britta fortsätter jag där.

”När vi nu talar som vuxen till vuxen, låt mig påminna dig om att ert sätt att behandla Britta som en ömtålig porslinsfigur och aldrig kräva någonting av henne har inte direkt gjort henne framgångsrik, men det var säkert inte meningen heller. Mamma försökte få henne att läsa sina läxor, men det hjälpte föga när hon sprang till dig och klagade och du lät henne slippa. Och när den tiden kommer så är det Britta som kommer att få betala priset för dina misstag."

"Nu får du dämpa dig, det är inte ett ord som stämmer."

"Nej, det gör ju sällan det när jag talar. Låt oss tala om något mer närliggande istället. Din misshandel av mig. Vad som hände mellan oss under flera år borde ha resulterat i fängelse för dig, och det vet du, även om du förnekar det."

"Christina, nu måste du lugna dig. Mamma och jag är dina föräldrar och det betyder att du ska rätta dig efter oss."

"Jaså?"

"Det är ju vi som kan och vet, det är ju vi som kan hjälpa dig med ungdomens svårigheter."

"Ni har sällan hjälpt mig. Tvärtom. Det är lögn om du förnekar att du gjorde livet svårt för mig och livet lätt för Britta."

Han tömmer glaset ser mig i ögonen för att kort därefter titta förbi mig. Nu kommer något.

"Christina, jag är medveten om att jag kanske bestraffat dig lite hårdare än jag borde och jag ber dig om tillgift."

Detta är stort och har aldrig hänt. Ändå känner jag bara förakt. Orden staplar sig på varandra.

"Du ber mig om tillgift? Vet du vad, jag äcklas, jag kväljs. Tillgift, du slog ju för fan halvt ihjäl mig – och tror att saken är gjord med ett obehagligt ord?

"Nu tar du i."

"Efter din sista omgång kunde jag inte gå till skolan på flera dagar. Varför ljuger du? Har du helt förträngt verkligheten?"

Han är illröd i ansiktet, även jag är det, jag känner hur mitt hjärta bankar, jag är rädd för vad jag har sagt, rädd för att vara ensam med honom, jag borde aldrig vara ensam med honom. Ändå fortsätter jag, driver spiken så långt jag kan in i honom och ut ur mig.

"*Tillgift*, en maskering av det enda rätta ordet, det som är så svårt att säga, för då riskerar man att förlora ansiktet. Tillgift är bara en liten, nästan betydelselös del av det enda rätta ordet, det som skulle kunna leda till försoning. *Förlåt.* 'Förlåt mig för *allt* ont jag gjort dig, förlåt mig, min dotter för den smärta och skada jag tillfogat dig.' Jag har en pappa som inte kan uttala de orden."

Oscarskyrkans klocka slår tre slag och pappa slår upp ännu en whisky.

När han börjar prata är hans ton en annan, nästan yrkesmässig.

"Christina, du och jag har tydligen inte riktigt samma hågkomster av våra meningsskiljaktigheter här på Styrmansgatan."

Jag svarar med samma mynt. En stor kyla uppstår.

"I den delen ser jag ingen anledning att säga emot pappa."

"Det var ju roligt att höra. Låt oss då fortsätta tills vi når fullkomlig enighet."

"Enighet förutsätter att det finns något att enas om."

"Det är korrekt."

"Vad ska vi enas om?"

"Att dina minnen sannolikt är skuggade av inbillning och brist på den kunskap och det förstånd som präglar unga flickor i början av livet, låt oss säga tonår och pubertet och att du därför aldrig kan ge en sann bild av vad som hände."

Kunde jag slå honom är nu ögonblicket jag skulle göra det.

"Vad var det som hände då?"

"Ja, att du och jag hade svårt att förstå varandra och komma överens."

"Jag frågade, vad var det som hände?"

"Det är ingenting att prata om, vi hade helt enkelt olika uppfattning."

"Var det så det var, olika uppfattning... när du jagade mig genom korridoren för att slå ner den lilla pubertetsdottern så att hon äntligen lärde sig att hålla käften."

"Du har väldigt suddiga minnesbilder, vi var oftast mycket goda vänner här hemma, Wictor kan vittna om det."

"Kan inte Britta vittna om det också?"

"Jo naturligtvis, hon tycker att vi hade det mycket trevligt här på Styrmansgatan."

"Hur är det med mamma då, tyckte hon också att middagarna när du jagade mig in i mitt rum var trevliga och minnesvärda?"

"Mamma har ingenting att klaga på."

"Mamma är mitt bästa vittne, hon såg striderna, såg ditt makalösa våld. Hon försökte även stoppa det, visserligen inte tillräckligt kraftfullt, men hon såg det och hon såg resultatet och hon skulle aldrig ljuga i ett polisförhör."

"Vad menar du med det, du har väl aldrig fått några skador?"

"Hur jävla enfaldig kan du bli?"

"Christina, jag tänker inte tåla vad som helst."

Jag reser mig ur stolen.

"Jag har länge vetat att vi måste ha det här samtalet men inte planerat att det skulle ske så snart. Jag hoppades att tiden skulle få dig att omvärdera dina märkliga åsikter."

Mannen som är min far sitter stilla och betraktar mig med egendomligt oförstående ögon, som om han väntar på att jag ska fortsätta att tala, men det blir inga mer ord. Jag vill härifrån och ensam vill jag aldrig hit igen. Jag antar att jag borde tycka synd om honom, men det gör jag inte. Vi kan inte nå fram till varandra. Han förnekar att han har skadat mig, jag anar att jag har skadat honom, men han förnekar även det. Så jag går nu.

Jag hämtar min bag och min handväska, han sitter kvar tyst och orörlig vid det engelska spelbordet, Caprice kommer ut i hallen för att kramas och säga hej till mig, hej min älskade vovve, nu återvänder jag till Uppsala.

Epilog

I slutet på april 1957 kommer ett brev från Paris till Styrmansgatan, handstilen på kuvertet får mitt hjärta att slå ett extra slag:

Christina, har du glömt mig, tiden och avstånden är emot oss! Och ändå hade jag bestämt mig för att skriva till dig, när jag blivit en berömd konstnär, men du förstår att om jag ska vänta på den dagen, kanske jag aldrig skriver till dig! Är du gift, har du barn?

Jag återsåg dig för en tid sedan, då min far och jag hade bilat till St Servan, jag sov en natt i det mörka huset i det rum som du en gång bodde i, jag gick ut på kvällen under pinjerna, där var samma lugna hav, samma måne, och plötsligt sov jag i detta hus och befann mig under dessa gamla damers regim - de är ännu desamma... Du var inte där men, kan du förstå, det var en märklig upplevelse att efter nästan två år åter befinna mig på samma plats där jag lärde känna dig under en sommar, och där alla var emot oss!

Mademoiselle Feuchère, som du bodde hos senare, är död, hon var den enda som var sympatisk.

Det känns behagligt för mig att skriva till dig för härom natten i dessa omgivningar fick jag nästan känslan av din närvaro.

Jag har blivit lite äldre sedan sist, jag bor i Paris i mitt rum högst upp under taken, men du ska veta, Christina, att jag har aldrig glömt dig och om du minns mig lite grann, skriv till mig om vad det har blivit av dig.

Etienne

Etiennes brev borde ha kommit tidigare, nu kom det för sent. Under flera veckor funderar jag på hur jag ska formulera mitt svar, tills jag inser att det inte finns något svar på detta brev. Tiden har runnit förbi oss.

/ Brevet finns kvar i min skrivbordslåda.

Någonstans i mina ännu ouppackade flyttkartonger finns även ett eller ett par fotografier av Etienne, Francoise och Billy, när vi äter lunch tillsammans en lycklig dag på Francoises terrass den ovanligt soliga och varma sommaren 1955.

Jag vet att dessa mina tre älskade vänner numera är borta.

Precis som tiden i vilken de verkade.